CELLE DONT J'AI TOUJOURS RÊVÉ

MEREDITH RUSSO

CELLE DONT J'AI TOUJOURS RÊVÉ

Traduit de l'américain
par Noémie Saint Gal

POCKET JEUNESSE
PKJ·

Titre original :
If I Was Your Girl

Collection « Territoires » dirigée
par Pauline Mardoc

Loi n° 49 956 du 16 juillet 1949 sur les publications
destinées à la jeunesse : février 2017

ISBN : 978-2-266-27010-6

À Vivian et Darwin, grâce à qui j'ai l'honneur d'être mère.
À Juniper, qui m'a tant inspirée avec ses histoires,
et qui m'a encouragée quand j'ai cru que je n'y arriverais pas.
À mes parents, qui n'ont pas paniqué
lorsque j'ai choisi d'étudier l'écriture
(option « condition féminine », en plus !).
À ceux, celles et celleux qui m'ont précédée,
qui se sont révolté-e-s, se sont battu-e-s,
ont survécu aux épidémies, ont pleuré leurs ami-e-s,
qui ont survécu à une douleur inimaginable,
et grâce à qui j'ai aujourd'hui tant de libertés.
À mes frères, mes sœurs et inter qui survivent jour après jour,
magnifiques à l'intérieur comme à l'extérieur,
dans un monde encore bien dangereux.
Aux garçons, aux filles et inter qui se sentent seul-e-s,
qui ont peur, qui ont l'impression qu'illes ne s'en sortiront jamais,
que tout ne peut qu'empirer.
À celleux qui n'ont pas survécu,
qui maintenant reposent en paix
et dont nous n'oublierons jamais les noms.
Ce livre est pour vous.

Chapitre 1

Le bus sentait la moisissure, l'essence et la sueur. Alors que la banlieue d'Atlanta disparaissait derrière nous, une voix dans ma tête me rappelait avec insistance que la maison n'était qu'à une demi-heure. Si je descendais à l'arrêt suivant et que je marche jusqu'à Smyrna, je retrouverai le confort de mon lit et l'odeur familière de la cuisine de ma mère. Elle m'étreindrait et nous nous endormirions ensemble devant la télé. Comme tous les soirs.

Mais ce n'était plus possible. Tout avait changé. J'avais changé.

Le regard perdu au loin, je me revois à nouveau dans les toilettes du centre commercial. Les images s'enchaînaient comme celles d'un kaléidoscope : une fille de mon lycée, son cri en me voyant. Son père qui se précipite, ses mains agrippant brutalement ma nuque et mes épaules. Ma chute.

Le garçon assis devant moi dans le bus me dévisageait, le menton appuyé sur le dossier de son siège.

— Ça va ?

Il avait presque hurlé. Avec un sourire contrit, il a retiré ses écouteurs.

— Désolé.

— Ce n'est rien.

Tapotant l'appui-tête, il attendait que j'enchaîne. Il fallait que je parle, mais je craignais que ma voix ne me trahisse.

— Tu vas où ?

Il s'est affalé comme un chat. Ses bras frôlaient presque mes tibias. J'aurais voulu me rouler en une toute petite boule et me cacher dans ma valise.

— Lambertville, ai-je répondu tout bas. Dans le comté d'Hecate.

— Je vais à Knoxville.

Sur ce, il s'est mis à parler de son groupe, Gnosis Crank. Il m'a raconté leur premier concert dans un bar de Five Points. J'ai compris que ses questions n'étaient qu'une façon de centrer la conversation sur lui. Tant mieux, je n'avais pas à élever la voix.

— Super.

— La plupart de nos chansons sont en ligne, si tu veux les écouter.

— J'irai voir.

— Qui t'a fait ce cocard ? Ton petit ami ?

Je me suis empourprée. Il croyait que j'avais un petit ami. Que j'étais une fille. Dans d'autres circonstances, j'aurais adoré.

— Une mauvaise chute, ai-je dit.

Il a perdu son sourire.

— C'est ce que ma mère racontait aux voisins. Elle méritait mieux, et toi aussi.

J'ai hoché la tête. Peut-être avait-il raison. Mais il y avait une grande différence entre ce que je méritais et ce que la vie me réservait.

— Merci.

— Pas de souci.

Il a remis ses écouteurs, il a souri et ajouté : « Content de t'avoir rencontrée ! » d'une voix bien trop forte, puis il s'est rassis.

J'ai envoyé un texto à ma mère pour lui dire que tout allait bien et que j'étais à mi-chemin. Elle m'a répondu qu'elle m'aimait. Je l'ai imaginée seule chez nous, en train d'écouter Carrie Underwood en boucle sous le murmure des ventilateurs. Les mains couvertes de farine, après avoir enfourné trop de biscuits parce qu'elle cuisine toujours pour dix. Si j'avais la force d'être ordinaire, ai-je songé, ou au moins celle de mourir, tout le monde serait soulagé.

— Prochain arrêt, Lambertville ! a lancé le conducteur.

Par la fenêtre, le paysage semblait le même. Les montagnes, les arbres étaient identiques. Nous aurions pu être n'importe où dans le Sud. Pas étonnant que ça plaise à mon père.

Lorsque le car s'est arrêté, mes mains tremblaient. J'ai été la seule personne à me lever. Pendant que je rassemblais mes affaires, le musicien a levé les yeux de son magazine et m'a adressé un signe de tête. Un homme à la peau tannée, dont la chemise d'ouvrier était couverte de sueur, m'a détaillée des pieds à la tête sans croiser mon regard. J'ai continué de regarder droit devant et fait semblant de ne pas remarquer.

La porte s'est ouverte en vibrant et le car a lâché un soupir. J'ai fermé les yeux, murmuré une rapide prière à un dieu qui n'en avait sûrement plus rien à faire et je suis descendue. L'humidité de l'après-midi était comme un mur de briques.

Cela faisait six ans que je n'avais pas vu mon père. Je n'avais cessé d'imaginer cet instant. Je me jetterais dans ses bras, il déposerait un baiser sur ma tête et, pour la première fois depuis longtemps, je me sentirais en sécurité.

— C'est toi ? a-t-il demandé, la voix couverte par le moteur du car.

J'ai plissé les yeux pour me protéger de la luminosité. Il portait des lunettes de soleil à monture métallique et ses cheveux grisonnaient. Des marques profondes creusaient le contour de ses lèvres.

— Bonjour, papa.

Derrière mes lunettes de soleil, il m'était plus facile de le regarder dans les yeux. Nous sommes tous les deux restés figés.

— Bonjour, a-t-il enfin répondu. Mets tes affaires dans le coffre.

Il l'a ouvert et il s'est assis au volant. J'ai déposé mon sac et je l'ai rejoint. Cette voiture avait au moins dix ans. Mon père était bon mécanicien.

— Tu dois avoir faim.

— Pas vraiment.

J'avais depuis longtemps perdu l'appétit. Depuis longtemps cessé de pleurer. Je me sentais surtout anesthésiée.

— Il faut que tu manges.

Il me jeta un coup d'œil en sortant du parking. Le verre de ses lunettes s'était éclairci. Derrière, ses yeux étaient d'un marron presque bordé de gris.

— Il y a un *diner* près de l'appartement. Si nous y allons maintenant, nous serons tranquilles.

— Super.

Mon père n'avait jamais aimé la foule, mais une petite voix me disait qu'il voulait surtout ne pas être vu avec moi. J'ai pris une profonde inspiration.

— Elles sont chouettes, tes lunettes.

Il a haussé les épaules.

— Mes problèmes de vue ont empiré.

— C'est bien que tu t'en sois occupé, ai-je dit.

Des mots hésitants et maladroits, comme moi. J'ai regardé mes genoux.

— Tu as hérité de mes yeux, tu sais. Tu dois prendre soin de toi.

— Oui, papa.

— Je vais t'emmener chez l'ophtalmo. De toute façon, il faut qu'on vérifie si ce cocard n'a pas fait de dégâts.

— Oui, papa.

Nous nous sommes retrouvés face au soleil, ce qui a caché son regard.

— Qu'est-ce qu'a dit maman pour te convaincre de me laisser venir ?

— Elle s'inquiétait pour toi. Elle a dit que tu n'étais pas en sécurité là-bas.

— Elle t'a expliqué ce qui s'est passé en seconde ? Quand j'étais… à l'hôpital ?

Les jointures de ses doigts ont blanchi sur le volant. En silence, il a regardé droit devant lui pendant que nous dépassions un vieux bâtiment de briques surmonté d'un clocher terni. Un panneau indiquait : « ÉGLISE BAPTISTE DE L'ESPOIR RENOUVELÉ ».

— On en parlera plus tard.

Ses rides ont semblé plus marquées. Je me suis demandé comment il avait pu tant vieillir en six ans, puis je me suis rappelé combien j'avais changé, moi aussi.

— Pardon. Je n'aurais pas dû aborder le sujet.

J'ai contemplé les champs de tabac qui défilaient.

— Mais tu n'as jamais appelé, jamais écrit.

— Je ne savais pas quoi dire, a-t-il répondu. Ça n'a pas été facile d'accepter... tout ça.

— Et maintenant que tu m'as vue ?

— Donne-moi un peu de temps, mon lapin.

Il a fait une petite moue à ces derniers mots, d'une familiarité inhabituelle venant de lui.

— Je suis d'une autre génération.

La voiture a ralenti. Mon cœur battait en rythme avec le clignotant. Nous nous sommes garés devant le Sartoris Dinner Car, un vrai wagon de train reconverti en restau.

— Je comprends.

Je me suis demandé comment il me voyait, et j'en suis vite venue aux pires conclusions.

— Au cas où tu l'aurais oublié, maintenant je m'appelle Amanda.

— D'accord.

Il a éteint le moteur, ouvert la portière et hésité.

— D'accord, Amanda. Ça me va.

Il a rejoint la porte, les mains dans les poches. Je n'ai pu éviter mon reflet : une adolescente dégingandée aux longs cheveux bruns, vêtue d'une chemise de coton et d'un short froissé par le voyage.

Une clochette a sonné lorsque nous sommes entrés dans le *diner* vide. Une serveuse au regard endormi a levé les yeux et souri.

— Bonjour, monsieur Hardy !

— Bonjour, Mary Anne, a-t-il répondu avec un large sourire.

Il a fait un signe de la main et s'est assis au comptoir. Ce sourire m'a donné le vertige. Il avait eu le même quand j'avais sept ans et que je lui avais dit que je voulais faire du base-ball. Quand j'avais neuf ans et que j'avais accepté de l'accompagner à la chasse. C'étaient les seuls souvenirs que j'en avais.

— J'ai appris que votre grand-mère a fait une attaque. Comment va-t-elle ?

— Elle dit que le Ciel ne veut pas d'elle et que l'enfer a peur qu'elle y prenne le pouvoir, a répondu la fille en sortant un carnet et un stylo de son tablier. Mais la rééducation lui en fait baver.

— Si quelqu'un peut s'en sortir, c'est bien elle.

Mon père a glissé son menu vers elle sans le regarder.

— Du thé glacé et une salade César avec poulet, s'il vous plaît.

Elle a hoché la tête.

— Et qui est cette jeune demoiselle ? a-t-elle demandé en se tournant vers moi.

Je l'ai regardée, puis mon père.

— Je m'appelle Amanda, ai-je répondu.

Elle avait l'air de s'attendre à plus d'informations, mais je ne savais pas ce que mon père avait raconté au sujet de sa famille. Et s'il leur avait dit qu'il n'avait qu'un fils ? Je lui ai tendu mon menu d'une main tremblante.

— J'aimerais une gaufre et un Coca Light, s'il vous plaît, merci.

— C'est ma fille, a-t-il enfin déclaré d'une voix hachée.

— Elle vous ressemble comme deux gouttes d'eau !

Lorsque Mary Anne est partie chercher nos boissons, nous avons échangé un regard embarrassé.

— Elle a l'air gentille, ai-je dit.

— C'est une bonne serveuse.

Mon père a hoché la tête avec raideur. J'ai pianoté sur le comptoir et balancé le pied d'avant en arrière d'un geste absent.

— Merci de m'accueillir chez toi, ai-je dit doucement. Ça me touche beaucoup.

— C'est le moins que je puisse faire.

Mary Anne nous a apporté nos plats puis est allée accueillir deux hommes aux cheveux blancs portant des chemises à carreaux.

L'un d'entre eux s'est arrêté pour parler à mon père. Il avait le nez rond, parcouru de veinules violettes en toile d'araignée, les yeux cachés sous des sourcils ombrageux.

— Qui est ce petit rayon de soleil ? a-t-il demandé en se penchant pour me faire un signe de main.

— Amanda, a marmonné mon père. Ma fille.

L'homme a sifflé et lui a donné une tape à l'épaule.

— Eh bah, pas étonnant que je ne l'aie jamais vue ! Si j'avais une fille aussi mignonne, moi aussi, je la planquerais !

J'étais écarlate. Je me suis penchée sur le comptoir pour cacher mon visage.

— N'hésite pas à me dire si un jour un garçon est un peu trop insistant, je te prêterai mon fusil.

— Ça ne devrait pas être un problème, a bredouillé mon père.

— Oh, crois-moi, a affirmé l'homme avec un clin d'œil, j'ai eu trois filles, aucune aussi jolie que la tienne, et j'avais quand même un mal de chien à repousser leurs prétendants.

— D'accord. Merci du conseil. Ton café refroidit.

Il a dit au revoir, m'a fait un dernier clin d'œil puis a rejoint son siège d'une démarche raide.

— Prête ? a enfin demandé mon père.

Il s'est levé sans attendre de réponse et a jeté un billet de vingt dollars près de nos assiettes encore à moitié pleines.

Nous sommes montés dans la voiture puis sortis du parking sans échanger un regard.

Novembre, trois ans plus tôt

Le lit d'hôpital a grincé lorsque ma mère s'est assise. Elle m'a frotté la jambe au travers du drap mince. Un sourire forcé étirait ses joues rondes sans éclairer son regard. Ses vêtements semblaient trop grands pour elle ; pour avoir perdu tant de poids, elle n'avait pas dû manger depuis mon admission.

— J'ai parlé avec le psychologue, a-t-elle dit.

Son accent, léger et musical, était différent du mien.

J'ai demandé :

— À quel sujet ?

Ma voix était sans expression, plate, et prenait des tonalités graves qui me donnaient envie de me taire à tout jamais. J'en avais des crampes au ventre.

— De ton retour à la maison. Je lui ai dit que j'avais peur de ce que tu pourrais faire sans personne pour te surveiller, puisque je n'ai plus de congés. Je n'y survivrais pas si je rentrais et que je te découvrais…

Elle s'est tu.

— Qu'a-t-il dit ?

Je l'avais rencontré quelques jours plus tôt. Quand il m'avait demandé ce qui n'allait pas, j'avais écrit quelques mots sur un carnet. Après mon lavage d'estomac, j'avais la gorge encore trop douloureuse.

— Il m'a affirmé qu'on pouvait traiter ton problème. Mais il a refusé de me dire comment.

Elle m'a regardé d'un air attentif.

— Si je te l'expliquais, tu ne me laisserais pas rentrer, ai-je dit en baissant les yeux. Tu ne voudrais plus jamais me revoir.

Cela faisait des semaines que je n'avais pas autant parlé. J'en avais mal à la gorge.

— Impossible, a-t-elle répondu. Rien au monde ne pourrait tuer l'amour que j'éprouve pour mon fils.

J'ai remonté mon poignet vers ma poitrine. Sur le bracelet d'identification, on lisait le nom d'Andrew Hardy. Si je mourais, ai-je compris, c'est Andrew qu'on inscrirait sur ma tombe.

— Et si ton fils te disait qu'il était ta fille ?

Ma mère a gardé un instant le silence. J'ai repensé à ce que j'avais écrit au conseiller, sur ce carnet : « J'aurais dû être une fille. »

Enfin, elle a croisé mon regard. Malgré ses joues rondes et rouges, elle avait l'air remontée.

— Écoute-moi bien.

Elle m'a serré la jambe si fort que la douleur a traversé le brouillard créé par les médicaments. Quand elle a parlé, elle avait toute mon attention.

— Mieux vaut n'importe quoi, *n'importe qui*, qu'un fils mort.

Chapitre 2

Le lycée de Lambertville se trouvait au pied d'une colline. Des douzaines de pick-up cabossés et de breaks en bouchaient l'entrée. De petits groupes d'élèves traînaient devant le portail, les garçons avachis et les filles toutes droites, le menton haut, les uns affichant leur désintérêt pour les autres, et vice-versa, de la façon la plus évidente possible.

J'avais à peine dormi. À 5 heures, j'avais renoncé et avalé mes médicaments avec une boisson nutritive chocolatée : deux tout petits comprimés bleus d'estradiol, deux milligrammes au goût de craie, qui féminisaient mon apparence et remplaçaient la testostérone que mon corps ne produisait plus, ainsi qu'un comprimé de dix milligrammes d'escitalopram, rond, blanc, cireux, pour m'aider à rester calme.

Regardant droit devant moi, j'ai passé les doubles portes. J'espérais que mon fond de teint cachait bien mon cocard. À l'intérieur, le sol était couvert de dalles vertes, marron et blanches à éclats dorés. Des néons grésillaient furieusement, pourtant les couloirs étaient sombres. Le long des murs étaient exhibés des trophées de compétition de cheerleading, de fanfare, de base-ball et surtout de football. Ils remontaient à si loin que la moitié des photos des équipes était couleur sépia. Des numéros à moitié effacés apparaissaient sur les portes rouges des salles de classe. Je les ai suivis jusqu'au 118, où j'avais cours.

Plus d'une douzaine de lycéens étaient assis en groupe de trois ou quatre. Ils parlaient si fort que je les entendais du couloir. Tout le monde s'est tu lorsque je suis entrée. Les filles m'ont dévisagée avant de rapidement détourner les yeux, mais ceux des garçons, impénétrables, se sont attardés.

Lorsque je suis allée m'asseoir, un visage était encore tourné vers moi : un garçon grand et mince, aux yeux noirs et aux cheveux bruns ondulés. J'ai croisé son regard et j'ai eu un instant mal au cœur. Il était assis à côté d'un autre garçon, plus costaud, aux cheveux courts et clairs, dont le nez avait l'air d'avoir été cassé. Les paupières mi-closes, il me fixait d'un air sarcastique. Il a dit quelque chose que je n'ai pas compris et les joues de son ami se sont lentement empourprées.

Mon cœur me hurlait qu'ils savaient, que j'avais un instant attiré celui aux yeux perçants et que son ami se moquait de lui. C'était ce qui coûtait la vie aux filles comme moi. J'avais fait mes recherches. Je connaissais les statistiques. J'ai passé le doigt sur la cicatrice de mon oreille. Même maintenant que j'étais opérée, que seul un document légal pouvait trahir mon passé, je ne serais jamais tout à fait en sécurité.

La cafétéria servait aussi d'auditorium. Cinq à six personnes pouvaient s'asseoir autour des tables rondes et la moitié des sièges se trouvaient sur la scène. Les plus hauts étaient clairement réservés aux élèves de première et de terminale.

Assise seule à une table, j'ai ouvert *Sandman*, un roman graphique recommandé par mon amie Virginia, et j'ai sorti de mon sac les makis végétariens que j'avais préparés la veille. Au bout de quelques minutes, j'ai mis un marque-page et posé mon livre. Lorsque j'ai redressé la tête, le garçon brun de la salle 118 était assis en face de moi.

— Salut, a-t-il dit.

Il n'était ni aussi grand ni aussi costaud que son ami, mais les muscles de ses bras étaient déliés et il se mouvait avec une grâce tranquille.

— Cette chaise est libre ? a-t-il demandé

— Oui, ai-je répondu.

— Et toi ?

— Pardon ?

— Tu es libre ? C'est ce que mon ami Parker voudrait bien savoir.

Je me suis presque étranglée avec mon wasabi.

— Désolée.

J'ai toussé puis bu une gorgée d'eau.

— Ça pique.

— Où as-tu trouvé des sushis à Lambertville ? a-t-il demandé.

— C'est moi qui les ai faits, ai-je répondu en jouant avec mes baguettes.

— La vache, je savais pas qu'on pouvait... genre, les faire.

— Ce n'est pas si difficile, ai-je menti en me remémorant ces innombrables soirées passées à faire coller le riz à la table de la cuisine.

Lorsque le stress de la transition était devenu trop violent, les médecins m'avaient prescrit du repos. Au début, mon année sabbatique avait été chouette, mais j'avais fini par m'ennuyer. J'avais l'impression de stagner, que la vie s'écoulait dehors et que je serais éternellement enfermée chez nous, sans nulle part où aller ni personne à qui parler. Il fallait que je m'occupe.

Il a eu l'air surpris.

— Ici, la plupart des gens croient que manger chic, c'est remplacer le tex-mex par l'italien. Au fait, je m'appelle Grant, si tu te demandais.

La nuque me chatouillait.

— Je m'appelle Amanda.

— Désolé que tu te sois étranglée sur mon jeu de mots débile, Amanda. Il fallait le prendre comme un compliment, mais j'imagine que ça t'arrive tout le temps.

— Pourquoi tu dis ça ?

— Tu t'es vue ?

J'ai plissé les yeux. Que voulait-il dire par là ? Mes craintes sont revenues d'un coup.

— Tu te moques de moi ?

— Là, tu cherches les compliments !

Il a secoué la tête en riant.

— D'accord, d'accord. Tu sais, le type au nez de traviole qui était à côté de moi en cours ?

J'ai lentement hoché la tête et dégluti.

— C'est mon ami Parker. Il voudrait te demander de sortir avec lui, mais c'est une poule mouillée. Alors c'est moi qui te demande ton numéro.

— Tu veux mon numéro ?

J'ai croisé les mains sur mes cuisses. Le sang faisait battre mes tempes. Les garçons comme Grant ne m'adressaient la parole que dans l'intention de me faire du mal. J'avais été victime de trop de plaisanteries douteuses, de trop de canulars et de trop de conflits pendant trop longtemps. On m'avait cent fois mise à terre, de cent façons différentes.

— Pour ton ami.

— Oui, oui, a-t-il répondu.

— Mon père est, euh, très strict.

J'ai revu son expression lorsque le vieil homme lui avait proposé de lui prêter son fusil pour chasser mes prétendants. Je ne mentais pas vraiment. Grant a froncé les sourcils et s'est appuyé sur les coudes. Bizarrement, j'ai éprouvé l'envie de développer.

— C'est compliqué… Je suis une fille compliquée.

J'ai pincé les lèvres et senti mes narines s'écarter. J'en disais trop.

— D'accord, a-t-il tranquillement répondu.

Il s'est adossé à sa chaise. Dans un silence tendu, il m'a dévisagée de ses yeux couleur charbon. J'y ai vu de la curiosité, mais pas de menace. Je me suis demandé si un garçon tel que lui pourrait jamais me comprendre.

Le lycée était une épreuve. Rien d'autre pour moi qu'une série de journées à passer, de cases à cocher sur un calendrier. J'étais venue à Lambertville avec un plan : ne pas me faire remarquer. Finir le lycée. Aller dans l'université la plus éloignée possible du Sud. Survivre.

Grant s'est frotté la nuque.

— J'avais prévenu Parker que ça se passerait mieux s'il venait lui-même. Mais c'est mon pote, tu sais ? Il fallait que j'essaie. C'est un crétin quand même, et tu dois croire que moi aussi.

— Mais non.

J'ai commencé à ranger mes affaires. Mes mains tremblaient. Je le croyais sincère, ou du moins je le voulais, mais la peur s'était gravée en moi pendant des années et je ne pouvais ni la raisonner ni la surmonter.

— Ç'aurait été pareil s'il était venu en personne. Je… Je ne peux pas.

Il a pris une expression que je n'ai pas réussi à déchiffrer. Il a mis les mains dans ses poches et s'est levé.

— Ça m'a fait plaisir de te rencontrer, Amanda.

— Pareil.

Mes joues étaient brûlantes.

Grant m'a adressé un petit signe et s'est éloigné. Au bout de quelques pas, il s'est retourné.

— Qu'est-ce que tu lis ? a-t-il demandé en montrant la table.

— *Sandman*, ai-je répondu, une main protectrice sur la couverture. C'est un comic.

— C'est bien ?

— Je trouve, oui.
— Cool.
Il a hoché la tête et fait demi-tour. Mes mains ont cessé de trembler et mon souffle a ralenti, mais mon cœur a continué de battre à tout rompre, et je craignais de savoir pourquoi.

Chapitre 3

Le lundi et le mardi se terminaient par le cours d'arts plastiques, à l'autre bout du campus. Dehors, la chaleur était assommante. Lorsque j'ai atteint le bâtiment en bois qui faisait la taille d'une cabane de jardin, une voix féminine a crié : « Par ici ! »

Je l'ai suivie jusqu'à trouver une fille allongée dans l'herbe. Des lunettes de soleil ovales cachaient ses yeux et un rouge à lèvres vif faisait ressortir sa bouche. Un tiers de sa tête était rasé, les deux autres tiers couverts d'épais cheveux ondulés.

— Arts plastiques ? a-t-elle demandé.

J'ai hoché la tête et, mal à l'aise, j'ai regardé autour de moi. Elle s'est redressée sur les coudes.

— La prof est à Nashville. Son fils s'est pété la main dans un accident de voiture.

— Oh non !

— Eh ouais. En plus, c'est un musicien. Du moins, c'était. Hé, il fait une chaleur à crever, t'as l'air au bord de la crise cardiaque. Tu devrais t'asseoir. Au fait, je m'appelle Bee.

— On ne devrait pas aller au bureau du conseiller d'éducation ?

— Pitié, non ! s'est-elle empressée de dire. Ils vont mettre mon gros cul en sport et leur filer tout le budget du département d'arts, comme d'habitude. Je vais profiter un max de la situation.

J'ai hoché la tête faiblement et je me suis assise. La fille s'est laissée retomber dans l'herbe, les bras écartés.

— Alors, t'es la nouvelle ?

— Ça se voit tant que ça ? ai-je demandé en ramenant mes genoux contre ma poitrine.

— Les infos circulent.

De la sueur luisait sur ses bras et ses jambes. Elle avait le visage tourné vers le soleil.

— Oh, d'accord. Désolée.

— Pas besoin de t'excuser, a-t-elle répondu sans bouger ou presque.

— Désolée, ai-je répété par réflexe avant de grimacer.

— Tu sais que tu m'as toujours pas dit comment tu t'appelles ?

— Amanda, ai-je répondu vivement. Ravie de te rencontrer.

— Ouais, ouais.

Elle a sorti un joint d'une vieille boîte à déjeuner X-Men.

— Je peux fumer ?

Elle n'a pas attendu ma réponse.

— Alors, a-t-elle dit en soufflant de la fumée.

Cela sentait la paille après une pluie d'orage, une odeur de terre âcre.

— Tu viens d'où ?

— Smyrna. Mon père a déménagé ici après le divorce.

— Les pères…, a-t-elle commenté.

Je ne savais pas quoi ajouter, mais soit elle n'a pas remarqué, soit elle s'en fichait.

— T'es plutôt cool, Amanda. On va bien s'entendre.

— Je ne sais pas sûre d'être si cool que ça.

— On verra.

En hochant la tête, Bee a reposé son joint à demi fumé dans sa boîte à déjeuner.

— Oh oui, on verra.

Elle a gloussé, s'est rallongée dans l'herbe, puis elle a fermé les yeux.

Je me suis installée à côté d'elle et, les bras tendus au-dessus de moi pour me protéger du soleil, j'ai repris ma lecture. J'ai été rapidement happée par l'histoire. Alors que partout dans le monde les gens s'endormaient sans plus se réveiller, je n'ai pas vu le temps passer. Emprisonné pendant des décennies, le Maître des Rêves s'est enfui et a tenté de reconstruire sa vie. Les endormis se sont réveillés dans des corps qu'ils ne reconnaissaient pas, victimes de violences commises pendant leur sommeil. Enfin, lorsque le Maître des Rêves est descendu aux Enfers, j'ai rangé le livre.

Quand je me suis redressée, j'ai jeté un coup d'œil à Bee perdue dans une sorte de transe, à moitié endormie, à moitié éveillée.

— Il est quelle heure, au fait ?

— 16 heures, a-t-elle répondu.

Elle a bâillé et est retombée dans l'herbe.

— Merde !

J'ai fourré mon livre dans mon sac. En me levant, j'ai entendu le bruit sifflant des cars scolaires qui démarraient. J'ai couru jusqu'au parking presque vide.

— T'as raté ton car ? Pas cool, a dit Bee. Quelqu'un peut venir te chercher ?

— Mon père travaille jusqu'à 18 heures.

— Je te ramènerais bien, mais je conduis pas quand que je suis stone, et je suis grave, grave stone, là.

Elle a gloussé rêveusement.

— Il va falloir que je marche, alors.

— Mauvaise idée, a chantonné Bee. Ils prévoient 45 degrés. L'insolation assurée.

— Mais les adolescents n'en font pas, si ? Quand on y réfléchit, les gens ont vécu dans le Sud bien avant la clim.

— C'est toi qui vois, a-t-elle dit en m'adressant un signe paresseux de la main. À bientôt, si tu survis.

De la sueur me coulait dans le dos tandis que je marchais sur le bord de la route. Au bout d'une demi-heure, j'avais parcouru trois des neuf kilomètres, mais je haletais et traînais des pieds. J'avais songé à appeler mon père avant de renoncer, je ne voulais pas le déranger le tout premier jour. Encore un kilomètre et demi. J'avais mal aux genoux, mes mollets nus, griffés par les ronces, me picotaient. J'avais la bouche sèche, mal à la tête.

J'ai à peine entendu la voiture noire qui est passée en trombe puis a fait demi-tour avant de s'arrêter à côté de moi.

La vitre a été descendue et une fille toute pâle aux courts cheveux bruns a sorti la tête.

— On t'emmène ?

— Nan, ai-je dit d'une voix pâteuse. Je ne veux pas déranger.

Elle s'est tournée vers le siège arrière.

— Ne l'écoute pas, Chloé, fais la monter avant qu'elle s'évanouisse.

Une fille à la crinière rousse et bouclée a surgi. Elle portait une chemise à carreaux déboutonnée à mi-poitrine, dont elle avait roulé les manches. Sans un mot, elle m'a pris le bras et m'a attirée sur le siège arrière.

— Non, mais ça va, promis..., ai-je dit faiblement.

Mais j'ai fermé les yeux lorsque la climatisation m'a soufflé dans la figure.

— Ce n'est pas un kidnapping, a promis la fille pâle et mince installée au volant.

Les sourcils froncés d'inquiétude, elle avait les cheveux blonds et le regard candide.

— Elle va reprendre ses esprits, a déclaré la conductrice lorsque nous avons redémarré. Donnez-lui de l'eau.

— Je m'appelle Anna, s'est présentée la blonde.

J'ai ouvert les yeux et elle m'a fait un petit signe enthousiaste de la main.

— Tu vas à quelle église ?

— Ne t'occupe pas d'elle, a dit la conductrice. C'est le tout premier truc qu'elle demande quand elle rencontre quelqu'un. Je m'appelle Layla. Celle avec les taches de rousseur, c'est Chloé.

L'intéressée a hoché la tête et dit : « Salut », tout en bouclant sa ceinture de sécurité.

— La foi en dit beaucoup, a continué Anna. C'est un bon moyen de lancer la conversation.

— Je ne vais plus à l'église, en fait.

Quand j'ai réalisé le temps qui s'était écoulé depuis la dernière fois où j'y avais mis le pied, j'ai ressenti un pincement de culpabilité. J'espérais que Dieu comprenait.

— Mais je fréquentais l'église baptiste de Cavalry.

Anna a applaudi et sauté sur son siège.

— Elle est baptiste ! s'est-elle exclamée avec joie.

Les autres filles ont levé les yeux au ciel.

— Tu connais beaucoup de gens dans cette ville qui ne le sont pas ? a demandé Layla. Ou dans tout le Sud, d'ailleurs ?

— Il y a des luthériens, a protesté Anne, carrant les épaules.

— Tiens.

Chloé m'a tendu une bouteille sortie de son sac à dos. J'ai soufflé « merci » d'une voix rauque et je l'ai vidée à moitié, de l'eau dégoulinant sur mon menton et ma chemise.

— Tu as faim ? m'a demandé Layla.

Elle s'est tournée vers moi.

— Je suis sûre que oui. Allons manger un bout.

Un panneau annonçant « CHEZ DAN L'AFFAMÉ » au néon rouge surplombait un restaurant façon années cinquante, éblouissant de chrome. Lorsque nous sommes sorties de la voiture, j'ai pu mieux voir Layla et Anna. Les cheveux bruns et la peau couleur crème, Layla était aussi grande que moi. Anna arrivait à peine à l'épaule de Chloé. Ses cheveux blonds et brillants tombaient jusqu'au bas de son tee-shirt rouge vantant un rassemblement biblique pour la jeunesse.

À l'intérieur, des affiches de films tels que *Grease* et *La Fureur de vivre* étaient accrochées aux murs du fond. Sur les tables se trouvaient des menus plastifiés à couverture et reliure en faux cuir.

Une fois que la serveuse a eu pris notre commande, j'ai regardé mon téléphone. Il n'avait plus de batterie. Je me suis demandé si je pouvais emprunter celui d'une des autres filles pour prévenir mon père que je rentrerai tard, mais j'ai hésité. Peut-être arriverais-je avant lui, et je ne voulais pas lui avouer que j'avais raté mon car le premier jour.

— Très bien, a déclaré Layla d'un ton cérémonieux, il y a un match de foot américain jeudi.

Elle s'est tournée vers moi.

— Tu viens, hein ?

— Oooh, oui ! a renchéri Anna.

— Je n'aime pas vraiment le sport, ai-je répondu en haussant les épaules.

— Mais notre meilleur joueur de foot en pince pour toi, a répliqué Layla avec un sourire en coin.

— Qui ça ?

— Parker, a dit Chloé. Tu le connais ?

— Oh que oui, a repris Layla, en haussant les sourcils d'un air entendu.

— Je… je ne…

— Ne fais pas l'innocente, a-t-elle continué, une frite entre les doigts comme si c'était une cigarette.

Grant et lui sont assis à côté de moi en bio. Je les ai entendus dire que tu as envoyé balader Grant.

Au souvenir de son sourire tranquille, je me suis empourprée.

— Ce n'est pas ça.

J'ai secoué la tête. Je me suis interrogée, un instant, sur ce que j'aurais répondu si c'était Grant qui m'avait demandé de sortir avec lui.

— Arrête de la torturer, est intervenue Anna. Puis, s'adressant à moi : Comment trouves-tu Lambertville, jusqu'ici ? Tout le monde a été gentil ?

— Ça va. Enfin, je n'ai rencontré que cinq personnes pour l'instant, y compris Grant et vous.

Anna a souri.

— Qui est la cinquième ?

— Elle s'appelle Bee. On a le même court d'arts plastiques.

Les filles ont échangé un rapide regard.

— Il y a un problème ? ai-je demandé.

— Non, non, a répondu Chloé.

— Elle est marrante… à petites doses, a ajouté Layla.

Ne sachant que répondre, j'ai aspiré sous la glace au fond de mon verre.

— Je suis une vraie garce, a fini par déclarer Layla. Traîne avec qui tu veux. On vient à peine de se rencontrer ! Mais tu peux te joindre à nous quand tu veux.

Quand l'addition est arrivée, elles ont refusé que je paie. J'ai réitéré ce rituel du Sud que j'ai vu ma mère répéter d'instinct pendant des années : proposer de régler, elles refusent, sortir mon argent et insister, elles refusent à nouveau, renoncer alors. J'aurais voulu que tous les échanges aient des règles aussi claires.

Vingt minutes plus tard, nous nous sommes garées devant mon immeuble, un carré de briques ordinaire derrière une haute barrière étranglée par des lianes de kudzu.

— Tu viens au match, hein ? a demandé Anna.

Les cigales chantaient avec insistance dans le soleil couchant. Un jour, j'avais lu qu'elles vivaient sous terre la majorité de leur vie avant de sortir une fois adultes et de passer leurs derniers jours dehors. Serait-ce mon cas ? Allais-je vivre presque toute ma vie cachée, sans jamais voir le monde ?

Les filles me regardaient toutes d'un air plein d'espoir, le moteur de la voiture ronflant. Après un moment, j'ai répondu :

— Je vous y retrouverai.

Layla a klaxonné joyeusement, puis elles sont parties.

Une fois la voiture disparue, je suis restée seule sur le parking brûlant. Il était 18 heures passées. Mon père devait être rentré depuis longtemps, se demander où j'étais, sans moyen de me contacter. Je voulais éviter ce qui m'attendait dans l'appartement, traîner jusqu'à minuit et me faufiler à l'intérieur lorsqu'il se serait endormi, mais même à cette heure-ci, la chaleur était insupportable.

J'ai monté les marches, tourné la clé dans la serrure et je suis rentrée. L'obscurité emplissait l'espace comme une créature vivante. Un rayon de soleil unique passait entre les stores du balcon et traversait le salon, des grains de poussière rouge flottaient dans une mer d'or.

— Où étais-tu ?

La voix de mon père était tranchante.

— Pardon, ai-je dit tout bas.

— Pardon n'est pas un lieu.

— Avec des amies, ai-je répondu, le regard baissé. J'ai raté le car.

— Quand je suis rentré et que tu n'étais pas là, je n'ai pas cessé d'appeler. J'étais malade d'inquiétude.

J'ai essayé de parler, je me suis étranglée, alors j'ai pris une grande inspiration.

— Tu ne t'es jamais inquiété, avant.

Je me souvenais des premiers jours après mon réveil à l'hôpital, encore vivante. Avec pour seule compagnie les infirmières, ma mère et la télévision : pas d'amis, pas de famille, pas de père. Pour la première fois de ma vie, je me suis demandé s'il se fichait bien que je sois en vie ou non.

J'ai fermé les poings et levé les yeux vers lui.

— Tu n'as même pas écrit. J'ai failli mourir et le fantôme, c'était toi.

— Que voulais-tu que je dise ?

— N'importe quoi.

Il a lâché un long et lent soupir.

— Je ne savais pas quoi faire, d'accord ? a-t-il répondu en se frottant le front. On tient un bébé lorsqu'il respire pour la première fois, on lui chante des berceuses, on le réconforte, puis on détourne les yeux ce qui semble une seconde et ce bébé n'a plus envie de vivre. Tu es mon *enfant*.

— Je suis *ta fille*, ai-je murmuré. Tu n'as rien dit à ce sujet, non plus.

Un semi-remorque est passé sur la route, son grondement sourd a déchiré le silence.

— Désolée de t'avoir inquiété. Ça ne se reproduira pas.

Je suis rentrée dans ma chambre en passant devant lui, fermant la porte à double tour.

Novembre, trois ans plus tôt

Le bureau du thérapeute se trouvait au rez-de-chaussée d'un vieux manoir reconverti, dans un de ces quartiers reconstruits immédiatement après la guerre de Sécession. Il sentait le vieux bois et le plancher craquait. Un téléviseur à tube cathodique était posé sur une desserte devant une cheminée assez large pour l'avaler tout cru. Des étagères à moulures destinées à des ouvrages reliés de cuir contenaient des livres aux titres tels que : *Je vais bien, tout va bien* et *Vivre avec son trouble post-traumatique.*

Le psy a tapoté son carnet de son stylo, en décalage insupportable avec le rythme de l'horloge. J'ai replié les genoux contre ma poitrine et j'ai tenté de disparaître dans le fauteuil en cuir rembourré.

— Comment vas-tu, Andrew ?

— Je ne sais pas.

J'ai tiré d'un geste mécanique sur un fil qui dépassait de mon jean.

— De quoi voudrais-tu parler ?

— De rien.

— Puis-je te poser une question ?

— Si vous voulez.

Il a décroisé les jambes et mis les mains sur ses cuisses. Il se servait de son corps pour indiquer que je pouvais lui faire confiance, parce que c'était son boulot. Il s'adressait à moi d'un ton égal et neutre.

— Peux-tu m'expliquer ce que tu voulais dire, quand tu m'as donné ce mot à l'hôpital ?

Au bout d'un moment, j'ai dit :

— J'aime les puzzles.

Le poing contre ma bouche étouffait mes mots. Il s'est penché pour mieux entendre.

— Et les sciences. J'aime quand les choses sont logiques. Je n'aime pas qu'elles n'aient aucun sens.

J'ai mis les mains sur ma nuque et appuyé vers le bas, m'adressant à mes genoux.

— Alors, je ne sais pas ce que veut dire ce message. Ce qui signifie que quelque chose cloche dans ma tête, puis que ça n'a pas de sens.

— Qu'est-ce qui n'a pas de sens, Andrew ?

— Sur mon acte de naissance, il est écrit que je suis un garçon.

J'avais la poitrine compressée. Malgré ses plafonds hauts, la pièce me paraissait soudain étroite.

— J'ai un… je ressemble à un garçon. J'ai des chromosomes de garçon. Dieu ne fait pas d'erreur. Alors, je suis un garçon. D'un point de vue scientifique, logique, spirituel, je suis un garçon.

Il a joint le bout de ses doigts et s'est penché encore plus.

— On dirait que tu essaies de te convaincre.

— Je sais que j'aime les garçons.

J'ai levé les yeux vers le plafond et agité le pied nerveusement.

— Mais on n'a pas besoin d'être une fille pour ça. Est-ce qu'il y a quelque chose qui te dérange, dans le fait d'être un garçon ?

— Les habits, ai-je répondu très vite.

Je n'avais jamais prononcé ces mots à voix haute. J'avais les oreilles bourdonnantes. La peau trop tendue.

— J'ai toujours voulu porter des vêtements de fille.

— L'as-tu déjà fait ?

— Quand j'étais en CP, la fille des voisins me laissait faire. Ses parents nous ont surpris et je n'ai plus eu le droit d'y retourner.

Il a émis un bruit insondable, puis je l'ai entendu écrire quelque chose sur son carnet.

— Alors quand tu as écrit « J'aurais dû être une fille », voulais-tu dire que tu as peur d'annoncer ton homosexualité, ou que vouloir porter des vêtements de fille t'embarrasse ? Ta mère m'a dit que vous étiez baptistes ; crois-tu que ce que tu ressens est mal d'un point de vue religieux ?

— Non. Je ne crois pas que Dieu se préoccupe de ça. Si je n'étais que gay, ça irait. Mais je me sens mal en tant que garçon. J'aime quand je laisse mes cheveux pousser et que les gens me prennent pour une fille. J'essaie d'imaginer quel type d'homme je deviendrai et rien ne vient. Même si c'est avec homme, me voir en tant que mari ou père me donne l'impression de disparaître dans un trou noir. Le seul avenir dans lequel j'existe, c'est celui où je suis une fille.

— Je vois.

Je l'ai entendu griffonner encore.

— Le trouble de l'identité de genre se trouve dans les manuels de diagnostics les plus récents, a-t-il dit. Cela existe, et de nombreuses personnes sont comme toi.

Cela m'a demandé un effort, mais je l'ai regardé dans les yeux. Il n'était plus penché en avant. Il s'était adossé à son fauteuil, il avait les pieds joints, les mains sur les genoux.

— C'est ce que j'ai ?

— Pour le moment, je ne suis pas prêt à établir un diagnostic. Je dois aussi consulter ton questionnaire, mais si tu ne fais pas une dépression et un trouble anxieux, j'en mange mon chapeau.

— Mais vous n'en portez pas.

Il m'a fait un clin d'œil et j'ai souri malgré moi.

— Que va-t-il se passer ?

— Je vais t'adresser à un psychiatre qui te donnera des médicaments contre ton anxiété et ta dépression. Si tu n'as rien de prévu, j'aimerais te proposer quelque chose le week-end qui vient.

— Je n'ai pas vraiment d'amis.

— Ça ne va pas durer, tu verras, a-t-il répondu. Il y a un petit groupe de soutien qui se voit à 18 heures ici le premier samedi du mois. Tu devrais venir.

Chapitre 4

Le jeudi, après les cours, lorsque je suis arrivée au stade, le parking poussiéreux était plein. Les parents et les professeurs se pressaient autour du terrain. Leurs ombres allongées annonçaient l'automne.

Les cheveux tirés par de courtes couettes, Anna m'a accueillie d'un sourire chaleureux.

— Le match ne commence pas tout de suite, a-t-elle dit.

Layla est arrivée, l'air décontracté avec ses lunettes de soleil d'aviateur.

— Salut ! Qu'est-ce que j'ai raté ? Tu lui as dit que Parker bave encore sur elle ?

— Non, a répondu Anna en passant d'un pied à l'autre, mal à l'aise. Ce n'est pas à moi de le faire.

J'ai senti mes joues s'empourprer. Parker ne semblait pas dangereux, mais quelque chose me gênait chez lui. Il me rappelait trop les garçons qui, pendant si longtemps, m'avaient frappée et enfermée dans des casiers.

Layla a ébouriffé ses cheveux courts.

— Où est Chloé ?

— Je ne sais pas trop. Je croyais qu'elle nous rejoindrait ici, mais du coup elle nous retrouvera sur les gradins.

Nous sommes passées par l'ouverture près de la tribune. L'équipement sportif brillait d'une surprenante propreté et l'herbe était aussi verte qu'égale. Trop de pères nous ont regardées de manière un peu appuyée. Un court instant, j'ai regretté la quasi-invisibilité de la vie de garçon.

Sur le banc, j'ai remarqué Grant. Il m'a adressé un large sourire, le même que chaque fois que notre regard se croisait en cours ou dans les couloirs.

— Amanda ! Salut !

— Je te garde une place, a déclaré Layla en me poussant vers lui.

Je me suis avancée d'un pas hésitant, me rappelant que je n'avais rien à craindre.

— Tu es venue !

— Oui.

— Tu aimes le foot américain, au moins ?

— Non, ai-je reconnu avec un rire. Pourquoi, il y a autre chose à faire, ici ?

— Aïe !

Il s'est mis la main sur le cœur puis a retrouvé son sérieux.

— Il y a une soirée samedi. Ça te dirait, d'y aller ?

Une soirée. J'ai repensé à quoi s'étaient résumés mes samedis ces dix dernières années. Dîner avec ma mère : traiteur chinois si nous nous sentions d'humeur aventureuse, sinon des côtes de porc avec du pain de maïs, des niébés et des navets. Jeux vidéo dans ma chambre : toute seule, jusque tard dans la nuit, lorsque mes doigts me faisaient mal et que la fatigue chassait enfin mes pensées tourmentées. Les fêtes, cela avait toujours été quelque chose de lointain, d'exotique, qui n'existait que dans les films.

J'ai hoché la tête lentement.

— Oui, je crois.

— Bon, très bien, alors.

Il a souri et s'est gratté la tempe.

Parker est arrivé et lui a tendu son casque.

— Le match va commencer.

Il m'a jeté un coup d'œil rapide puis s'est détourné. Grant a haussé les épaules.

— Désolé. Faut que j'y aille.

Il a rejoint le banc des joueurs avec un large sourire.

Lorsque j'ai retrouvé Layla et Anna dans les gradins, elles avaient l'air à deux doigts d'exploser.

— Parker a de la concurrence, on dirait, a dit Anna avec un sourire lumineux.

Elle enroulait ses longs cheveux blonds autour de ses doigts.

— Trois mots.

Layla a levé l'index.

— Embarrassant. Ridicule. Adorable. J'adore.

Je souriais tellement que j'en avais mal aux joues. L'espace d'un instant, je me suis sentie une adolescente ordinaire.

À la fin du premier quart temps, j'avais affreusement envie de faire pipi. J'ai cherché les toilettes du regard, deux bâtiments bas dont l'un affichait le symbole universel d'une silhouette en jupe. Depuis mon attaque, je n'avais utilisé les toilettes des filles que peu de fois et la seule idée d'y aller me paniquait encore. Mais je n'allais pas y couper.

— Tu veux de la compagnie ? a demandé Layla lorsque je me suis levée.

— Non, ai-je vivement répondu.

Avec une moue, Layla s'est rassise.

— Pardon. Je n'en ai pas besoin, merci.

J'ai descendu les gradins et je me suis dirigée vers les toilettes. Quand j'ai poussé la porte, l'odeur de peinture et d'eau de Javel m'a assailli les narines. Le côté filles était tellement plus propre que le côté garçons. Les cabines étaient vides, alors j'ai lâché un soupir de soulagement. Dehors, deux voix féminines parlaient tout bas, trop pour que je puisse comprendre leur conversation. L'une d'elles a gloussé. Je me suis rapidement lavé les mains et, à la sortie des toilettes, je suis tombée sur Bee et Chloé qui passaient le coin. Elles se sont arrêtées net. Je me suis figée, encore en train de m'essuyer les mains sur les cuisses. Bee m'a fait un geste du menton. Chloé a écarquillé les yeux. Elle serrait et desserrait les poings. Le regard rivé au terrain, elle refusait de le tourner vers moi.

— Salut ! ai-je lancé d'un ton de conversation forcé, comme si on venait de se croiser dans les couloirs du lycée.

Je ne savais pas ce qu'elles cachaient : de la drogue, probablement. Je n'avais pas non plus envie de savoir.

— Anna et Layla sont près des bancs des joueurs, tu ne peux pas les rater.

— Merci, a répondu Chloé.

Elle m'a jeté un coup d'œil avant de se mettre en route. Ses boucles rousses dansaient et son expression était aussi impassible que d'habitude.

— Contente que tu sois venue.

Une fois seule avec Bee, je me suis tournée vers elle.

— Je ne t'aurais pas cru fan de foot.

— Je ne le suis pas. Je viens admirer les grands singes dans leur habitat naturel.

Elle a déballé un chewing-gum qu'elle a lentement mis dans sa bouche.

— Bon match.

— Ok, ai-je répondu

Je me demandais si « grands singes » s'appliquait aux athlètes ou à tous les lycéens populaires, et si elle m'incluait dans cette généralisation.

— À plus.

À mon retour, Chloé était appuyée sur les coudes et suivait le match. Nos regards se sont croisés lorsque j'ai monté les gradins et elle s'est à nouveau figée. Je lui ai fait signe de la main, comme si je la voyais pour la première fois ce jour-là. Elle a prononcé un *merci* silencieux quand je me suis rassise.

Tandis que les filles reprenaient leur conversation, mon attention s'est reportée sur le terrain. Je n'avais jamais assisté à un match entier ; j'avais toujours associé le football américain aux grands singes, comme les appelait Bee, ces gens qui passaient leur vie à détruire la mienne. Mais là, bercée par le joyeux bavardage des filles, réchauffée par le soleil et humant l'odeur du gazon fraîchement coupé, à ma grande surprise j'ai passé un bon moment. À la fin du troisième quart temps, lorsque Grant a mis le ballon dans la zone des buts, je me suis levée et j'ai crié de joie à en avoir mal à la gorge.

Je me suis demandé ce que penserait mon père s'il savait que j'assistais à une rencontre sportive sans y être forcée. Je me suis rappelé le jour où j'ai quitté le club de base-ball après le premier match, combien j'ai pleuré dans ma chambre, combien il était furieux et déçu. Mais c'était différent de mon père et ses copains, qui regardaient « le match » en silence, une bière à la main. C'était autre chose, comme un sentiment d'acceptation, ou peut-être d'intégration. Je m'amusais.

Chapitre 5

Le vendredi, j'ai retrouvé Bee derrière le bâtiment des arts plastiques. Les yeux fermés, avachie contre le mur, elle agitait la tête au rythme de la musique qui résonnait dans ses oreilles. J'ai laissé tomber mon sac à dos dans l'herbe et je l'ai rejointe. Elle a ouvert un œil et agité les doigts en signe de bienvenue.

— Qu'est-ce que tu écoutes ?

— The Knife. C'est ce… truc… génial et expérimental suédois. Tiens, écoute.

Elle m'a tendu l'écouteur et s'est penchée vers moi. Je l'ai pressé contre mon oreille. Je m'attendais à un mélange d'Abba et de Daft Punk, mais une voix grave et pleine d'émotion chantait un amour impossible.

— Il paraît que t'as tapé dans l'œil de Grant, a dit Bee à la fin de la chanson.

— Il m'a juste invitée à une soirée, ai-je répondu alors que j'en avais le cœur battant.

— C'est un mec. Tu es nouvelle, tu es mignonne. Pas besoin d'avoir un doctorat pour comprendre où il veut en venir.

— Je ne suis pas mignonne.

— Oh mais bien sûr que si, quoi ! Je te jure. Le seul truc qui est pire que les gens beaux, c'est les gens beaux qui refusent de reconnaître qu'ils le sont.

Je réprimai un sourire. Il n'y avait que Bee pour vous faire un compliment tout en vous engueulant.

— Si on se fait prendre, j'aimerais montrer des trucs qu'on a faits et dire qu'on a utilisé notre temps de façon productive.

— Incroyablement naïf, mais je m'ennuie, alors dis toujours.

— Ok, alors j'ai passé la soirée à chercher des idées sur Pinterest.

J'ai sorti mon téléphone.

— Je parie que tu as déjà au moins repéré trois thèmes pour ton mariage.

Les sourcils froncés, Bee m'a pris mon téléphone et a fait dérouler l'écran.

— La moitié, c'est des bijoux en pommes de pin. Ce n'est pas de l'art, a-t-elle dit en me le rendant. C'est de l'artisanat. Rien à voir.

— L'artisanat peut être considéré comme de l'art.

— L'art, a dit Bee en remettant ses chaussures, exprime quelque chose de profondément personnel et de privé. C'est partager son monde avec d'autres personnes afin qu'elles se connectent à toi, même de façon fugace. L'artisanat, c'est des chapeaux en pommes de pin.

— Je n'en ai pas épinglé ! ai-je protesté.

J'ai sorti de mon sac à dos un vieux carnet à dessin où il restait quelques pages blanches. Bee s'est redressée et a regardé par-dessus mon épaule.

— J'ai croqué quelques projets qui pourraient plus te plaire…

— Reviens en arrière.

J'ai reculé d'une page, où se trouvait un dessin de Sailor Moon vieux de deux ans. Je lui trouvais l'air amateur et j'ai tenté de le cacher, mais Bee a posé la main sur la mienne pour m'en empêcher.

— C'est toi qui l'as dessiné ?

J'ai acquiescé.

— Ce n'est qu'un fanart. Rien d'original.

— Il y a bien assez de gens qui sont prêts à te pourrir, pas la peine de le faire pour eux. Tu as du talent.

Elle s'est levée et s'est grattée, là où l'herbe avait touché sa peau nue.

— Viens.

J'ai pris une profonde inspiration et je l'ai suivie jusqu'au parking. Elle a déverrouillé un pick-up rouge et a sauté sur le siège conducteur.

— Où allons-nous ?

— Tu veux faire de l'art, alors on va faire ça sérieusement. L'art, c'est se dévoiler. Je vais te montrer quelque chose. Tu n'as pas à faire de même avec moi sauf si tu veux, tu sais, créer quelque chose qui en vaille la peine.

Elle a allumé une cigarette et démarré la voiture puis soufflé un nuage de fumée.

— Ne parle à personne de ce que je vais te montrer, a-t-elle dit lorsque nous avons passé le portail d'un cimetière. Enfin, tu peux toujours le faire, mais je te demande de garder le secret.

Nous nous sommes garées et nous avons remonté une colline le long de l'allée principale. Elle a débouché sur une clairière envahie d'herbes folles. Je me suis protégée les yeux et j'ai vu la maison délabrée d'une ancienne plantation. Les vitres étaient brisées et la peinture était depuis longtemps écaillée.

— C'est mon coin secret, a dit Bee. Je viens là pour être tranquille et développer mes photos.

— C'est flippant.

Malgré le beau temps, je me suis frotté les bras.

— Pas vrai ? Je me suis renseignée à la mairie, personne ne vit plus là depuis les années cinquante.

Nous marchions en fendant l'herbe comme de l'eau.

— Pourquoi est-ce qu'elle a été abandonnée ?

Une main en coupe contre le vent, Bee a allumé une autre cigarette. Elle a inspiré la fumée en haussant les épaules.

— Alors là, aucune idée.

De plus en plus fort, le vent faisait onduler l'herbe. J'ai regardé le balcon de l'étage, avec ses vitres sombres et ses colonnes qui s'écroulaient. Pour la première fois de l'été, le chant des cigales s'est complètement tu. Le monde semblait plus grand, et moi plus seule.

— L'année dernière, j'ai découvert des tombes dans les bois.

— Tu crois qu'ils y ont enterré des esclaves ?

— Ou des soldats. Ils en ont fait un hôpital avant la fin de la guerre. Tu le sens ?

Le temps de finir sa cigarette, elle s'est assise sur la plus haute marche du porche qui a grincé sous son poids. Elle a sorti d'un étui un appareil photo à l'air professionnel.

J'étais encore à quelques pas de là, de l'herbe jusqu'à la taille. Bee m'a visée avec son appareil et a appuyé quatre fois sur le déclencheur.

— Je ne crois pas aux fantômes, lui ai-je dit.

— Ce n'est pas ce que je t'ai demandé.

Elle a jeté sa cigarette dans un seau rouillé près de la porte et elle est entrée. Un frisson d'inquiétude m'a parcourue quand je lui ai emboîté le pas.

— Je t'ai demandé si tu ressentais quelque chose. Tu ne peux pas faire de l'art si tu passes ta vie à oublier la douleur.

Du verre brisé jonchait le plancher. À gauche se trouvait une petite table en plastique et une chaise pliante, ainsi qu'une lanterne électrique qui projetait un vif halo de lumière. Je me suis demandé si Bee savait combien ressentir était un privilège, si elle savait combien c'était effrayant, d'être anesthésiée à tout. Qu'on avait l'impression, parfois, d'être enfermée dans une pièce obscure sans porte de sortie.

— Je veux que tu joues avec moi au jeu de la vérité.

Soudain, un éclair a zébré le ciel, le tonnerre a grondé. Des nuages blancs et gris filaient, projetant une ombre vive dans la clairière. Un orage éclatait toujours après une vague de chaleur. Plus elle avait été violente, pire serait la tempête.

— Un présage, sûrement. C'est intense, le jeu de la vérité.

Elle a rapporté un tabouret de l'autre pièce et m'a fait signe de m'asseoir sur la chaise pliante.

— Qu'est-ce que c'est ? ai-je demandé, certaine de ne pas vouloir y jouer.

Dehors, il tombait des trombes d'eau grises.

— C'est Action ou Vérité sans les questions crades, en fait. Chacune dit quelque chose sur soi que l'autre ne sait probablement pas. On le fait cinq fois, en commençant par un truc idiot, puis de plus en plus sérieux, et à la fin tu révèles quelque chose que tu pensais ne jamais révéler à personne. Le challengeur, c'est-à-dire moi, commence. Quoi que tu me dises, je ne pourrais pas le répéter parce que tu connaîtras mes pires secrets.

— Je crois pas que j'ai envie.

Je me tortillais sur ma chaise en me mordant la lèvre. J'ai pensé à tout ce que je ne pouvais pas lui confier. Ne pourrais jamais confier à personne.

— Tu n'es pas obligée.

Elle a soufflé sur ses cheveux pour les remettre en place et s'est emparée d'un sac en plastique brillant, du briquet et de sa pipe. Elle l'a soigneusement bourrée de feuilles séchées.

— Est-ce que je peux fumer d'abord ? ai-je demandé, les poings fermés.

Elle a penché la tête.

— Je te trouve déjà cool, tu sais. Tu n'as pas besoin de m'impressionner.

— Ce n'est pas ça.

J'imaginais mes organes tendus comme des cordes de violon, vibrants, sur le point de casser.

— J'ai juste besoin de… de me détendre. Ça ne m'est pas arrivé depuis… Jamais, en fait.

Elle a hoché la tête, une fois, puis posé la pipe et le briquet sur la table entre nous.

— Ça ne te détend pas toujours. Je tiens à dire que je suis contre, mais je ne suis pas ta mère.

Deux coups de tonnerre grondèrent avant que je trouve le courage de toucher les vagues bleues et vertes de la pipe. Sa surface vernie ressemblait à celle de la statuette de licorne dans la chambre de ma mère. J'ai failli rire à cette idée. L'embout était chaud et humide. Bee m'a expliqué comment m'y prendre.

— Ne tousse pas tout de suite, a-t-elle dit lorsque de la fumée m'a envahi les poumons.

J'ai serré les lèvres. Ma poitrine s'est soulevée et des larmes me sont montées aux yeux. Finalement, la brûlure en moi est devenue trop forte et j'ai succombé à la toux. Il y avait un halo aveuglant autour de ma tête lorsque je me suis penchée. J'ai toussé encore longtemps après avoir vidé mes poumons.

— J'ai dû me tromper quelque part, ai-je déclaré. Il ne s'est rien passé.

— C'est ce que tout le monde dit. Attends un peu.

Je me suis appuyée contre le dossier de ma chaise et j'ai fermé les yeux. Je commençais à ressentir un chatouillis dans tout le corps. Je me sentais courageuse et libre, nauséeuse aussi.

— Bon, c'est moi qui commence, alors.

Bee a allumé une autre cigarette et réfléchi un instant.

— Il y a encore cinq ans, je participais à des concours de beauté.

Un rire a jailli de mes organes, fait trembler mes lèvres avant d'enfin s'envoler.

— Si tu n'étais pas défoncée, je le prendrais mal.

— Je ne suis pas défoncée.

J'avais la voix lente et déformée, comme si elle sortait d'un mégaphone en plastique rose, ce qui m'a fait rire encore plus fort.

— Oh que si.

Elle a attendu que je me calme puis m'a tendu son téléphone. Contrôlant de justesse mon souffle, j'ai regardé l'écran. Il y avait la photo d'une fille aux parfaites anglaises décolorées, dans un robe à sequins argent.

— Tu es beaucoup plus jolie aujourd'hui.

J'étais sincère. Une vague de chaleur m'a balayée des pieds à la tête.

— Ce n'est pas de l'avis de tout le monde, a-t-elle répondu. Peu importe. Je pourrais redevenir cette fille si je le voulais. Eux resteront des abrutis à jamais. À ton tour.

— Je n'ai pas les oreilles percées.

Je me souvenais l'avoir demandé à mes parents quand j'étais petite, et combien j'avais été embarrassée et perturbée par la réaction colérique de mon père. À cette époque, mes émotions devenaient déjà incontrôlables, mais cette dispute-là avait été la goutte d'eau qui avait fait déborder le vase. Des années de solitude, de peur et de honte réprimées s'étaient libérées. Lorsque mon père avait cessé de crier, je m'étais allongée sur mon lit. En écoutant le chant des cardinaux rouges, je m'étais demandé si c'était la dernière fois que je pleurais, si Dieu avait décidé que je n'avais qu'un nombre de larmes limité.

— Tu plaisantes ? C'est tout ?

— Tu as dit de commencer par un truc ridicule ! ai-je protesté. Bon, d'accord. Et ça : je ne me suis jamais soûlée.

— En tout cas tu es complètement stone, là, alors je pense que ça devrait plus trop tarder. À moi : j'ai eu un orgasme dans toutes les toilettes du lycée.

— Avéqui ? ai-je dit assez fort pour me faire sursauter.

J'ai recommencé à glousser, mais je me contrôlais mieux.

— Avec qui, je veux dire. Quiiiiiiii.

J'aimais bien le claquement du « qui » dans ma bouche.

Bee a secoué la tête.

— À toi.

— D'aaaac-cooooord, ai-je répondu en tirant sur le mot comme une enfant déçue.

Une bulle flottait au bord de mes pensées, sur le point d'éclater. Libérée du passé et de l'avenir, j'existais dans l'instant.

— J'ai changé de lycée parce que quelqu'un m'a cassé la figure. On sent encore les points de suture au-dessus de mon oreille.

Elle a pris une longue bouffée de sa cigarette dont le bout est devenu rouge et l'a retenue un instant.

— Il y a un an, j'ai passé un mois à Valley, à Chattanooga.

— C'est quoi ?

— L'asile de fous.

Elle a tapé sa cigarette sur le rebord de la table. De la cendre s'est envolée.

— Il y a deux ans, j'ai fait une tentative de suicide.

Elle a écarquillé les yeux.

— Comment ?

— Ma mère s'était cassé la cheville deux semaines plus tôt. Il lui restait des analgésiques. J'en ai trop pris.

— Ça veut dire quoi, trop ?

— Toute la boîte.

Je me suis mordillé l'ongle.

— Mais pourquoi ?

J'ai secoué la tête.

— Je suis contente que tu n'aies pas réussi, a dit Bee. À te tuer, je veux dire.

Elle a écrasé sa cigarette et croisé mon regard.

— Je suis bisexuelle.

— Vraiment ? ai-je dit lentement.

J'ai essayé de lier cette information à tout ce que je savais de Bee. Je me suis demandé si quelque part, je m'en doutais.

— Tu es déjà sortie avec une fille ?

— Tu te souviens quand tu m'as vue avec Chloé au match ?

— Oh !

J'ai haussé les sourcils. Quelqu'un d'autre était-il au courant, pour Chloé ? J'en doutais et, à Lambertville High, personne n'affichait fièrement son identité sexuelle.

— Je croyais que vous fumiez.

— Naaan. Chloé est une grosse sportive, alors elle refuse de « corrompre » son corps.

J'ai hoché la tête, le temps de digérer ce qu'elle me disait. J'avais été tellement obsédée par mon propre secret, que je n'avais pas imaginé que mes nouvelles amies en avaient, elles aussi.

Un instant, nous avons écouté en silence la pluie battre le toit. Ça me rappelait cette fois où mon père m'avait emmenée chasser avec des collègues de travail et qu'un orage soudain nous avait bloqués dans la cabane tout le week-end. J'avais essayé de faire des biscuits à partir des ingrédients disponibles, comme ma mère, mais cela n'avait fait que mettre mon père mal à l'aise. Il ne m'a plus jamais emmenée chasser.

Bee a brisé le silence.

— À toi. C'est la quatrième, alors ne la gâche pas.

— Ok.

J'ai essayé de contrôler mon souffle.

— Donne-moi une minute, d'accord ?

Elle a haussé les épaules.

J'ai repensé à ce week-end-là, au fait d'avoir jeté les biscuits alors qu'ils étaient bons. À tout ce que j'aimais et que j'avais cessé de faire pour ne pas fâcher mon père. Au fait de passer le reste de ma vie à prétendre que je suis née à seize ans. Mes joues se sont empourprées de honte et de fureur. J'étais si lasse d'avoir peur. De me cacher. Je voulais dire la vérité, le dire à voix haute.

Mais lorsque j'ai ouvert la bouche, il n'en est rien sorti.

— Je suis désolée, ai-je enfin dit.

J'avais les yeux tout secs.

— Je sais ce que je dois dire, mais je… je n'y arrive pas.

Elle a attendu un instant. Un éclair a zébré le ciel. Je m'attendais à ce qu'elle insiste ou qu'elle essaie de deviner. Mais elle s'est affaissée et a déclaré :

— La pluie ne va pas se calmer tout de suite, on dirait. Sors ton carnet.

Je l'ai posé sur mes genoux.

— Qu'est-ce que je dessine ?

— Ce que tu veux.

J'ai pressé la mine sur le papier et passé la langue sur mes lèvres. En quelques secondes, j'avais croqué un petit garçon aux yeux tristes. Les minutes se sont écoulées, seul le martèlement des gouttes sur le toit troublait le silence.

— Ça va aller, tu sais, a dit Bee tout bas en inspirant une longue bouffée de cigarette. Quoi que ce soit… ce que tu n'arrives pas à me dire.

Elle a croisé mon regard.

— Ça va aller.

Décembre, trois ans plus tôt

J'étais là une heure avant le début du groupe de soutien. La porte était verrouillée et les lumières éteintes, alors j'ai attendu sur le perron en jouant à Final Fantasy. J'avais les doigts gourds mais mon personnage s'appelait Amanda, elle était belle et puissante, et la regarder tuer des monstres me détendait. Jouer quelqu'un d'autre était le seul moyen de me sentir moi-même.

Des lumières blanches faisaient office de neige et de glace et scintillaient sur toutes les maisons à part celle-là. Avant notre déménagement, je n'avais vu la neige que deux fois et il ne neigeait jamais en Géorgie. Mais il faisait froid, ce que j'aimais bien. Parce que alors je pouvais porter de grosses bottes, des jeans épais, des pulls, des écharpes et des bonnets. Je pouvais m'envelopper de telle façon qu'on ne voyait que mon nez, mes yeux, quelques mèches de cheveux. Nul n'aurait pu dire si j'étais une fille ou un garçon.

— Bonjour ! a lancé une voix du jardin.

J'ai mis mon jeu sur pause et j'ai levé les yeux. Une fille de quelques années de plus que moi, dans des bottes de cuir noir, remontait l'allée en me faisant des signes. Elle avait de longues jambes et à chacun de ses pas, un nuage de cheveux crépus dansait autour de sa tête. J'ai rangé ma console et, une fois debout, j'ai caché mes mains sous mes aisselles.

— C'est la première fois que tu viens ?

— Oui, ai-je répondu.

Au travers de mon écharpe en laine, même ma voix était asexuée.

— Enfin oui, c'est la première fois,

— Parfait ! a-t-elle lancé d'un air rayonnant.

Elle a déverrouillé la porte et m'a fait signe d'entrer. À l'intérieur, il faisait affreusement chaud, mais je ne voulais pas encore quitter mon cocon.

— Au fait, je m'appelle Virginia. Du café ?

— Non merci, je prendrai juste un verre d'eau.

La cuisine avait l'air tout droit sortie des années soixante-dix, des carreaux blancs et bleus avec de hautes fenêtres. Je suais à la table pendant qu'elle moulait le café.

— Écoute, a-t-elle dit, porte ce que tu veux, bien sûr, mais il fait aussi chaud que dans la hotte du Père Noël, ici. Je sais que tu es en train de cuire. Je te le promets, quoi que tu caches, ici nous voyons ce que tu es à l'intérieur.

Un instant sans réponse, j'ai fini par retirer mon bonnet. J'avais les cheveux trempés et filasse à cause de la sueur. J'ai déroulé mon écharpe. La laine s'est arrachée à ma peau comme du sparadrap.

Virginia a souri.

— Tu vois ? Tu es superbe.

Elle s'est assise à côté de moi et m'a pris la main. Seule la taille de ses doigts aurait pu la trahir, mais comparés aux miens, osseux et pâles, les siens étaient beaux, noirs, vivants.

— Écoute, beaucoup des gens que tu vas voir ce soir sont un peu… inhabituels. Ne te laisse pas effrayer, d'accord ?

— D'accord, ai-je murmuré.

— Mais ne les traite pas non plus comme des créatures étranges. Ouvre grand les yeux et regarde-les tels qu'ils sont vraiment. Tout le monde est beau, d'accord ?

J'ai hoché la tête. Elle m'a pressé la main.

J'ai entendu la porte s'ouvrir et se refermer, puis des voix venues de l'entrée. Un homme petit et rondelet, aux joues lisses et aux cheveux blonds en brosse est arrivé d'un pas décidé. Virginia me l'a présenté en tant que Boone. Il a grogné et fait signe de la main. Il était suivi par une fille aux longs cheveux raides et noirs, dans un manteau élimé qui lui tombait sous le genou. Virginia m'a dit qu'elle s'appelait Moira, mais si elle a entendu, elle n'a pas répondu. Elle marchait en regardant ses pieds. J'aurais voulu lui dire que je comprenais, mais comprendre signifiait aussi savoir que cela n'aurait fait qu'empirer son anxiété.

— Où est Wanda ? a demandé Virginia.

Elle était assise au bord de sa chaise, les coudes rentrés, les mains autour de sa tasse.

— Elle n'a pas trouvé de baby-sitter, a répondu Boone.

Il avait la voix rauque et haut perchée.

— Tu es qui, toi ?

— C'est vrai, comment t'appelles-tu ? a demandé Virginia, un sourcil haussé.

— Andrew, ai-je répondu.

Ma poitrine s'est compressée. Mon cœur battait dans mes oreilles.

— Est-ce que c'est ton vrai nom ?

Une femme aux larges épaules est entrée ensuite. L'ombre d'une barbe apparaissait sous son maquillage. Elle avait l'air forte et costaude, mais plus je la regardais, plus je voyais sa beauté ici et là : dans la légèreté de son pas, sa façon gracieuse de se toucher les cheveux, son grand sourire avenant.

— Bonsoir, Rhonda, l'a saluée Boone.

— Amanda, ai-je alors répondu. C'est... Enfin, ce n'est pas mon prénom, mais j'ai toujours voulu m'appeler comme ça. Alors, Amanda.

— C'est celui que tu veux qu'on utilise ? a demandé Moira.

Ses yeux bordés de noir me scrutaient, mais elle esquissait un sourire.

— Je ne sais pas.

J'avais la poitrine serrée mais chaude, le souffle court.

— Oui, je crois que oui.

— Très bien, alors je voudrais vous présenter à tous mon amie Amanda, a déclaré Virginia.

Elle m'a pressé la main en souriant.

Soudain, j'avais les yeux brûlants. Quand j'ai posé la main sur ma joue, elle était mouillée. Je ne me rappelais pas la dernière fois où j'avais réussi à pleurer.

Chapitre 6

Anna avait insisté pour m'emmener à la soirée. Mon père et moi nous étions évités la majorité de la semaine, mais lorsqu'elle a garé le minivan familial devant l'immeuble, il a presque esquissé un sourire. Peut-être que les autocollants religieux plaqués à l'arrière l'avaient rassuré quant à la moralité de mes nouveaux amis.

Le soleil peignait les montagnes en rouge et violet, lorsque nous sommes arrivées devant la maison. Elle était blanche, ressemblait à un ranch et aurait pu apparaître en couverture d'un magazine spécialisé. Le jardin débordait de fleurs. Je connaissais leur nom à toutes : œillets de la Caroline, zéphyranthes, bleuets d'Amérique, lupins indigo... Ma mère me les avait appris des années plus tôt, jusqu'à sa dispute avec mon père lorsqu'il m'avait surprise à jardiner.

À l'intérieur, la musique faisait vibrer les murs et tous étaient serrés les uns contre les autres avec un gobelet en plastique rouge à la main. Un fût de bière se trouvait près de l'entrée de la cuisine. Dès que nous sommes entrées, Layla et Chloé nous ont fait signe de les rejoindre et nous ont étreintes. On m'avait plus serrée dans les bras en une semaine que dans toute ma vie. L'idée qu'on me touche me rendait nerveuse alors je me crispais par réflexe, mais après avoir inspiré profondément et m'être détendue, j'ai aimé ce contact fugace qui signifiait que l'on était connecté, que l'on n'était pas seule.

Chloé m'a entraînée vers la cuisine sous le prétexte de rapporter de quoi boire aux deux autres, une bière à Layla, de l'eau à Anna qui ne consommait pas d'alcool, à cause de sa religion. J'allais dire que je n'en voulais pas non plus, puis je me suis souvenue que j'avais fumé de l'herbe la veille. Soudain, une bière n'avait plus rien d'une aventure insurmontable.

Lorsque nous nous sommes retrouvées seules, Chloé s'est penchée vers moi.

— Encore merci. Pour jeudi.

— Je ne vois pas du tout de quoi tu parles, lui ai-je répondu avec un sourire.

Elle a trinqué avec moi.

— Tu sais, ici tout le monde parle sur tout le monde. Plus ils disent détester les ragots, plus ils en racontent.

Je ne l'avais pas entendue s'exprimer autant de toute la semaine.

Derrière nous, Layla et Anna bidouillaient avec les enceintes et le téléphone de notre hôte. Elles ont hurlé de joie lorsqu'une nouvelle chanson a commencé.

— Si tu as besoin de te confier, lui ai-je dit, je sais garder un secret.

Vingt minutes plus tard, assise sur un comptoir, je contemplais la foule. Je tentais de paraître occupée en buvant à petites gorgées et en tapant du pied en rythme. J'étais déçue par la bière : ça avait le goût de pain rassis à l'eau et ça ne faisait pas trop d'effet.

— Euh… Salut, a dit quelqu'un dont la voix était presque noyée par la musique et la foule.

J'ai levé les yeux. L'air incertain, Parker se tenait non loin.

— Salut, ai-je répondu en prenant l'air dégagé.

Quelque chose dans son regard insistant me mettait sur mes gardes.

— Félicitations pour le match.

— On a perdu.

— Mais je ne m'étais jamais autant amusée devant du football, ai-je répondu en haussant les épaules. On devrait vous récompenser pour ça aussi.

— Oh.

Il a détourné le regard. Il avait les joues rouges. Je me suis rendu compte qu'il était vraiment nerveux. Soudain, je me suis sentie coupable, comme si par le seul fait d'exister et de lui parler, je lui donnais de faux espoirs. Cela me donnait un étrange sentiment de pouvoir qui ne me plaisait pas du tout.

— Je peux te rapporter une bière ?

— J'en ai déjà une…

Mais il a enchaîné d'un coup :

— J'y vais.

Puis il a disparu dans la foule. J'ai poussé un long soupir.

Il ne s'était écoulé que quelques secondes lorsque Grant est apparu devant moi. L'air parfaitement à l'aise, il portait un tee-shirt gris chiné et un jean bien élimé. Ses cheveux noirs de jais étaient ébouriffés comme s'il avait passé la tête par la fenêtre de la voiture.

— Hé, salut, a-t-il dit avec un sourire espiègle. Je me trompe peut-être, mais en général, une fête c'est fait pour s'amuser.

— Mais je m'amuse, ai-je répondu en prenant une autre gorgée de bière.

J'avais répété cet instant tout le temps de me préparer. Sous la douche, je faisais comme si je le connaissais à peine, avec l'air froid et désintéressé. En me séchant les cheveux, je renonçais à toute précaution et flirtais sans limites avec lui. Tandis que je m'habillais, je tentais de la jouer naïve et innocente. J'avais été à court d'idée lorsque je m'étais maquillée, et maintenant qu'il était en face de moi, je me rendais compte que tout me semblait naturel.

— Ça fait dix minutes que tu regardes le plafond.

— Ce qui veut dire que ça fait dix minutes que tu me regardes !

— Comment me le reprocher ? a-t-il répondu en riant.

Il a secoué la tête.

— Je voulais juste être sûr que tu passais un bon moment.

— Je m'amuse, promis.

Je commençais à avoir la tête qui tourne. La bière faisait enfin effet.

— J'adore cette chanson ! C'est, euh, ma préférée.

Il a haussé un sourcil.

— Kesha ? Bizarrement, j'ai du mal à y croire.

— Qu'est-ce que tu en sais ?

Il m'a dévisagée d'un air impassible. J'ai craqué en quelques secondes.

— Oh, d'accord ! Je n'écoute que de l'électro.

— Bon, viens avec moi, alors.

La tête agréablement engourdie, j'ai sauté du comptoir et je l'ai suivi à travers la pièce.

Du coin de l'œil, j'ai vu Parker sortir de la cuisine, un gobelet rouge dans chaque main, tendant le cou à ma recherche. À l'autre bout de la salle, la foule s'est écartée devant Grant. Il a changé de chanson, s'est retourné et m'a souri d'un air triomphant. Les basses familières de Daft Punk sont parvenues à mes oreilles, d'abord à peine audibles, puis de plus en plus fortes. Grant s'est mordu la lèvre et s'est mis à bouger la tête au rythme de la musique. J'ai fini mon verre, avant de le rejoindre.

Une voix digitale m'a ordonné de travailler plus dur, de devenir meilleure, plus rapide, plus forte, m'a rappelé que ce ne serait jamais terminé[1]. Je me sentais si bien. Toutes mes craintes s'étaient envolées pour la soirée. Grant m'a pris la main et je ne l'en ai pas empêché. Nos doigts étaient de la même longueur, ai-je remarqué, mais les siens étaient beaucoup plus larges et puissants. Il m'a entraînée dans la foule et à chaque pas le rythme de la musique faisait bouger nos pieds, mes hanches. On se tournait et se pressait

1. Référence à la chanson *Harder, Better, Faster, Stronger* de Daft Punk.

autour de moi mais ça ne me gênait pas. D'instinct, j'évitais toujours les foules, mais ce soir, le fracas des corps me réconfortait. À danser avec un garçon pour la première fois de ma vie, je faisais partie de ceux qui m'entouraient, une autre cellule dans un corps sain plutôt qu'une maladie cachée.

La chanson s'est arrêtée brutalement et je me suis rendue compte que je me sentais un peu nauséeuse. J'ai pressé le bras de Grant et indiqué un coin de la pièce. J'avais besoin de respirer. Il a hoché la tête, passé ses doigts forts dans ses cheveux en bataille avec un large sourire.

Écrasée par la foule, je suis allée m'appuyer contre le mur. Tandis que j'essayais de calmer mon cœur battant la chamade en aspirant à goulées lentes et égales, mon regard a été attiré par une photo sur le manteau de la cheminée, où une douzaine de jeunes garçons s'excitaient sur un tronc abattu. L'un d'entre eux devait être notre hôte. Tout à droite se trouvait Grant. Il avait les bras autour d'un garçon plus petit aux cheveux clairs que je me suis surprise à dévisager. Ils avaient tous les deux les joues rougies par le soleil, les cheveux trempés et un large sourire aux lèvres. Je me suis demandé de qui il s'agissait. Grant avait-il un frère dont j'ignorais l'existence ?

— La voilà ! s'est écriée Layla en apparaissant devant moi, fendant la foule sans difficulté.

Les mains dans les poches et les coudes sortis, Chloé la suivait. Les gens s'écartaient devant elle.

— J'ai cru qu'on t'avait perdue ! a dit Anna, qui arrivait, toute décoiffée.

— J'avais deviné qu'un de ses admirateurs l'avait enlevée, a répondu Layla en haussant un sourcil suggestif.

J'ai remarqué Parker et Grant en pleine conversation de l'autre côté de la pièce et je me suis demandé de quoi ils parlaient. En fait, non, je n'avais pas envie d'y penser, alors j'ai montré la photo.

— C'est qui ?

— Un type que Grant connaissait quand on était plus jeunes, a répondu Layla. Ils étaient inséparables, si je me souviens bien.

— Je le reconnais, sa famille faisait partie de ma paroisse, a dit Anna.

Elle avait le regard douloureux.

— Son père et lui venaient à la messe. Leur mère restait à la maison. Il avait toujours l'air triste, mes parents ne me laissaient pas lui parler. Mauvaise influence.

Layla a baissé la voix.

— J'ai entendu dire qu'il était très malade. C'est pour ça qu'ils ont déménagé.

Parker est intervenu et m'a pris la photo des mains.

— Vous parlez de Tommy ? Le petit copain de Grant ?

Derrière lui sont apparus deux énormes joueurs de foot qui avaient l'air de le suivre partout. Soudain, j'ai eu l'impression d'étouffer.

— Il paraît que sa mère a pété un plomb, qu'elle a tué le père et le petit Tom-Tom à la carabine avant de se suicider, et qu'ils avaient le crâne tellement défoncé que le médecin légiste a dû les identifier avec leurs dents.

Chloé a plissé les yeux et pincé les lèvres. Anna a regardé ses pieds.

— Park, a dit Grant en rejoignant le cercle.

Parker s'est retourné. Les mains dans les poches, Grant avait la mâchoire serrée.

— Raconte pas des conneries pareilles, tu veux ?

Parker s'est renfrogné et a carré les épaules pour prendre le plus de place possible. Il a dévisagé Layla puis Chloé qui regardaient droit devant elles. Enfin, il s'est tourné vers moi avec un mauvais sourire dans les yeux.

— Hé, Grant, la nouvelle, elle sait que t'as un vagin ?

J'ai eu l'impression d'avoir pris un coup. Je me suis demandé pourquoi les gens disaient encore des choses pareilles. Et quand je cesserais d'y réagir. D'instinct, j'ai reculé d'un pas.

Mais ni l'un ni l'autre ne me regardaient. Grant a secoué la tête.

— Va donc reboire un coup, va.

— Je te parie cinq dollars qu'elle vaudra pas ton ex-petit ami, a craché Parker.

Il s'est épousseté l'épaule et s'est dirigé vers le fût de bière en bousculant Grant au passage. Ses sbires l'ont suivi. Grant est resté, sans dire un mot.

Quelqu'un a remis la musique et bientôt la fête a repris. Autour de moi, les gens ont recommencé à parler, à rire, à flirter, à danser. Mais je n'étais plus des leurs. J'avais été folle de croire que j'aurais pu. Alors que personne ne faisait attention, je me suis faufilée dans la foule et je suis sortie par-derrière.

Treize ans plus tôt

J'ai écrit une belle histoire à l'école. Mme Upton m'a dit que mes parents devaient la lire, alors je pouvais l'emporter à la maison ce soir. C'était un devoir où on devait imaginer comment on serait quand on serait grand, et j'y réfléchissais toujours beaucoup.

Dans l'histoire, je trouvais une voiture dans ma chambre comme celle de Milo dans *Le Royaume fantôme*, sauf qu'elle était violette plutôt que rouge parce que c'est ma couleur préférée et aussi c'était une machine à voyager dans le temps plutôt que dans les mondes magiques. Dans la voiture j'ai tourné la clé et là j'étais dans le futur ! Et dans le futur il y avait un laboratoire où une dame très belle et très grande avec de longs cheveux travaillait sur son ordinateur. Elle portait une blouse mais c'était aussi une jolie robe, sauf que c'était dur à expliquer, alors je l'ai dessinée. La dame s'est levée et m'a serrée dans ses bras et m'a dit qu'elle était moi, adulte ! Elle m'a montré le médicament spécial qu'elle a bu et comme ça quand elle a grandi elle est devenue une femme. Elle m'a dit que si je me sentais comme une fille, c'était parce que c'était vrai, et ce n'était ni grave ni mal. Alors je suis remontée dans ma machine et je suis rentrée à la maison.

J'ai relu l'histoire pendant que j'attendais. Il y avait beaucoup de voitures sur la route. D'habitude je m'en fichais parce que j'étais très patiente, tranquille Bill comme disait papa, mais je voulais montrer mon histoire à mes parents alors c'était trop dur d'attendre. Papa serait tellement content quand il apprendrait qu'il avait une fille au lieu d'un fils ! Mais peut-être que maman et lui se sentiraient bêtes d'avoir fait une erreur aussi simple ? Quand il essayait de faire des trucs de garçon avec moi, il se renfrognait toujours avant d'arrêter, alors il ne devait pas vraiment avoir envie d'un fils. Ça m'allait très bien parce que je détestais le sport.

La dame du ramassage scolaire en veste orange a crié mon nom et a montré notre voiture marron trois rangées plus loin. J'ai commencé à courir mais la dame m'a dit de ralentir parce que c'était pour ma sécurité. J'ai marché lentement entre les autres voitures, mais en fait je me demandais quels vêtements maman et papa m'achèteraient maintenant. Des jupes, j'espérais, parce qu'il faisait si chaud et je détestais, détestais les jeans ! Je suis montée dans mon siège enfant et je me suis attachée, j'ai appris à le faire sans qu'on me demande. C'était papa qui conduisait, et maman n'était pas dans la voiture, ce qui était normal. Ils n'aimaient pas conduire ensemble parce que ça les stressait beaucoup et ils criaient, et je n'aimais pas ça du tout.

— Comment ça s'est passé, à l'école ? a demandé papa.

— Très bien !

Papa a hoché la tête et allumé la musique. Je voulais lui raconter mon histoire tout de suite, mais c'était dangereux de conduire en lisant et si je la lui lisais il ne verrait pas les images. J'ai chantonné et secoué la tête, mais je n'ai pas donné de coups de pied parce que le bruit distrayait papa et c'était très dangereux. Enfin, on s'est garés dans l'allée.

— Papa ! Papa, regarde ce que j'ai fait aujourd'hui ! J'ai écrit une histoire !

J'ai fait le tour de la voiture en courant.

— Ah oui ?

Il a souri un petit peu et, comme je ne le voyais pas souvent sourire, je me suis dit que c'était bon signe. Papa aimait les livres, alors je pensais qu'il aimerait mon histoire.

— Je parie que tu vas devenir le prochain Faulkner.

Il m'a pris l'histoire des mains. Il a souri en lisant la couverture. Il a souri à la première page quand je trouvais la voiture. Il a souri à la deuxième page où je conduisais la voiture. Il a eu l'air troublé à la troisième où je voyais la belle dame. Puis il a froncé les sourcils. J'ai eu mal au ventre et soudain j'ai voulu reprendre mon histoire. Mais j'avais trop peur de bouger parce qu'il avait atteint la page où la dame expliquait qu'elle était moi et son front était ridé comme quand il était très fâché. Il a sauté les trois dernières pages et lu le mot de la maîtresse.

— Pourquoi ton enseignante croit que tu étais sérieux ? a-t-il demandé.

Quand il m'a regardé, c'était comme si je ne m'étais pas lavée depuis des jours, mais à l'intérieur au lieu de l'extérieur.

— C'est une blague, non ?

Je voulais mentir et aussi lui dire la vérité. Je ne savais pas qu'on pouvait vouloir deux choses comme ça en même temps. J'ai regardé mes chaussures et j'ai commencé à pleurer, ce qui n'était pas bien parce que papa disait que pleurer c'était un truc de fille. Je savais que j'étais une fille, mais papa croyait que c'était une blague et ça avait l'air de le fâcher, alors ça m'a fait pleurer encore plus fort. Papa s'est agenouillé et il a mis les mains sur mes épaules.

— Regarde-moi, a-t-il dit.

J'ai secoué la tête.

— Regarde-moi ! a-t-il répété.

Il me serrait les épaules. J'avais envie de fermer les yeux, mais je l'avais déjà tellement mis en colère. Je ne voulais pas qu'on me gronde, ni faire de bêtises.

— Dis-moi que c'était une blague.

— Oui, papa.

C'était ce qu'il fallait dire quand un adulte était fâché et je voulais que ça s'arrête. Il m'a lâché et a mis les mains sur ses genoux. J'ai reniflé, je me suis essuyé les yeux et je l'ai regardé, mais il avait la tête levée vers le ciel. Il a pris une profonde inspiration.

— Fiston, a-t-il dit, je veux que tu aies une belle vie. Les garçons qui ont des choses comme ton histoire dans la tête sont perturbés. Ils n'ont pas une belle vie. Alors tu n'es pas comme ça.

— Oui, papa, ai-je murmuré.

Il m'a ébouriffé les cheveux et il a souri à nouveau, mais sans que ça se reflète dans ses yeux.

— Je ne veux plus en entendre parler, d'accord ?

— Oui, papa.

— Allez, tout va bien.

J'ai reniflé et regardé par terre.

— Allons jouer au ballon, d'accord ? Ça va te changer les idées.

— Non, ai-je répondu en ajoutant : « Merci » juste avant de rentrer.

Chapitre 7

En m'éloignant de la fête, j'ai inspiré profondément l'air pur de la nuit. Le soleil s'était couché et les étoiles étaient sorties. Ici, on voyait tout, même le pâle ruban de la Voie lactée. J'aurais voulu m'envoler et vivre sur une lointaine planète, loin de ce qui me faisait peur. Je me demandais si l'on pouvait ressentir de la joie sans qu'elle soit troublée par l'appréhension ou si le chagrin était aussi universel que la vitesse de la lumière.

— Hé.

J'étais à la moitié du pâté de maisons lorsque j'ai entendu une voix derrière moi. Je me suis retournée pour découvrir Grant, au milieu de la rue vide.

— Tu t'en vas déjà ?

— Je ne me sens pas très bien…

Je me suis tue. Je mourais d'envie de dire la vérité, mais qu'y avait-il à raconter ? *Tu me plais, je crois, mais je n'aurais jamais une vie normale. Je te plais, je crois, mais tu ne comprendras jamais qui je suis.*

Grant a sorti une lampe torche et l'a allumée. Nous avons tous les deux été éblouis.

— Tu me suis ?

Il s'est tourné vers les bois et mes pieds ont avancé sans que ma tête leur en donne l'ordre. Jamais je ne serais libérée de mon passé, il serait toujours là, un trou noir prêt à m'aspirer et m'écraser. Le seul moyen de lui échapper était de continuer à avancer.

Au fur et à mesure que nous nous enfoncions dans les bois, l'herbe a vite laissé la place à de longues tiges jaunes.

— Ce qui s'est passé avec Parker…

Grant ne s'était pas laissé faire. Combien de fois aurait-il à me secourir avant que je disparaisse comme Tommy ? Avec combien d'amis se disputerait-il ?

— Vous allez rester fâchés ?

La lumière de la torche m'illuminait le chemin. Il a haussé les épaules.

— Si on avait réglé ça rapidement après les cours, ce serait passé tout de suite, a-t-il répondu calmement. Mais il est pas très causant et mal luné, alors ce truc idiot va probablement durer pendant des mois.

Il s'est arrêté devant un buisson d'orties qui m'arrivait à la taille.

— Tu peux sauter par-dessus ?

— Pas vraiment, ai-je répondu.

J'avais encore la tête qui tournait à cause de la bière.

— Ça ne t'embête pas si je te porte ?

— Je ne crois pas non, ai-je dit, la gorge sèche.

J'ai posé les doigts sur mon cou.

— Je veux dire, oui, tu peux.

Il a ri, puis m'a saisie par les hanches et m'a portée sans difficulté au-dessus des orties. J'avais chaud là où il m'avait touchée.

Nous avons repris notre route, lui devant moi. Le chemin menait à un lac qui scintillait sous la lune. Un chœur de grenouilles a joint son chant à celui des criquets. Grant a levé sa torche.

— On y est.

Entre trois larges branches se trouvait une plateforme de bois inclinée. Des planches inégales clouées au tronc d'arbre servaient d'échelle.

— Où sommes-nous ? ai-je demandé.

Il avait l'air embarrassé.

— Tu vas voir.

Il est monté sur la plate-forme et a dirigé la torche vers le bas. J'ai cligné des yeux.

— Tu as confiance en moi ?

Il m'a tendu la main.

— Est-ce que tu viens de me citer *Aladdin* ?

J'ai saisi sa main et il m'a hissée sans difficulté.

J'ai marché à quatre pattes jusqu'au bord de la plateforme. D'en haut, le lac réfléchissait la lune, un parfait cercle blanc sur sa surface scintillante. J'ai pris une grande inspiration et je me suis tournée vers Grant qui était assis contre le tronc d'un arbre.

— Merci d'être venue avec moi.

— Merci de m'avoir amenée ici.

J'ai inspiré l'air frais du lac et soupiré.

— Tu vis dans le coin, c'est ça ?

— Non.

Grant avait soudain l'air tendu.

— Avant, oui. C'était la cachette de Tommy.

— Ton ami ?

— Oui. On venait là, quand ses parents se disputaient ou que quelqu'un s'en prenait à lui à l'école.

— Que lui est-il vraiment arrivé ?

Grant s'est frotté le pouce sur les doigts.

— Il est mort.

J'ai hoché la tête en silence.

— Il s'est suicidé ou est-ce que quelqu'un l'a tué ?

— Si les gens te poussent à faire quelque chose, a murmuré Grant d'une voix qui tremblait légèrement, alors ils en sont responsables.

Je n'arrivais pas à respirer. Je voulais lui dire combien c'était important pour moi d'avoir rencontré quelqu'un, ici, qui défendait une personne telle que Tommy, telle que le garçon que j'avais été. J'ai cherché sa main du bout des doigts et j'y ai glissé la mienne.

— Tu as été un bon ami.

Il m'a pressé les doigts et pendant un long moment nous avons écouté le vent sur le lac et le chant des criquets. La vie se préparait à son long sommeil d'hiver.

— Merci, a-t-il enfin répondu.

Il a posé la torche par terre et s'est allongé sur le ventre, à moitié penché vers le sol.

— Tu sais nager ?

— Oui.

La natation avait été le seul exercice que j'aimais encore après que la puberté avait retourné mon corps contre moi. En flottant et fendant l'eau, j'échappais à mon enfermement physique.

— Mais je n'ai pas de maillot de bain.

— Ne t'inquiète pas, a-t-il répondu avant de descendre et de disparaître.

Il y a eu un bruit de froissement, puis son tee-shirt a volé au-dessus de la plate-forme et a atterri à mes pieds. Je me suis rapidement mise en sous-vêtements et je l'ai enfilé. Grant n'était pas beaucoup plus grand que moi, mais les habits masculins étaient si lâches que le tee-shirt me cachait entièrement.

— Ne perds pas cette robe, ai-je dit lorsque Grant est remonté. C'est ma préférée.

— Elle te va très bien.

J'ai eu le souffle coupé lorsqu'il s'est hissé sur la plate-forme torse nu et qu'il s'est redressé de toute sa hauteur. Il a surpris mon regard et rougi. La tension est retombée lorsqu'il a soudain sauté du rebord. Un instant, il est resté en suspens, battant des bras, avant de se raidir et de franchir la surface de l'eau dans un murmure.

J'ai retenu mon souffle quelques secondes, puis il est remonté en riant.

— Tu aurais pu te casser le cou ! ai-je crié, les mains sur les hanches. Tu sais le nombre de personnes qui se retrouvent paralysées à cause d'un mauvais plongeon ?

Flottant avec grâce, il s'est passé la main sur les yeux et il a ramené ses cheveux en arrière.

— Non, a-t-il répondu, le souffle court. Combien ?

— Je ne sais pas non plus, ai-je reconnu en me levant. Mais je parie qu'il y en a beaucoup !

Il a ri tandis que je reculais vers l'arbre.

— Je vais sauter !

— Ce n'est pas..., a-t-il commencé.

J'ai commencé à courir avant qu'il termine sa phrase. J'ai atteint le rebord et je me suis envolée. Pendant une seconde de bonheur, je me suis sentie légère et libérée. Puis il y a eu cette violente brûlure quand j'ai atterri à plat sur le dos.

— Aïe, ai-je croassé en flottant.

— J'ai essayé de te prévenir.

Grant m'a rejointe.

— Ce n'est pas grave.

J'ai fermé les yeux et perçu la douleur à travers tout mon corps. Ça ne me gênait pas : elle me rappelait que j'étais en vie. Pendant des années, j'avais été privée de sensations, pourtant si désireuse de ressentir quelque chose, n'importe quoi.

Lorsque j'ai ouvert les yeux vers le ciel, les étoiles tournaient au-dessus de moi. Une luciole voletait près de mon front, brillant de mille feux pour attirer un partenaire. J'ai soupiré et battu doucement des pieds. Toute ma peur avait disparu.

Enfin, après ce qui aurait pu être des minutes ou des heures, Grant a nagé jusqu'au rebord. Il est sorti de l'eau avec grâce, sans montrer de signe de fatigue, et m'a regardée émerger du lac.

— Quoi ? ai-je demandé.

J'ai baissé les yeux et paniqué lorsque j'ai vu le tee-shirt blanc collé à mon soutien-gorge noir. J'ai croisé les bras sur ma poitrine et me suis empourprée.

— Tu es belle.

J'ai cillé de surprise. Personne ne me l'avait jamais dit.

Il m'a pris la main et nous avons marché jusqu'à mon appartement. Les roseaux ont laissé place au gazon et très vite, nous étions sur le trottoir. La lumière des lampadaires perçait entre les arbres.

— Tu sais ce que je vais te demander, non ? a dit Grant. Parce que j'ai très envie de t'embrasser.

Mon cœur s'est arrêté.

— C'est vrai ?

— On n'est pas obligés, a-t-il ajouté vivement. Je me souviens de ce que tu as dit plus tôt, que tu n'as pas le droit d'avoir de petit copain...

— Non, suis-je intervenue.

J'ai mis la main sur la sienne.

— Je veux dire, arrête de t'inquiéter. Oui. Je veux dire oui.

Il a fait mine de parler encore alors j'ai fermé les yeux et je me suis penchée vers lui. Il m'a touché le visage et m'a retrouvée à mi-chemin. L'eau du lac trempait nos lèvres. Le baiser n'a duré qu'un instant, mais j'avais la bouche à la fois chaude et engourdie.

Il m'a repris la main et nous avons continué à marcher vers mon appartement dans un silence agréable. Je vibrais de joie des pieds à la tête.

Sauf qu'il ne l'aurait jamais fait, a murmuré une voix en moi, *s'il connaissait la vérité.*

— Quelque chose ne va pas ? a-t-il demandé d'un air soucieux.

Je me suis rendu compte que je m'étais perdue dans mes pensées.

— Oh. Non. Tout va bien.

— C'était nul, c'est ça ? a-t-il gémi.

— C'était parfait. Ce n'est pas ça.

Je ne m'y étais pas attendue, je ne l'avais pas prévu, je n'étais pas encore prête. Mais j'avais encore son baiser sur mes lèvres. Je me sentais plus vivante que jamais. Plus heureuse que si j'avais pris tous les anxiolytiques du monde. Peut-être ne serais-je jamais prête, peut-être devais-je sauter du rebord même si cela signifiait un plat quelques instants plus tard ? Peut-être devais-je lâcher prise.

— Tu… Tu me plais.

C'était un soulagement de dire enfin quelque chose de vrai.

— Tu me plais aussi, a-t-il répondu.

Nous nous sommes arrêtés près de l'escalier qui montait chez moi et, les doigts entremêlés, nous avons ri comme des idiots.

— Il faut que j'y aille, d'accord ?

Il m'a volé un rapide baiser, a appuyé son front contre le mien. Enfin, il s'est écarté.

— J'aimerais t'appeler demain, a-t-il dit en sortant son téléphone.

Je l'ai pris et j'ai enregistré mon numéro.

— Ça me ferait plaisir.

— Parfait.

Grant a souri et a reculé sans se retourner, comme si j'allais disparaître.

J'ai monté les marches et je lui ai fait signe du palier. Me regardant en silence, il n'a pas bougé. Je n'avais pas envie que ce moment se termine. Puis il a souri et entamé son long retour chez lui.

Je me suis passé une main dans les cheveux et j'ai soufflé :

— Et merde.

Baigné par la lueur bleue de l'écran du lecteur de DVD, mon père s'était endormi sur le canapé.

— Papa ? ai-je appelé tout bas. Je suis rentrée.

Il a grogné et a battu des paupières. Il m'a longuement regardée de ses yeux vitreux. Lorsqu'il a parlé, sa voix semblait venir de très loin.

— Andrew ?

Mon cœur a failli se briser. Puis je me suis rappelé que je portais le tee-shirt de Grant, qu'il faisait sombre et qu'il était à moitié endormi. J'ai repensé à *Sandman* et je me suis demandé si le fils qu'il désirait l'attendait dans le Royaume des Rêves chaque fois qu'il s'endormait. Je ne pouvais pas le lui reprocher.

— C'est Amanda, ai-je dit tout bas.

— Amanda ?

Il a cligné des yeux lentement et s'est penché vers moi.

— Pourquoi es-tu mouillée ? À qui sont ces vêtements ?

— Je suis allée nager avec des amis. Je n'avais pas de maillot, alors j'ai mis ça.

— Oh.

Il s'est étiré et il a bâillé. Son dos a craqué.

— C'est bien. Il ne faut pas rester seul.

— Tu devrais aller te coucher.

J'ai passé son bras autour de mes épaules et j'ai immédiatement reconnu l'odeur de whiskey.

— Tu es un bon petit, a-t-il dit, la voix légèrement pâteuse. Une bonne fille. Pardon. Je suis désolé.

— Ce n'est pas grave.

— Tu as l'air heureuse.

— Je le suis, je crois.

— Je veux que tu souries. Je t'aime.

Se rendait-il compte que ça faisait dix ans qu'il ne me l'avait pas dit ?

— Je t'aime aussi, ai-je répondu.

Il m'a serrée fort dans ses bras, et avant que je puisse réagir, il m'a embrassée sur la joue puis a titubé jusqu'à son lit.

J'ai fermé la porte de sa chambre et je suis longtemps restée dans le couloir. La télévision grésillait, le ventilateur tournait et de l'eau gouttait sur la moquette autour de mes pieds. Je ne cessais de me répéter ces trois mots. J'ai mis les doigts sur ma joue, où je sentais encore sa barbe de fin de journée.

Je me suis souvenue de sa colère quand il m'a dit que des vies telles que la mienne ne pouvaient bien se finir. J'ai passé le doigt au-dessus de mon oreille et pensé à la chaleur des baisers de Grant qui me picotait encore les lèvres. J'ai prié pour que mon père ait tort.

Chapitre 8

Alors que je me frayais un chemin dans une foule de lycéens qui, tout à leur joie d'être en week-end, se précipitaient vers la sortie, mon téléphone a sonné. Je me suis réfugiée dans l'un des recoins libres près de l'accueil et je l'ai sorti, espérant que ce soit un message des filles pour me dire que leur soirée du vendredi était annulée et qu'on pouvait se voir. Mais c'était Grant.

Salut ! Désolé de continuer à t'embêter, mais j'ai vraiment passé un bon moment l'autre soir et je croyais que toi aussi. J'espère que tu…

J'ai pris une profonde inspiration, fermé les yeux et rangé mon téléphone sans lire le reste. Ce qui s'était passé avait été une erreur, une violation absolue des règles que je m'étais imposées, de mon plan, la raison pour laquelle j'étais venue à Lambertville. C'était idiot, risqué et ça ne pouvait continuer. Grant n'avait cessé de m'envoyer des textos. Je refusais de lui répondre et je l'évitais dans les couloirs. J'avais envisagé de bloquer son numéro pour m'éviter toute tentation, mais bizarrement je n'y arrivais pas.

Au moins il faisait beau. J'ai descendu les marches et tourné le dos aux cars scolaires pour me diriger vers le terrain de football américain. C'était trop dommage de gâcher une telle journée, même si je devais la passer seule. En plus, mon père avait accepté de venir me chercher après son travail. Je suis montée sur les gradins et j'ai ouvert mon *Recueil de littérature américaine* à la page des *Braves gens ne courent pas les rues* de Flannery O'Connor. J'ai tout de suite détesté la vieille femme de l'histoire, comme cela semblait l'objectif. Quelque part je comprenais un peu les étranges exigences qu'elle s'imposait afin que les gens sachent qu'elle était une vraie lady. Je surlignais une phrase lorsque mon téléphone s'est soudain mis à jouer le thème de *Star Wars*. Je l'ai sorti de mon sac. C'était Grant. La sonnerie s'est terminée puis a rejoué avant que je cède et que je décroche.

— Allô, ai-je dit de la voix la plus indifférente possible.

— Ton téléphone n'est pas mort, donc, a répondu Grant.

— Non.

Je me suis frotté le nez en attendant la question qui, logiquement, allait suivre : *pourquoi n'avais-je pas répondu à ses textos ?*

— Et tu aimes *Star Wars* ? a-t-il continué. C'est cool. Je n'avais jamais rencontré de fille qui aimait ces films. C'est lequel, ton préféré ?

— *L'Empire contre-attaque*, ai-je répondu par réflexe.

Je me suis redressée et j'ai regardé autour de moi.

— Attends, comment tu le sais ?

— Hé, c'est celui que je préfère aussi !

Je me suis retournée ; il était assis sur la plus haute rangée, un sac de sport à l'épaule et son téléphone contre son oreille. Il m'a adressé un grand sourire, dévoilant ses dents parfaitement blanches, et m'a fait signe comme un enfant.

J'ai fourré mes affaires dans mon sac et je me suis levée.

— Quoi ? Comment as-tu…

— Je suis arrivé par l'autre bout, a-t-il précisé en tendant le doigt. Tu étais tellement prise dans ta lecture que j'aurais pu faire l'aller-retour à poil sur le terrain, tu ne t'en serais pas rendu compte.

— Tu me suis ?

Il a haussé les épaules.

— Mais non. J'ai oublié des affaires après l'entraînement hier et je t'ai vue en venant les récupérer.

— Oh.

— Mais je suis content d'être tombé sur toi. Tu sors de cours avant même que je puisse te dire bonjour et je t'ai pas vue à la cafétéria de toute la semaine.

— Je mangeais dehors.

Je me suis frotté le bras et j'ai détourné les yeux.

— Il fait beau.

— Et mes textos ?

Il m'a rejointe à longs pas souples.

— Je croyais que je te plaisais. Tu peux me dire si ce n'est pas le cas. Je survivrai.

Je me suis poussée pour lui laisser de la place.

— Non. Enfin, si, tu me plais. Mais je… Tu te souviens de notre conversation quand tu m'as parlé pour Parker ?

— Oh, a répondu Grant.

Il s'est assis à côté de moi, son sac entre les genoux.

— C'est parce que ton père est strict ? Je pourrais le rencontrer, si tu veux, lui montrer que je ne suis pas une menace pour sa fille.

— Ce ne serait pas une bonne idée, ai-je dit en essayant d'imaginer la scène. C'est… sur le fait que je suis quelqu'un de compliqué.

Il s'est gratté la tempe.

— Tout le monde est compliqué.

— Pas comme moi. J'ai un lourd passé, d'accord ? Et tu ne voudrais vraiment pas y être mêlé.

— Tout le monde a un passé. Ça ne t'empêche pas d'avoir un avenir.

— Tu ignores beaucoup de choses à mon sujet.

Il s'est penché vers moi.

— Je sais que tu es l'une des plus jolies filles que j'aie jamais vue. Je sais déjà que tu as bon cœur. Que quand on s'est embrassés je me suis senti tout réchauffé, comme quand on s'assied trop près d'un feu de camp. Et je n'avais jamais ressenti ça avant.

— C'est très gentil…

Je me suis passé les mains dans les cheveux et j'ai levé les yeux vers le ciel dégagé. Si je le regardais, je perdrais toute volonté, je cèderais, et je ne pouvais pas me le permettre.

— Mais…

— Écoute.

Grant m'a pris les mains. Lorsque j'ai baissé la tête, son visage était tout près du mien. Je me suis rappelé la dernière fois qu'il avait été si proche et j'ai rougi des pieds à la tête.

— Je suis un grand garçon. J'ai déjà été mis à terre. Je peux gérer les trucs compliqués. Ce qui, d'après toi, te rend si compliquée ne m'empêchera jamais de désirer autant être avec toi.

J'ai ouvert la bouche pour protester, donner toutes les raisons qui en faisaient une mauvaise idée, lui dire pourquoi se rapprocher de moi pourrait être plus difficile qu'il ne le croyait, comment nous pourrions finir tous les deux blessés, mais rien n'est sorti.

— Je vais t'embrasser, a-t-il dit tout bas. D'accord ?

J'avais à peine hoché la tête lorsqu'il a pressé ses lèvres contre les miennes, tiré mes hanches vers les siennes. Il avait raison. C'était comme être assise devant un feu, et sa chaleur se répandait partout sur ma peau.

Chapitre 9

J'ai passé la soirée de samedi avec les filles dans la chambre de Layla, qui avait un vrai lit à baldaquin. Nous avons testé du maquillage, des vêtements, papoté et mis sur Instagram les photos où nous étions le plus fardées. Pour finir nous sommes allées chercher des sodas dans une supérette, qui était le seul lieu encore ouvert. Je me suis demandé pourquoi les filles s'étaient maquillées pour l'occasion et j'ai compris lorsqu'en sortant nous sommes tombées sur un groupe d'élèves de notre lycée qui traînaient au fond du parking avec des packs de bière à l'arrière de leur pick-up. Je n'ai pas parlé à beaucoup de gens, mais je ne me sentais pas non plus mal à l'aise. Layla avait été très explicite sur le fait que j'étais avec elles. C'était l'un de meilleurs samedis soirs dont j'avais le souvenir. Seule la présence de Grant aurait pu le rendre encore plus fantastique.

Une fois rentrée, j'ai dormi profondément, pour une fois. Mon téléphone a sonné et je me suis redressée lentement. J'ai cligné des yeux et lâché un grognement de protestation. Le téléphone a encore sonné. J'ai tendu la main, sans succès, et je ne l'ai attrapé qu'à la seconde tentative.

— Allô ? ai-je croassé sans vérifier qui appelait.

— Bonjour, Amanda ! s'est exclamée Anna d'une voix trop joyeuse, même pour elle.

— Mmh, ai-je gémi en m'étirant. Qu'est-ce qui se passe ?

— Rien de spécial. Mais nous sommes sur le point d'aller à la messe et je me suis dit que tu voudrais peut-être venir.

Il y a eu un silence pesant, à la suite duquel elle a vivement ajouté :

— Et puis mes parents veulent te rencontrer.

— Pourquoi ? ai-je demandé en plaquant les pieds par terre. Enfin, je ne vais pas vraiment à la messe.

— Tu n'as pas dit que tu étais baptiste ?

— Non pratiquante, lui ai-je rappelé. Je ne vais plus à la messe depuis le collège, au moins.

— Oh.

Anna avait perdu tout son enthousiasme. J'ai froncé les sourcils. Elle ne semblait pas seulement déçue, mais soucieuse.

— Mais ce n'est qu'une meilleure raison de venir, non ?

— Écoute, merci, mais je n'ai vraiment…

— Non, Amanda, a soudain chuchoté Anna. Il faut vraiment que tu rencontres mes parents. Vraiment, vraiment. S'il te plaît ?

Ma poitrine s'est serrée quand j'ai compris qu'elle avait besoin de moi. J'ai réfléchi un instant avant de dire :

— D'accord. Je vais m'habiller.

— Oui ! s'est exclamée Anna, retrouvant toute sa joie de vivre. Nous serons là dans une demi-heure.

Elle a raccroché sans attendre ma réponse. J'ai soupiré et fouillé dans mes affaires. Je n'avais qu'un seul vêtement approprié pour la messe : une robe à manches courtes imprimée de fleurs rose pâle, ornée d'une ceinture violette, qui avait appartenu à ma mère vingt-cinq ans et dix tailles plus tôt. J'ai pénétré dans le séjour et j'ai découvert mon père à la table de la cuisine, en train de se frotter les tempes devant une assiette de bacon bien gras. Il avait les yeux fermés et la peau pâle.

— Ce n'est pas très bon pour la santé, ai-je commenté.

Je me demandais ce qu'il était advenu du père qui mangeait de la salade à presque tous ses repas.

— Gueule de bois, a-t-il répondu d'une voix qui grinçait comme une vieille porte. Le gras aide à la réduire.

Il a entrouvert les yeux et m'a dévisagée.

— Qu'est-ce que tu portes là ?

— Je vais à l'église.

Je me suis appuyée contre le comptoir et j'ai regardé l'écran de mon téléphone. Mon père a lâché un rire rauque puis s'est interrompu quand j'ai croisé les bras et baissé les yeux.

— Oh. Tu ne plaisantais pas.

Il a coupé une tranche de bacon en deux et l'a avalée.

— Pardon, mais j'ai du mal à t'imaginer assise avec tout un tas de grenouilles de bénitier.

— Mon amie Anna m'a invitée. Pourquoi tu dis ça ?

Mais je savais pourquoi. Je croyais encore en Dieu, et pendant longtemps seule ma foi m'avait gardé la tête hors de l'eau. Toutefois je n'oublierais jamais le jour où ma mère était revenue les yeux rouges de larmes et de fureur après avoir vu notre pasteur. Quand je lui avais demandé ce qui n'allait pas, elle avait vociféré une série de jurons inhabituels, elle qui avait la voix si douce d'ordinaire. Elle m'avait dit qu'il lui avait fait quelques « suggestions » : qu'il fallait m'envoyer dans un camp pour me soigner, que je devrais passer plus de temps avec une figure masculine, que peut-être je devrais éviter de fréquenter la congrégation jusqu'à ce que je trouve un moyen de m'y intégrer. Nous ne sommes plus jamais retournées à l'église. J'ai quand même continué à prier.

— Le discours religieux n'est pas très tendre avec les gens comme toi, m'a enfin dit mon père en mâchant lentement.

— Mais ils n'ont pas à tout savoir sur moi.

— Méfie-toi, c'est tout. On n'est pas à Atlanta. Ici, les gens ont l'air gentils, mais attention à qui tu accordes ta confiance.

— Je sais, ai-je répondu d'un ton plat en passant le doigt sur la cicatrice au-dessus de mon oreille.

Mon téléphone a sonné et le nom d'Anna s'est affiché au-dessus de ce message : *On est dehors.*

— Ils sont là. Il faut que j'y aille.

— Mais sérieusement, a dit mon père.

Je me suis retournée avant d'atteindre la porte. L'air inquiet, il avait ouvert grand ses yeux rougis.

— Fais attention, s'il te plaît.

Balayée par une soudaine vague d'anxiété, j'ai pris une grande inspiration et j'ai hoché la tête.

— Je sais, papa. Promis. Au revoir.

Je me suis dépêchée de descendre. Le minivan qu'Anna avait conduit quelques jours plus tôt était garé devant la passerelle de l'immeuble. Cette fois, prise d'une curiosité morbide, j'ai pris le temps de lire les autocollants : « JÉSUS ÉTAIT CONSERVATEUR », « MA LOI, C'EST DIEU », « SANS PAPIERS = HORS LA LOI ! » et enfin : « CE N'EST PAS MA FAUTE SI JE SUIS HOMOPHOBE… JE SUIS NÉ AINSI ! »

La bouche sèche, je suis restée clouée sur place et j'ai dégluti. La porte arrière s'est ouverte et Anna a sorti la tête en souriant.

— Qu'est-ce que tu attends ? Grimpe !

Une Anna miniature couverte de taches de rousseur et à laquelle il manquait quelques dents est apparue et m'a fait signe avec enthousiasme.

Me forçant à sourire, je suis montée à l'arrière entre deux garçons, petits et blonds et vêtus de chemises blanches à manches courtes. Ils avaient les jambes tellement écartées que leurs genoux se touchaient au milieu. Ni l'un ni l'autre n'avait l'air de vouloir bouger, alors j'ai dû les escalader et me glisser dans l'espace libre qui restait. Quelque chose m'a touché les fesses pendant la manœuvre. J'ai préféré croire que c'était un accident.

À l'avant, sur le siège passager, une femme maigre comme un clou, aux cheveux blonds figés dans une coiffure qui défiait toute gravité, m'a adressé un grand sourire.

— Anna, ma chérie, a-t-elle dit, ne sois pas malpolie. Présente-nous ton amie.

— Oh !

Anna a presque sauté sur son siège. Je me suis à nouveau demandé pourquoi elle agissait de façon si étrange.

— Euh, maman, voici mon amie Amanda. Amanda, ma mère…

— Appelle-moi Lorraine, a-t-elle chantonné sans perdre son sourire de parfaite statue.

— Et mon père.

Un homme aux épaules de briques a grogné et m'a regardée d'un air méfiant dans le rétroviseur.

— Voici ma sœur Judith.

Cette dernière s'est retournée. Elle m'a décoché ce même sourire adorable et a annoncé :

— Je suis en CM2 !

J'ai retenu un rire et accordé que c'était très impressionnant. Le sourire de Lorraine s'est craquelé quand elle a cinglé :

— Assieds-toi correctement et serre les jambes !

Judith a immédiatement obéi. Il y a eu un silence pesant avant qu'Anna reprenne les présentations. Je me suis demandé s'ils voyaient la position de leurs fils à l'arrière.

— Et, euh, mes frères, Simon et Matthew.

L'un était légèrement plus grand que l'autre, et le plus petit avait un appareil dentaire et des cheveux un peu plus sombres, sinon ils auraient pu être jumeaux. Le plus jeune a grogné à la façon de son père sans détourner les yeux de la fenêtre. L'autre a continué à jouer avec son téléphone en faisant mine de n'avoir rien entendu.

— Bonjour, ai-je dit avec un sourire poli à celui qui avait au moins pris la peine de grogner.

Il s'est retourné et a croisé mon regard un court instant avant de baisser les yeux vers ma poitrine.

— Jolie robe, a-t-il déclaré.

J'allais le remercier, mais il a continué :

— T'as l'air d'une mamie.

Anna a foudroyé son frère du regard.

— Je t'interdis de parler comme ça à mon amie, Simon !

— Ne prends pas ce ton, jeune fille ! a sermonné Lorraine.

Les joues d'Anna se sont empourprées. Elle m'a adressé un regard d'excuse et s'est retournée à nouveau. Simon a reniflé puis a reporté son attention sur la vitre.

— Vous avez passé une bonne soirée hier soir ? a demandé leur père.

Anna a inspiré vivement et s'est raidie. J'ai regardé dans le rétroviseur où son père me dévisageait avec insistance entre deux coups d'œil à la route.

— Oui, ai-je répondu. Nous nous sommes bien amusées.

— Pas trop, j'espère.

— Pourquoi donc ? ai-je demandé, les yeux allant à nouveau d'une Anna paralysée à son père.

— La parole du Seigneur est une affaire sérieuse. Du moins sous mon toit.

— Euh, ai-je dit, prise de court, bien sûr. Oui. Chez moi aussi.

— Quels versets avez-vous lu hier soir ? a demandé Lorraine.

— Je vous demande pardon ?

Anna a rentré la tête et son père a plissé les yeux. C'est alors que j'ai compris : Anna leur avait dit que nous avions étudié la Bible.

— Pardon, je ne suis pas très réveillée. Nous nous sommes surtout concentrées sur l'Évangile selon saint Jean.

— Bien, a dit son père en hochant la tête. « Car les gages du péché sont la mort. »

Je n'ai pu retenir un sourire ; cela faisait peut-être des années que je n'avais pas mis les pieds à la messe, mais lorsque j'y allais encore, j'avais été attentive.

— C'est un passage puissant, mais il est tiré des Romains. Celui que je préfère chez Jean, c'est : « Car Dieu a tant aimé le monde qu'Il a donné Son fils unique, afin que quiconque croit en lui ne périsse point. » Il souligne tellement l'importance de la vie, vous savez ? Tant d'espoir !

— Je ne peux pas dire le contraire, a répondu son père avec un respect réticent dans la voix.

— Anna, ma chérie, tu as réussi ! s'est exclamée Lorraine en frappant joyeusement des mains.

Perdue, Anna a levé les yeux :

— Réussi quoi ?

— Pour une fois tu t'es fait une amie bien élevée !

Je me suis raclé la gorge et j'ai regardé les arbres par la fenêtre.

Vingt minutes plus tard, Anna a murmuré : « Merci » tandis que nous nous faufilions le long d'un banc à l'avant de l'église. Elle était petite, peinte d'un blanc lumineux. La tapisserie rouge et la lumière qui jaillissait des vitraux la rendaient plus belle qu'elle ne le paraissait de l'extérieur.

— Désolée de ne pas t'avoir prévenue, a continué Anna lorsque nous nous sommes assises. Ils écoutaient quand j'ai appelé.

— Ne t'inquiète pas, ai-je murmuré en lui touchant le poignet avec un sourire.

Les adultes se promenaient entre les bancs, se souriaient et se tapaient dans le dos pendant qu'Anna et moi restions assises en silence les mains sur les genoux. Au bout de quelques minutes, un homme très âgé à la peau de marbre ridée et aux yeux de hibou a rejoint la chaire à grands pas. Il avait une vieille bible en cuir sous le bras. Tout le monde s'est tu. Malgré son âge, il se déplaçait avec une grâce militaire. Il a déposé le livre sur le lutrin et l'a ouvert à la bonne page.

— « C'est pourquoi, ayant ce ministère », a lu le pasteur d'une voix jeune qui emplissait l'église sans la nécessité d'un micro, « selon la miséricorde qui nous a été faite, nous ne perdons pas courage. Nous rejetons les choses honteuses qui se font en secret, nous n'avons point une conduite astucieuse, et nous n'altérons point la parole de Dieu. Mais, en publiant la vérité, nous nous recommandons à toute conscience d'homme devant Dieu. »

Il a retiré ses lunettes de lecture et contemplé les fidèles.

— Si vous êtes intéressés, c'est tiré de 2 Corinthiens chapitre 4, versets 1 et 2.

Il s'est raclé la gorge et a fermé sa bible avec un bruit sourd qui a résonné dans l'église.

— C'est une mine de phrases intéressantes, les Corinthiens. « Aujourd'hui nous voyons au travers d'un miroir, obscurément » et « Lorsque j'étais enfant », bien sûr, mais ce que je viens de lire est aussi important que le reste.

Mon regard s'est posé sur la fenêtre derrière lui, où l'on voyait l'herbe verte d'une colline. Dans le groupe de soutien que je fréquentais auparavant, beaucoup des filles appelaient la transition « vivre notre vérité ». Peut-être était-ce vrai. J'ai levé un peu plus les yeux et là, au-dessus de la fenêtre et de l'herbe verte, se trouvait une petite croix de bois.

— Avant d'aller plus loin, je voudrais vous raconter une plaisanterie. Arrêtez-moi si vous la connaissez déjà : quelle est la différence entre un baptiste et un méthodiste ?

Un sourire est né sur ses lèvres et il a regardé autour de lui d'un air interrogateur mais personne n'a rien dit.

— Quand il achète de l'alcool, le méthodiste dit bonjour !

Si quelques personnes ont lâché un rire gêné, la plupart se sont faits tout petits sur leur siège.

— Voyez-vous, notre Église a un problème d'image, a dit le pasteur, soudain sérieux. Nous nous préoccupons trop de notre apparence, de ce que les gens diront de nous, alors que c'est ce qu'il y a à l'intérieur, dans nos cœurs et ce que Dieu pense de nous qui devrait nous intéresser. La franchise absolue et la foi absolue sont au cœur du christianisme, mesdames et messieurs. J'ai vécu ainsi. J'ai visité des maisons dans lesquelles on vit ainsi, comme on les voit à la télévision : pleines de photos de famille où l'on sourit, un crucifix sur chaque mur. Et tout cela ne signifie rien. Imaginez les Apôtres et ce que les gens ont dû penser d'eux : un tas de vagabonds sales, bavards, bien pensants ! Mais les Apôtres savaient qu'ils étaient sur le chemin du Juste, que tant qu'ils étaient sincères, francs et qu'ils accompagnaient le Seigneur, alors le Seigneur était avec eux.

J'ai enfoncé les doigts dans mes cuisses et, le cœur battant à tout rompre, j'ai regardé le banc devant moi. Parfois, j'avais l'impression que le Seigneur n'était plus avec moi. Je me suis rappelé mon réveil à l'hôpital après ma tentative de suicide. Il y avait un vide dans mon cœur là où s'était trouvée ma foi. Avec la transition, je l'avais un peu recouvrée, mais il était difficile de placer tant d'espoir en un dieu qui, d'après tant de gens, me haïssait.

— La franchise absolue, cela signifie que vous ne gardez aucun secret, au diable les conséquences ! Parlez de l'alcool, des drogues, de la fornication et de vos déceptions. La foi absolue signifie croire que ces faiblesses et ces chagrins font partie du plan du Seigneur. Et si vous êtes avec Lui, que vous soyez sincères et que vous démontriez Sa rédemption, d'autres en seront le témoin et votre vie n'en sera que plus riche. Une vie malhonnête n'est qu'à moitié vécue, mes frères et sœurs, et c'est avoir déjà un pied en enfer.

Tandis que le pasteur continuait son discours, ses paroles tournaient en boucle dans ma tête : *une vie malhonnête n'est qu'à moitié vécue.* Était-ce vrai ? Mes amitiés, mes relations seraient-elles toujours fausses si je cachais mon passé à jamais ? Mon regard a parcouru la foule qui m'entourait, s'est posé sur les parents d'Anna, droits comme des « i », attentifs, sur ses frères qui s'agitaient sur leur siège, puis sur Anna elle-même. Tout le monde, ai-je compris, vivait un mensonge. Anna sortait le soir et racontait à ses parents qu'elle allait étudier la Bible, eux-mêmes étaient aveugles au comportement de leurs fils. Les secrets et les mensonges faisaient peut-être partie de la vie, peut-être que tout le monde se mentait au sujet de quelque chose ou avait quelque chose à cacher.

J'ai à nouveau regardé la croix. Je me suis demandé si j'avais entendu ce sermon, à cet instant, pour une bonne raison. J'ai décidé que ceux qui prétendaient que Dieu ne m'aimait pas se trompaient. Dieu souhaitait que je vive, et si me cacher était mon seul moyen de survie, alors c'était le désir de Dieu.

Chapitre 10

Assise seule en haut des gradins, je regardais l'entraînement de football américain. Il faisait une chaleur étouffante, j'étais en débardeur et j'avais déposé mon chemisier sur mes genoux afin de protéger mes cuisses. Toutefois, une brise agréable rendait le tout supportable. Il était difficile de différencier les joueurs à cette distance, mais j'ai fini par repérer Grant en train de sourire au bord du terrain. Il ne m'avait pas encore remarquée, ce qui me convenait très bien. J'aimais voir comment il se comportait en mon absence, et j'aimais encore plus le voir aussi à l'aise, aussi fort et confiant, comme je ne l'avais jamais été. Peut-être, ai-je songé, que si je passais assez de temps à ses côtés, j'apprendrais à l'être.

Un homme musclé et court sur pattes a sifflé de toutes ses forces, alors Grant et tout le reste de l'équipe ont rejoint une série de pneus disposés en échiquier. Le coach a sifflé à nouveau. Deux par deux, ils ont couru de l'autre côté en levant haut les genoux. Lorsque cela a été son tour, Grant s'est accroupi, prêt à démarrer au premier coup de sifflet. Il est parti à toute vitesse et il a atteint la moitié de la course d'obstacles plus vite que ses équipiers. Je me suis levée, j'ai mis la main en coupe autour de ma bouche et j'ai agité le tee-shirt qu'il m'avait donné le soir du lac comme un drapeau, en criant « Youhou ! » à plein poumons. Grant a redressé la tête vers moi et m'a décoché un sourire lumineux. Je le lui ai rendu. Puis il a trébuché et s'est étalé juste avant la fin du parcours.

— Tu as failli me causer des problèmes, a dit Grant, les yeux plissés pour se protéger du soleil.

Il m'avait rejointe sur les gradins, dans un jean et un tee-shirt délavé au logo Captain America. Il avait les cheveux trempés par la douche, ce qui me rappelait le moment où il était sorti du lac.

— Failli, ai-je répété.

Je me suis levée et j'ai descendu quelques marches.

— Avoue que c'était drôle.

— Je vais avoir de l'herbe entre les dents pendant au moins une semaine, a-t-il répondu avec son sourire de petit garçon. Mais oui, c'était drôle.

Il s'est penché vers moi, je me suis penchée vers lui. Tandis que j'attendais que ses lèvres touchent les miennes, j'ai été parcourue par le même courant électrique que la dernière fois. Mais de grands cris sont alors remontés vers nous. J'ai ouvert les yeux et me suis redressée en voyant une demi-douzaine des membres de l'équipe lever et baisser le poing en pivotant les hanches. Je me suis empourprée. Grant s'est passé les doigts dans les cheveux et a essayé d'en rire.

— Désolé, a-t-il dit. Mes amis sont des abrutis.

Je lui ai rendu son tee-shirt discrètement.

— Ne leur parle pas de ça, alors. S'ils font les singes hurleurs pour un baiser avorté, là ils exploseraient.

— Tu as sûrement raison.

Il a fourré le tee-shirt dans son sac à dos et a jeté un autre coup d'œil par-dessus son épaule. Puis il m'a étreinte rapidement, ce qui a provoqué un autre concert de cris et de grognements.

— Bon, alors.

J'ai croisé les mains dans le dos et j'ai regardé un nuage d'étourneaux s'égayer des gradins d'en face. J'ai reporté mon attention sur Grant.

— Je me demandais si tu voulais venir ce soir. Mon père travaille tard.

Son sourire s'est élargi et j'ai rougi encore plus.

— On pourrait, tu sais, faire nos devoirs et d'autres trucs.

— Avec plaisir, a-t-il répondu. Surtout pour « d'autres trucs ».

Je me suis mise à rire.

— C'est une bonne nouvelle, parce que j'ai raté mon car pour te regarder à l'entraînement.

— Oh, a dit Grant.

Soudain, il a détourné les yeux et s'est frotté la nuque.

— Je viens de me rappeler…

Il a regardé ses pieds.

— Ma voiture est au garage, un pote me ramène. Alors je ne peux pas venir. Je suis vraiment désolé.

— Je pourrais venir chez toi, ai-je proposé.

J'ai ramené mes cheveux en arrière et haussé les sourcils avec espoir.

— Je parie que mon père pourrait venir me chercher.

— Ça ne me paraît pas une bonne idée, a répondu Grant qui s'était rembruni.

J'ai essayé de croiser son regard, mais il évitait le mien.

— Écoute, il faut que j'y aille. Mon pote attend.

— Ok, ai-je répondu en cachant au mieux ma déception. Envoie-moi un texto plus tard ?

— Absolument, a-t-il répondu avec un nouveau sourire.

Il s'est penché et m'a embrassée sur la joue avant de marmonner au revoir et de descendre l'escalier au petit trot.

Je me suis rassise et, avec un long soupir, j'ai contemplé le terrain vide où les cigales reprenaient leur chant. J'ai envoyé des textos à Anna, Layla et Chloé dans l'espoir que l'une d'entre elles pourrait me ramener. Il s'est écoulé plusieurs minutes sans réponse. Le jour commençait à baisser. Lorsque le bleu du ciel s'est lentement teinté de violet, j'ai ressorti mon téléphone et composé un message à Virginia.

Comment ça va ?

Elle a répondu rapidement, avant même que je repose mon portable.

Super ! Sauf que je fais la queue au supermarché lol. Comment ça se passe ac le nouveau petit copain ?

Bizarrement.

J'ai posé mon téléphone sur le banc et j'ai renfilé mon chemisier pour me protéger de la brise. J'allais écrire un nouveau message quand je me suis rendu compte que j'avais envie de lui parler.

J'ai composé son numéro. Elle a décroché à la première sonnerie.

— Salut, ai-je dit.

Ça m'avait tellement manqué, de l'entendre. Elle s'est excusée lorsque le bruit d'un enfant piquant une crise dans la queue de la caisse m'a agressé les oreilles. Ce n'était pas grave. J'étais contente de la sentir à l'autre bout du fil.

— Bref, a-t-elle dit quand le bruit s'est enfin calmé. Raconte-moi tout. Que se passe-t-il avec ton homme ?

— Oh, je ne sais pas, ai-je répondu en me sentant un peu bête.

Peut-être que je faisais des montagnes pour rien. Je me suis allongée sur le banc, un bras sous la tête et j'ai regardé le ciel.

— Il s'est comporté bizarrement aujourd'hui. Il avait l'air de vouloir passer du temps avec moi, puis d'un coup, il s'est presque enfui.

— Il se passe sans doute des choses dans sa vie que tu ne sais pas, a dit Virginia d'un ton égal.

Je l'imaginais en train de quitter le supermarché, de traverser le parking brûlant en direction de sa vieille Bronco. Elle sortait ses clés de son porte-monnaie hors de prix, déverrouillait la porte de ses mains aux ongles parfaitement manucurés. J'avais l'impression de ne pas l'avoir vue depuis des siècles.

— Toi aussi, tu lui caches quelque chose de très important, non ?

— C'est vrai.

J'ai presque souri alors que je n'en avais vraiment pas envie : Virginia avait toujours raison.

— Mais quand même. Ce n'est pas pareil, si ?

Des nuages légers défilaient au-dessus de moi. J'ai soupiré. C'était peut-être hypocrite, mais l'idée que Grant me cache quelque chose me retournait l'estomac. Et si son affection n'était qu'une vaste blague ? Je savais que c'était paranoïaque de ma part, mais j'avais été entraînée pendant des années à détecter les mauvaises intentions.

— Tu t'en fais trop, a dit Virginia.

Même par téléphone, elle avait toujours lu en moi comme dans un livre ouvert.

— Ne tire pas de conclusions hâtives. Prends ton temps, apprends à le connaître, découvre quel est son problème. Je parie que ce n'est rien du tout. Et sinon, soit tu lâches l'affaire, soit tu la gères. D'accord ?

— D'accord, ai-je fini par répondre.

Je me suis levée et j'ai rassemblé mes affaires. Je demanderais à mon père de venir me chercher et je ferais comme si de rien n'était. Je continuerais à vivre ma vie, à fréquenter Grant et à envisager les choses jour après jour. Après tout, j'étais censée prendre mon temps, craindre de trop me rapprocher de lui, car se rapprocher signifiait mieux se connaître. Il y avait tant de choses à mon sujet que je ne voulais pas qu'il sache. Mais bizarrement, songer à son sourire, à ses yeux noirs qui pétillaient au soleil me donnait l'impression que tout ce qui importait, c'était d'être à ses côtés.

— Il faut que j'y aille, ma belle, a dit Virginia.

J'ai entendu sa voiture démarrer et le son familier de V-103 qui hurlait dans son autoradio.

— Ça va aller ?

— Oui. Merci de m'avoir écoutée.

J'ai commencé à me diriger vers le parking. Je me sentais déjà mieux.

— Tout ira bien.

Chapitre 11

Le ciel était d'un gris ardoise qui annonçait une autre semaine orageuse. Assis à l'arrière du pick-up de Rodney, un ami de Grant, nous étions tous les deux balayés par un vent frais et humide. J'ai attaché mes cheveux en queue-de-cheval et je me suis empourprée en sentant le regard de Grant sur moi. Le pick-up a roulé sur une branche morte, ce qui nous a fait rebondir. Je me suis accrochée de toutes mes forces à la roue surélevée. Grant a ri sous cape puis a levé les mains lorsque j'ai fait mine de lui flanquer un coup de pied.

— Ce n'est pas drôle !

Mais j'ai souri malgré moi.

— C'est très dangereux d'être à l'arrière d'un pick-up !

— Ça en vaut la peine. C'est super marrant, les courses dans la boue, et je veux vraiment que tu rencontres mes potes.

— S'ils ressemblent tous à Parker, j'espère que tu ne m'en voudras pas si je reste dans le pick-up.

— Ils ne sont pas très fins, des fois, a-t-il dit en se frottant la nuque, le regard sur la route, mais Parker est un cas un peu spécial. Ne t'inquiète pas.

Il s'est retourné vers moi avec un sourire.

— En fait, c'est moins pour te présenter que pour les rendre jaloux.

— Ouais, ouais !

Ça a été à mon tour de détourner le regard.

— Pourquoi tu n'es pas venu me chercher toi-même ? Ce n'est pas plus marrant, si tu as ton propre véhicule ?

— Alors tu reconnais que ça a l'air amusant ?

— Ça a l'air surtout idiot, ai-je dit sur un ton d'excuse, en haussant les épaules.

— Oui, d'accord. Mais c'est ça qui est marrant. C'est une bonne raison pour passer du temps avec tes copains, faire les idiots dans les bois et se salir.

Je lui ai jeté un regard peu convaincu. Il a tapoté son sac à dos.

— Mais ne t'inquiète pas. J'ai un pique-nique. On peut s'amuser en tête à tête si tu t'ennuies.

— Merci.

On a quitté la route pour un chemin de terre boueux qui s'enfonçait dans les bois. Les branches des arbres bloquaient le soleil déjà faible et ont plu sur nous pendant quelques minutes. Puis nous avons entendu le grondement lointain des moteurs. Soudain, nous sommes arrivés dans une clairière. L'herbe était tout écrasée et on voyait les traces incurvées de dizaines de roues. Des pick-up couverts de boue roulaient en trombe sans aucun autre objectif que ces allers-retours. Un petit groupe de personnes, elles aussi couvertes de boue, s'étaient rassemblées autour de glacières rouges. J'ai reconnu plusieurs visages aperçus au lycée, y compris celui de Parker. Grant a sauté à terre une fois que le pick-up s'est arrêté à quelques mètres.

Rodney est descendu et a jeté ses clés à Grant.

— Tiens, je vais d'abord me choper une bière.

Puis Grant est monté à la place du conducteur.

Il m'a regardée d'un air interrogateur.

— Qu'est-ce que tu attends ?

— On y va déjà ? J'espérais avoir le temps de digérer mon petit déjeuner.

Grant a ri.

— Un petit tour, s'il te plaît ? a-t-il dit en pendant les bras par la fenêtre comme une poupée de chiffon. Allez, faut que t'essaies ! En plus, j'ai apporté tout un tas de sandwichs. Alors si tu vomis, on pourra te reremplir le ventre fissa.

— Charmant !

J'ai ri et j'ai rejoint le siège passager sous des hurlements très peu discrets derrière nous. J'ai bouclé ma ceinture, pris le temps de savourer la proximité de Grant, puis il a fait vrombir le moteur et le pick-up a tourné sur lui-même.

Avec un grand sourire aux lèvres, Grant a mis le pied au plancher. Les pneus arrière ont projeté de la boue et nous sommes partis. J'ai hurlé et je me suis agrippée à son bras lorsque nous avons foncé vers l'autre bout de la clairière. Grant a ri et tourné le volant à la dernière seconde. Le pick-up a glissé en sifflant et a éclaboussé de boue une douzaine d'arbres.

Grant a redressé le volant et a redémarré. Cette fois, moi aussi, je riais. Le pick-up a tourné à nouveau. Il s'est enfoncé dans un creux suffisamment profond pour maculer les vitres et le pare-brise. Je me souvenais avoir demandé à Grant d'expliquer le concept de ces courses folles. Il n'aurait jamais pu, pas de manière à ce que je comprenne. Combien y avait-il dans une vie de moments semblables, qui attendait que je leur donne une chance ? Le pick-up s'est enfin arrêté à l'opposé de là où se trouvaient nos camarades. Je suis restée à haleter pendant quelques instants, en passant mes doigts tremblants d'adrénaline dans mes cheveux.

— C'était...

Essoufflée, j'ai cherché en vain le mot le plus représentatif.

— C'était génial !

— J'espérais que ça te plairait, a dit Grant d'une voix douce.

Un sourire de gamine aux lèvres, je me suis tournée vers lui. J'ai ressenti un picotement dans ma poitrine lorsque j'ai vu son sourire à lui, beaucoup plus réservé, et son regard sombre qui ne me quittait pas. On aurait dit qu'il attendait quelque chose. Les picotements se sont changés en pincements quand j'ai compris ce qui allait se passer.

— Dis..., ai-je commencé.

J'ai détourné les yeux et me suis recoiffée d'un geste nerveux. Je ne pensais qu'à la façon dont il était parti la dernière fois après les cours. Je ne voulais pas gâcher l'instant, mais il fallait que je sache.

— Je peux te poser une question ?

— Vas-y, a répondu Grant, appuyé à son volant.

— Est-ce qu'on sort ensemble ?

— Eh bien, on sort ensemble, là.

— Je sais.

J'avais l'impression que chaque cellule de mon corps était parcourue d'un frisson qui me remontait des pieds à la tête.

— Mais est-ce que ça va devenir quelque chose d'officiel ?

Grant a froncé les sourcils et regardé par le pare-brise. Un instant, j'ai cru qu'il allait me répondre non. J'étais trop ennuyeuse. Trop coincée. J'avais très mal dansé à la soirée et j'avais dit que les courses dans la boue, c'était idiot.

— C'est à toi de voir, en fait, a-t-il dit.

Il a souri jusqu'aux oreilles. Je me suis rendu compte que ses dents n'étaient pas tout à fait droites, et que parfois, un petit défaut pouvait rendre quelqu'un encore plus beau.

— Moi, je sais que j'en ai envie, a-t-il ajouté.

— Mais l'autre fois, après les cours, on aurait dit que tu ne voulais pas du tout être avec moi.

— Merde, a soupiré Grant.

Il a tapoté en rythme sur le volant.

— Désolé, Amanda. J'étais embarrassé à l'idée de ne pas pouvoir te ramener. Ça, genre, menaçait ma virilité. Mais avec toi, tout est tellement nouveau que… Tu as déjà eu envie de ne montrer que le meilleur de toi-même ?

Je n'ai pu m'empêcher de sourire.

— Mais moi, je veux apprendre à te connaître vraiment.

J'ai repensé à ce qu'avait dit Virginia, sur le fait que nous gardions tous les deux des secrets, puis à mes parents et au silence qui régnait chez nous avant leur divorce. Au fait qu'ils avaient cessé de se raconter quoi que ce soit d'important. Si je me lançais, je voulais faire ça bien. Je me suis mordillé le poing en me remémorant ce moment avec Bee à la plantation.

— Et si nous jouions au jeu de la vérité ?

— Qu'est-ce que c'est ?

Je lui ai expliqué les règles telles que Bee me les avaient énoncées. Grant a pris le temps de la réflexion.

— Alors c'est comme Action ou Vérité ?

— Un peu, ai-je acquiescé en repensant à la description de Bee. Sans, tu sais, les trucs pervers.

Il a fait mine de bouder et je lui ai flanqué une petite bourrade.

— Ok ! Débrouille-toi bien et ça peut se négocier. Alors, tu joues avec moi ?

Il a hoché la tête.

— On commence maintenant ?

J'ai haussé les épaules.

— Pourquoi attendre ?

J'ai pris une profonde inspiration.

— Ok, j'y vais.

J'ai inspiré à nouveau et repensé au sermon de la messe. Cette idée d'éplucher nos couches de secrets et de mensonges. Un jour, peut-être, si nous jouions assez longtemps, j'arriverais à lui dire la vérité sur tout.

— Ce soir-là, au lac, c'était mon premier baiser.

— Non, a déclaré Grant. Impossible.

J'ai hoché la tête avec insistance.

— Comment tu as tenu si longtemps ? Jolie comme tu es, les garçons doivent te courir après depuis le collège.

— Merci, ai-je répondu en rougissant. Je ne te crois pas, mais merci. J'ai beaucoup changé, l'été dernier, alors c'est nouveau, tout ça. À ton tour.

— C'est peut-être ton premier baiser…

Grant s'est tapoté le menton et a regardé en l'air.

— … Mais pour moi c'était le meilleur.

Écarlate, j'ai touché mes lèvres et regardé mes genoux. J'avais si peur de mal embrasser, ou pire, d'embrasser comme un garçon. Les yeux fermés, je me suis remémoré ce baiser. Mon cœur s'est mis à marteler à toute vitesse. Quand j'ai retrouvé mon sang-froid, je l'ai regardé, j'ai vu qu'il rougissait aussi. J'ai entremêlé mes doigts aux siens et j'ai dit :

— Il va falloir qu'on batte ce record, non ?

— Absolument, madame, a dit Grant en se penchant vers moi. C'est nécessaire.

Le baiser devant chez moi avait été beau, tremblant et presque chaste. Celui sur les gradins tendre mais fugace. Cette fois, c'était différent. Nos bouches se sont touchées et sans savoir comment, je me suis retrouvée au-dessus de lui sur le siège conducteur, les mains contre son torse large, mes cheveux défaits nous cachant comme des rideaux. Je me suis écartée un instant et, les yeux dans les yeux, nous avons repris notre souffle. J'ai senti quelque chose me frôler la taille. Il descendait la main vers le bord de mon tee-shirt, me demandant du regard s'il avait le droit. Je me suis mordu la lèvre et je lui ai répondu d'un baiser dans le cou et d'un coup de dent à son oreille. Il a passé les doigts sous mon haut, dépassé mon nombril où il s'est arrêté un instant, puis je les ai sentis près de mes côtes.

— Hé ! a crié Rodney.

Il frappait du poing contre la vitre.

J'ai crié et je suis retombée sur le siège passager en me cognant la tête.

— Allez, quoi ! Je viens de refaire les sièges, vous aller me les pourrir !

Grant a bredouillé une excuse lorsque, rouges et hilares, nous sommes sortis du pick-up. Rodney a pris notre place en râlant et nous a éclaboussés de boue.

Sourire aux lèvres, nous avons gardé un instant le silence, puis Grant a étalé un peu de sa boue sur moi. Le rire que nous retenions s'est envolé d'un coup.

Chapitre 12

Je discutais avec Bee derrière le bâtiment d'arts, sous un ciel de feuilles rouges et brunes. De la fumée s'échappait de nos lèvres. Elle bidouillait les réglages de son nouvel appareil photo numérique pendant que j'essayais de la dessiner sans succès. Les cigales s'étaient tues quelques semaines plus tôt. En leur absence, tout, du bruit du vent au raclement de mon crayon, semblait agressif.

— Tu as eu ton bulletin ? ai-je demandé, la voix rauque.

Je lui ai tendu le joint.

— Il était merdique. Je m'en serais sortie en littérature si M. Robinson me détestait pas, mais j'ai quand même réussi à avoir un B. C en chimie, D en maths mais tout le monde s'en fout.

— Moi non.

J'ai fait tourner mon cou pour le détendre tout en observant ses cheveux. J'essayais de reproduire leur mouvement.

— Ah ouais ? Qu'est-ce que tu veux faire de ta vie, au fait ?

— Je veux aller à la fac dans le Nord. L'université de New York, peut-être, s'ils me prennent.

Elle s'est soudain penchée pour détailler mon dessin, que j'essayais de lui cacher. Elle a souri.

— Je fais au moins vingt kilos de plus que ça, mais je vais pas me plaindre ! Je pourrai le garder, quand tu auras fini ?

— Bien sûr, ai-je répondu en tournant la page. Mais, bref, je ne suis pas obsédée par l'idée de New York, je veux juste m'en aller le plus loin possible d'ici.

— T'as bien raison.

Bee a rapproché l'appareil de son visage et froncé son nez retroussé.

— Je hais cette ville.

Elle a dirigé l'appareil vers moi et pris quelques photos avant que je puisse me détourner, un réflexe né d'années passées me détester en photo.

— C'est un vrai mystère qu'une aussi jolie fille ne soit pas un peu plus narcissique, a commenté Bee en secouant la tête. À ce sujet, comment ça se passe avec ton mec ?

— Bien.

J'ai croqué une série de formes auxquelles je reviendrais plus tard et que j'emplirais de visages. J'ai senti mes joues s'empourprer comme chaque fois que je pensais à Grant. Aux films que nous ne regardions pas vraiment, à nos jambes de pantalon relevées lors de nos promenades le long du lac, à nos doigts qui se frôlaient et nos coups d'œil heureux l'un à l'autre en vie de classe sous le regard grognon de Parker.

— Super, même. Sauf que…

Ne sachant ce que je voulais révéler, je me suis tue.

— Il y a de l'orage dans l'air ? a demandé Bee, très amusée. Il a mauvaise haleine ? Il est, je ne sais pas, grave raciste ?

— Non, ai-je répondu lentement, un sourcil haussé. Il… C'est juste que…

J'ai levé les yeux vers le visage inquisiteur de Bee et je me suis rendu compte que j'avais beau adorer Virginia, j'avais besoin de parler de Grant à quelqu'un qui le connaissait. Les mots sont sortis tous seuls.

— Parfois, il est bizarre. Par exemple, quand on a rendez-vous, il ne vient jamais me chercher. Il dit que sa voiture est au garage, mais ça fait des semaines que ça dure. Et il y a quelque chose qui l'accapare dont il ne veut pas parler. On s'estime heureux si on se voit une fois par semaine, tu vois ? Je refuse de croire que le foot lui prend tout ce temps. J'ai l'impression qu'il me cache quelque chose.

— Il est peut-être gay, a dit Bee.

Elle plaisantait, mais j'ai imaginé le pire : est-ce que c'étaient mes côtés garçon qui lui plaisaient ? Pendant un horrible moment, je me suis demandé si c'était pour ça qu'il sortait avec moi. Mais Bee m'a jeté un regard étrange et qui a coupé court à mon affolement.

— Ce n'est pas vraiment ce que tu crois, hein ?

— Comment le saurais-je ? Ce n'est pas parce que je suis bi que j'ai des pouvoirs magiques pour deviner qui l'est ou pas.

— Je suis déso… Écoute, ce n'est pas ce que je voulais dire. Mais tu sais un peu tout sur tout le monde, non ?

À mon expression, elle s'est mise à rire.

— Je plaisante ! Grant est complètement hétéro.

Elle a fermé les paupières et glissé sur le dos comme un serpent.

— Parker, par contre ? Le mec le plus refoulé que je connaisse.

— Impossible, ai-je dit en secouant la tête. Je t'ai raconté ce qui s'est passé à la soirée ! Il est carrément homophobe !

— C'est ce qui le trahit. Tu es hétéro, non ?

J'ai hoché la tête.

— Tu penses souvent à des femmes qui font l'amour ?

J'y ai réfléchi un instant, puis j'ai haussé les épaules.

— Non, jamais.

— Et voilà ! Les homophobes pensent tout le temps à la sexualité des gays parce qu'ils sont jaloux. Ils prétendent qu'être gay est un choix parce qu'ils choisissent tout le temps de ne pas avoir les relations sexuelles qu'ils désirent. Il n'y a pas plus gay qu'un homophobe.

— Je vois ce que tu veux dire. Mais alors, ça voudrait dire que le Sud…

— … est l'endroit le plus gay de tout l'Occident ? Tout à fait !

Nous avons beaucoup ri à cette idée, jusqu'à ce que des bruits de pas attirent notre attention. Nous avons échangé un regard horrifié puis j'ai chassé le plus de fumée possible pendant que Bee écrasait le joint. C'était la dernière heure, mais ça ne justifiait pas de fumer au lycée. Nous avons contourné discrètement le bâtiment et jeté un coup d'œil de l'autre côté du coin pour vérifier que nous avions bien entendu. Mon cœur a failli s'arrêter lorsque j'ai vu la porte ouverte.

— Et merde, a soufflé Bee. Merde, merde, merde ! On se casse.

Nous sommes vite revenues sur nos pas et nous nous sommes figées en voyant près de nos sacs un homme d'une cinquantaine d'années, aux cheveux courts et gris, qui tenait nos carnets à dessin d'un air pensif. Il a relevé son visage carré et haussé un sourcil.

— Bee, a-t-il dit d'un ton égal. Je ne peux pas dire que je sois surpris. Comment se passe ta terminale ?

— Euh, ça va, a-t-elle répondu.

— C'est une bonne nouvelle.

L'homme a reporté son attention sur nos carnets en reniflant sans discrétion. Nous faisait-il comprendre qu'il savait que nous avions fumé ?

— Et pourrais-je connaître le nom de ton amie ?

— Amanda Hardy, a répondu Bee lorsqu'il est devenu évident que je n'allais rien dire.

— Ravi de te rencontrer, Amanda.

L'homme a mis nos carnets sous son bras.

— Je suis M. Kurjak. Attendez-vous toutes les deux à un appel de ma part ce week-end. Je peux vous emprunter ces carnets de croquis ?

— Oui, a répondu Bee.

Je n'ai fait que hocher la tête.

— Je vous les rends au plus tôt, a-t-il déclaré.

Il nous a fait le signe de tête le plus vague du monde puis a tourné les talons.

Bee a attendu qu'il ne puisse plus nous entendre et commenté :

— Ç'aurait pu être pire.

— C'était qui ?

— Le prof de sport.

— Ma vie est finie, ai-je dit, les oreilles bourdonnantes. (J'ai inspiré avec panique et ajouté :) Je vais être virée !

— Du calme, a dit Bee en mettant son sac à l'épaule. Au pire, il a peut-être senti la beuh. On ne peut pas te virer pour une odeur.

— Tu en es sûre ?

— Absolument. Probablement. Sans doute ? La dernière cloche a sonné, de toute façon. Allons manger un burger.

Nous avons dû attendre que Bee retrouve ses esprits pour conduire. Lorsque nous nous sommes garées sur le parking du fast-food, j'avais tellement faim que j'en avais presque oublié mon stress. Bee a sauté de son pick-up et m'a précédée à grands pas. Mains dans les poches, j'ai pris le temps d'écouter le silence assourdissant des cigales et de sentir la fraîcheur du vent d'automne sur ma peau. À l'intérieur, Bee était en pleine conversation avec un type maigre, à la calvitie précoce, qui portait un polo et une visière rouges.

— Que veux-tu ? m'a-t-elle demandé. C'est moi qui invite, vu que j'ai probablement gâché tes chances d'entrer à Harvard ou je sais pas quoi.

J'allais lui répondre lorsqu'un mouvement dans la cuisine a attiré mon regard. Le cuisinier, lui aussi en uniforme, me rappelait quelqu'un, mais il était de dos. C'était alors qu'il s'est retourné et que j'ai vu le visage de Grant, couvert de sueur. Les yeux écarquillés, il m'a dévisagée de sous sa visière. Il avait les cheveux luisants de sueur et les épaules affaissées de lassitude. Au bout d'un instant, il s'est empourpré et a détourné le regard.

Je me suis précipitée dehors et, le cœur battant, je me suis appuyée contre la voiture de Bee. C'était donc ça que Grant me cachait ? Qu'il avait un petit boulot ? Et si c'était un tel secret, que se passerait-il maintenant que je l'avais surpris ? Quand je l'ai vu passer le coin sans son tablier, la visière autour de son cou, mon cœur a battu encore plus fort.

— Tu viens ? a-t-il demandé.

— Tu ne vas pas avoir de problèmes ?

— Nan, a-t-il répondu.

Les mains dans les poches, il s'est mis à longer la route sans se presser. Je l'ai suivi, les jambes moites et tremblantes.

— J'ai remplacé Greg des millions de fois. Il m'en doit un paquet.

— Mais tu travailles combien d'heures par semaine ?

— Ici ? a demandé Grant. Ou partout combiné ?

J'ai haussé les sourcils et je lui ai jeté un regard inexpressif.

— Oui, a-t-il dit en se mordant la lèvre. C'est l'heure des aveux, on dirait. Voyons.

Ses lèvres ont bougé en silence et il a regardé le ciel en comptant sur le bout de ses doigts.

— Vingt heures ici, dix heures de boulots divers à la ferme familiale de Chloé en automne et en été, et puis dix heures à faire la plonge chez Dan l'Affamé.

Quarante heures, donc, plus ou moins, en fonction de si je remplace quelqu'un.

— C'est légal ? ai-je demandé, stupéfaite.

— Je n'y ai jamais vraiment réfléchi. Maintenant oui, puisque j'ai dix-huit ans, mais avant ça, non, probablement pas. Mais il n'y a qu'ici que j'ai signé un contrat, alors je n'ai jamais eu de problème.

— Quand est-ce que tu trouves le temps de jouer au football ? Ou d'aller à des fêtes ? De faire tes devoirs ? Ou… tu sais, de passer du temps avec moi ?

— Je ne dors pas beaucoup. Et souvent, je ne fais pas mes devoirs. Ma moyenne est horrible. Je remplace pas mal les autres, surtout l'été. Comme ça, quand une jolie fille de ma connaissance désire mon attention, je peux demander qu'on me dépanne.

Il m'a fait un clin d'œil et j'ai ri.

Je lui ai touché l'épaule.

— Pourquoi tu me cachais tout ça ?

— Je n'aime pas vraiment en parler.

Comprenant bien, j'ai hoché la tête.

— Bref, désolé si j'étais bizarre. J'ai… j'avais peur que tu me voies différemment. Et aussi je ne voulais pas que tu t'en veuilles à cause des heures en plus que je bosse pour qu'on puisse sortir.

— Mais je te vois différemment.

Il m'a jeté un regard embarrassé. J'ai secoué la tête et souri.

— Je peux ajouter « travailleur » à la liste de tes qualités.

— Ok…, a-t-il dit avec un sourire penaud. Est-ce que ça compte pour le jeu de la vérité ?

— D’accord. Mais seulement si ce que je vais dire compte aussi.

J’ai étreint son bras et j’ai rapproché la bouche de son oreille.

— Je vais probablement me faire virer lundi et là je suis très, très défoncée.

J’ai déposé un baiser sur sa joue avant qu’il puisse répondre.

Ce fut à son tour de rire.

— Amanda Hardy, je n’ai jamais rencontré quelqu’un d’aussi intéressant que toi.

Janvier, six ans plus tôt

Leur dispute a éclaté à 4 h 30 du matin. J'ai tourné le dos à la porte de ma chambre et j'ai écouté mes parents se hurler dessus. À chaque juron, chaque éclat de voix, je me recroquevillais sur moi-même comme si on me frappait. J'ai regardé mon reflet par la fenêtre de ma chambre, que la lumière d'un lampadaire bordait d'orange. Je voulais me rendormir mais je n'arrivais pas à noyer leurs paroles.

— Il revient couvert de bleus une fois par semaine ! a dit mon père. Nous devons faire quelque chose !

— Alors tu veux jeter mon bébé dans la fosse aux lions, c'est ça ? a demandé ma mère, glaciale.

— Bon sang, Bonnie. Ce sont les scouts, pas la prison ! Il ne sait même pas lancer une balle !

Ça a continué comme ça. J'écoutais, mais sans tendre l'oreille, parce que ce n'était pas nouveau.

Mon père voulait que je fasse du sport, que j'aille camper avec lui et ses camarades de l'armée, n'importe quoi pour « m'endurcir ». Tous les soirs, il me demandait de jouer au base-ball avec lui. Si je disais non, il avait l'air déçu, mais si je disais oui, c'était en quelque sorte pire, car je voyais l'agacement grandir dans son regard. Il prétendait que c'était pour ma sécurité, mais ma mère rétorquait que me mettre à portée de main de ceux qui s'en prenaient à moi ne ferait qu'empirer la situation, et j'étais de son côté à elle. J'avais commencé à me rendormir lorsque leur dispute a pris une tournure inhabituelle.

— Je ne fais pas ça pour moi, a dit mon père d'une voix inégale.

J'ai ouvert les yeux et j'ai roulé sur le dos.

— Ne te mens pas et ne me mens pas. C'est pathétique, tout comme…

— La ferme, a grondé mon père.

— Ne me parle pas sur ce ton ! Tout comme la façon dont tu imposes tes problèmes de virilité à mon fils. Il va finir à l'hôpital parce que tu as peur que tes « copains » sachent que tu as élevé une *tapette* !

— La ferme ! a hurlé mon père.

J'ai entendu un verre se briser, ma mère hurler de peur, puis il y a eu un long silence.

— Pardon, a dit mon père d'une voix douce. Je suis tellement désolé.

— Ne t'approche pas de moi, a répondu ma mère.

Le cœur battant, j'ai relevé la tête. Ça, c'était différent. Quelque chose était sur le point de changer.

— J'ai dit : ne t'approche pas de moi !

Ma porte s'est ouverte d'un coup et ma mère a allumé la lumière en entrant. Sur le seuil, une main sur la hanche et une autre dans ses cheveux, mon père nous regardait tous les deux avec une expression où défilaient la fureur et la honte.

— Habille-toi, Andrew, a déclaré ma mère. Nous partons en voyage.

Mon regard allait de l'un à l'autre. Mon père a fermé les yeux et pris une profonde inspiration.

— Fais ce qu'elle te dit, bonhomme, a-t-il dit d'une voix tremblante.

Avais-je déjà vu pleurer mon père ? La seule idée en était si étrange que j'ai presque oublié ce qui se passait. Ma mère a jeté un sweat-shirt *Invader Zim* et un jean sur le lit. Je les ai enfilés en silence pendant qu'elle remplissait ma valise. Enfin, elle m'a pris la main et nous avons marché vers la porte. Un court instant, mon père s'est mis en travers avant de renifler, une fois, très fort, puis de s'écarter.

Nous avons rejoint la voiture et, une fois à l'intérieur, ma mère a allumé le moteur pour chasser le froid. Elle est retournée dans la maison pendant un temps qui m'a paru infini. Enfin, elle est ressortie avec une valise à elle. Elle l'a jetée sur le siège arrière et, à la lueur de l'aube, elle a pris la direction de l'est et nous avons quitté la ville de mon enfance. Je n'y retournerais plus jamais.

— On va où ? lui ai-je demandé lorsque nous avons emprunté l'autoroute.

— Tu te souviens de Papie et Mamie ?

Elle a esquissé un demi-sourire. Il n'éclairait pas ses yeux injectés de sang.

— Oui, ai-je répondu bien que je ne me souvienne pas beaucoup d'eux.

Ils vivaient à Atlanta et nous n'avions presque jamais le temps de leur rendre visite.

— Nous allons chez eux quelque temps, a dit ma mère d'une voix tremblante. Comme des vacances.

Pendant une heure, nous avons gardé le silence. À l'approche de Nashville, elle m'a demandé :

— Qu'as-tu entendu ?

— Entendu quoi ?

— Pendant la dispute.

— Oh.

J'ai haussé les épaules et regardé par la vitre. J'avais la gorge sèche.

— Pas grand-chose. Je t'ai entendue quand tu es venue dans ma chambre, c'est tout. C'était grave ?

— Ne t'inquiète pas.

On aurait dit qu'elle étouffait.

— La seule chose dont je veux que tu te préoccupes, la seule, c'est de bien travailler à l'école et d'être toi-même de la meilleure, la plus absolue des façons. D'accord ?

— D'accord.

Je lui ai souri. Elle avait les yeux plissés, presque fermés, et tout son visage était chiffonné des larmes qu'elle refusait de verser. J'ai mis la main dans la sienne avant de m'appuyer contre elle.

Chapitre 13

À l'écran devant nous, Nino Quincampoix glissait une note sous la porte d'Amélie Poulain. J'ai mis la main sur le genou de Grant. Les sourcils froncés, il était apparemment trop concentré sur les sous-titres pour comprendre ce que je cherchais. Il a passé le bras autour de mon cou et m'a attirée contre lui. La tête sur son épaule, j'ai inspiré son odeur.

Amélie a lancé la cassette vidéo qu'elle avait trouvée dans son appartement. À l'écran, un vieil homme la poussait à vivre l'instant présent plutôt que de garder ses distances.

— Attends, a dit Grant. Qui c'est, lui ?

— M. Dufayel, ai-je répondu en lui caressant le cou du bout du nez. Le voisin d'Amélie, tu te souviens ?

— Le type de l'épicerie ?

— Celui qui peint. Qui a un problème avec ses os.

— Oh !

Mais le temps qu'il comprenne, la vidéo avait fini de jouer et la scène continuait.

— Est-ce qu'on peut revenir en arrière ? a-t-il demandé. Pardon.

— Pas la peine de t'excuser.

Je me suis exécutée. Cette fois, il a compris la scène, bien que cela lui ait demandé toute sa concentration. Il a étouffé un cri lorsqu'Amélie a couru ouvrir la porte et qu'elle est tombée sur Nino. Ça m'a fait glousser. Il m'a serrée encore plus fort lorsqu'elle l'a fait entrer dans son appartement et qu'ils se sont retrouvés face à face, vraiment, pour la première fois. Il a déposé un baiser au-dessus de mon oreille lorsque le leur s'est terminé. Puis Amélie et Nino ont parcouru les rues de Paris à vélo. Grant ne savait pas qu'il embrassait ma cicatrice, la zone insensibilisée où s'étaient trouvés les points de suture. J'ai frissonné.

— Alors, ai-je dit en m'écartant de lui, qu'est-ce que tu en as pensé ?

— J'ai bien aimé, a-t-il répondu lentement. Je ne suis pas sûr d'avoir compris, mais j'ai bien aimé.

Je me suis retournée et j'ai mis mes jambes en travers de ses cuisses. J'adorais mes jambes, c'était la seule partie de mon corps qui m'avait toujours donné un sentiment de féminité. Elles devaient plaire à Grant aussi, car il s'est mordu la lèvre et a souri.

— Merci d'être venu. J'avais besoin de me changer les idées, ai-je soupiré.

Comme promis, M. Kurjak nous avait contactées, Bee et moi, puisque nous avions été surprises sans professeur après plus d'un trimestre. Bien que nous ayons été sermonnées de ne pas l'avoir signalé, le fait d'avoir utilisé ce temps de cours pour pratiquer l'art avait compté : nous ne serions pas punies. Par contre, nous étions inscrites en cours de sport, dès le lundi.

— Je t'en prie, a-t-il répondu avec un grand sourire. Demoiselle en détresse, tout ça.

J'ai frotté mes orteils contre son bras et je me suis étirée.

— Mon père ne rentre pas avant 22 heures…, ai-je dit d'un ton plein de sous-entendus.

Grant a passé la main dans ses cheveux et a levé les yeux vers le plafond.

— Je ne veux pas lui faire mauvaise impression.

— Ne t'inquiète pas. Il est complètement accro aux horaires. On dirait un robot. Il ne saura même pas que tu étais là.

— Depuis combien de temps vit-il ici, au fait ? a demandé Grant, une main sur mon mollet.

— À peu près six ans. Pourquoi ?

— Oh, je trouvais bizarre de ne t'avoir jamais vue. Je me demande comment j'ai pu te rater.

— C'est la première fois que je viens. Mon père et moi… Après le divorce, nous n'avons pas parlé pendant un certain temps.

Par la fenêtre, j'ai regardé le soleil disparaître derrière les Appalaches en peignant le ciel en violet.

— C'était la première fois que nous nous revoyions depuis le départ de ma mère.

— Comment ça ? a demandé Grant en me dévisageant. Tu lui en voulais ?

— Un peu.

J'avais envie de changer de sujet, mais je n'avais parlé de tout cela qu'à des inconnus sur Internet, et j'avais envie de le dire à voix haute.

— Mais ce n'était pas que ça. Quelque part… c'est à cause de moi que mes parents ont divorcé.

— Sérieusement ?

Une douzaine d'amis Internet et de membres du groupe de soutien m'avaient promis que je n'étais pas coupable, qu'un divorce n'était jamais dû à l'enfant. Je les avais détestés pour ça.

— C'est affreux.

J'ai soupiré.

— Tu es la première personne qui ne m'a pas sorti des poncifs. Merci.

Il a haussé les épaules.

— Pas de problème. Tu es intelligente. Tu sais très bien ce que tu ressens. Parfois, il se passe des trucs qu'on ne peut pas régler avec de jolis mots. Je comprends.

Il m'a pris la main.

— Mais si je peux poser la question, pourquoi tu crois ça ?

— Quand j'étais petite, j'avais un problème.

J'ai senti ma gorge se serrer.

— M'élever a été si difficile que mes parents étaient tout le temps stressés. Ils n'étaient jamais d'accord sur la meilleure façon de m'aider.

J'ai pris une grande inspiration et j'ai essuyé mes mains moites.

— Pourtant, j'ai vu les photos de mariage et j'ai parcouru les vieux albums. Avant ma naissance, ils étaient heureux.

— Merde. C'est dur. Mais tu sais que même si tu en es la cause, ça ne veut pas dire que c'est ta faute, hein ?

— Il m'arrive d'oublier, ai-je dit en lui pressant la main. Merci de me le rappeler. C'est pour ça que je suis venue ici, en fait. J'avais besoin de prendre un nouveau départ.

Le silence s'est instauré. Grant me scrutait du regard, d'évidence plongé dans de profondes réflexions. Craignant de savoir à quoi il pensait, je tapais du pied en rythme.

— Je n'arrête pas de te raconter des trucs, mais tu ne m'as rien dit du tout sur ta famille. Tes parents sont-ils encore mariés ?

— Plus ou moins, a marmonné Grant, les lèvres pincées. Ma famille n'est pas très intéressante.

— Allez, ai-je insisté. Tu peux m'en parler.

Je lui ai décoché un sourire malicieux et je me suis rapprochée.

— Si tu veux, ça peut compter comme un tour à ton jeu de la vérité.

— On n'est pas non plus obligés de jouer à ce jeu idiot, a dit Grant en se frottant le nez. On peut être ensemble, simplement, et discuter, sans que tout soit toujours profond et théâtral. Tu n'as pas envie de parler de trucs normaux et de t'amuser ?

— Si.

Je lui ai pris le bras.

— Écoute, je suis désolée.

— Ce n'est pas grave.

Grant m'a serrée mollement dans ses bras et a secoué la tête.

— Mais je ne suis pas prêt, d'accord ?

— Mais pourquoi ?

J'ai écarté une mèche devant ses yeux.

— Tu ne me fais pas confiance ?

— Ce n'est pas ça, c'est... Pourquoi tu refuses de lâcher l'affaire ?

Il s'est levé.

Je l'ai imité et je faisais un pas vers lui lorsqu'une clé a tourné dans la serrure. Les yeux écarquillés, nous nous sommes figés. Mon père est rentré, l'air fatigué, grognon, et la cravate déjà dénouée.

Il a fermé la porte derrière lui.

— Bonsoir, a-t-il dit d'une voix glaciale.

— Bonsoir, papa.

Mon regard allait de Grant à lui.

— Bonsoir, a dit Grant en lui tendant la main.

Mon père l'a regardée, puis s'est tourné vers moi.

— Tu ne nous présentes pas ?

— Si, si ! Papa, voici mon... ami, Grant. Grant, mon père.

— Grant, a dit mon père.

Il lui a enfin serré fermement la main avant d'aller poser sa mallette sur la table de la cuisine.

Grant a remonté la fermeture Éclair de son sweat à capuche et m'a jeté un regard embarrassé en reculant vers la porte.

— J'allais, euh, j'allais partir.

— Oui, d'accord, ai-je dit en ajoutant un « désolée » silencieux tant que j'étais dos à mon père.

— Attention sur la route, a déclaré ce dernier.

Une fois la porte fermée, il s'est tourné vers moi d'un air sombre.

— J'aimerais une explication.

— Tu as dit que je pouvais inviter des amis, ai-je répondu en haussant les épaules.

J'ai détourné le regard. Je savais à quel point cette excuse était mauvaise, pourtant quelque part j'étais indignée qu'il me juge ainsi, qu'il m'impose des règles alors que c'était la première fois en six ans qu'il se souciait de ce que je faisais.

— Ne fais pas l'innocente.

Il a ouvert le placard où il rangeait l'alcool et a sorti une bouteille de whiskey. Il a vidé un verre d'un trait, sans une grimace.

— Tu sais bien que ça n'incluait pas les garçons.

— Maintenant, oui.

Je suis passée devant lui pour rejoindre ma chambre. Mes paroles ont flotté dans le silence, un défi, mais je n'avais pas la force de me disputer, pas après la façon dont les choses s'étaient terminées avec Grant.

— Je suis fatiguée. Bonne nuit.

— Attends…

Il a fait un pas vers moi, mais la porte nous a séparés.

Chapitre 14

Les vestiaires sentaient la Javel et le moisi. Une couche de poussière marron filtrait la lumière émise par des néons qui grésillaient furieusement. Ils me rappelaient toutes les fois où les garçons de mon ancien lycée me coinçaient hors de vue des professeurs et me frappaient, où ça ne se verrait pas. Celles où ils criaient « pédé ! » et riaient. J'avais été certaine que les professeurs savaient ce qui se passait et les laissaient faire. Mes bourreaux m'avaient dit que si j'en parlais, personne ne s'en soucierait et que si jamais ils avaient des ennuis, ils m'enverraient à l'hôpital.

Je suis restée figée sur le seuil. Deux douzaines de filles ont interrompu leur conversation et m'ont regardée. Je me suis raclée la gorge et j'ai dansé d'un pied sur l'autre pendant quelques douloureuses secondes. Puis Layla est apparue, m'a pris la main et m'a entraînée à son casier. Les autres filles sont lentement retournées à leurs affaires.

J'ai essayé de contrôler ma respiration et j'ai suivi Layla avec soulagement.

— Qu'est-ce que tu fais ici ? a-t-elle demandé lorsque nous sommes arrivées à son casier. Il n'y a pas arts plastiques, aujourd'hui ?

— Il n'y aura plus jamais arts plastiques, ai-je répondu en me mordillant les ongles. Quand ils ont découvert qu'il n'y a pas eu de prof tout ce temps-là, ils m'ont mise ici. Je ne sais pas ce qu'ils vont faire de Bee. À mon avis, ils avaient peur qu'on cause d'autres problèmes s'ils nous mettaient dans le même cours.

— Une peur bien compréhensible, a dit Layla en souriant.

Elle a retiré son pull. D'instinct, j'ai détourné les yeux. Je me souvenais du cri de la fille lorsqu'elle m'avait vue dans les toilettes, de la colère de son père.

— Ça va ? m'a demandé Layla, soucieuse. Tu as l'air bien sérieuse.

— Ça va.

J'ai secoué la tête et recommencé à me ronger les ongles.

— Tout va bien. Je pensais à un truc.

— Grant probablement, a-t-elle dit en me donnant un coup de coude. Il est venu chez toi vendredi, non ?

— Oui.

J'ai joué avec les boutons de mon chemisier.

Ça grésillait déjà dans ma tête alors je me suis concentrée sur eux, j'ai essayé de les maîtriser. C'était ridicule qu'ils me posent encore des problèmes. Pourquoi leur sens était-il donc inversé sur les vêtements de fille ?

— Mon père est rentré plus tôt, alors…

— Ouh là !

Layla s'est mise à rire.

— Il ne vous a pas surpris en train de faire des trucs, hein ?

— Non, Dieu merci.

Je n'avais cessé de penser à cette soirée, au départ précipité de Grant. Heureusement, il m'avait envoyé un message dès son arrivée chez lui, en s'excusant d'être parti si précipitamment et en me promettant de me revoir très vite. Pourtant, il restait comme une tension entre nous.

Je me suis assise sur le banc. J'avais atteint le dernier bouton. Je ne pourrais pas gagner plus de temps.

— Ça va ? a demandé Layla.

— Ça va, ai-je répondu d'une voix tremblante.

Impossible qu'elle me croie, pourtant elle a souri et fait semblant. Elle a terminé de s'habiller et s'est assise pour lacer ses tennis. J'ai bien remarqué qu'elle ne cessait de recommencer pour rester avec moi.

J'ai pris une profonde inspiration, fermé les yeux et retiré mon chemisier. Quelques secondes se sont écoulées. Lorsque j'ai ouvert les yeux, Layla regardait ma poitrine avec les sourcils haussés.

— Tu sais qu'on court, aujourd'hui ?

— Et alors ?

J'ai regardé le soutien-gorge rembourré que je portais depuis le début de mon traitement hormonal.

— Croissance tardive ? a-t-elle demandé avec un sourire compréhensif.

J'ai souri à moitié et hoché la tête en me demandant où était mon erreur, cette fois.

— Et tu as dit que tu vis avec ton père, c'est normal que tu saches pas certains trucs.

Elle a regardé autour d'elle. Le vestiaire se vidait rapidement. Elle a continué plus bas :

— Tes seins sont trop gros pour courir là-dedans. Tu vas avoir grave mal.

— C'est vrai ?

L'idée que j'avais une grosse poitrine ne m'avait jamais effleuré l'esprit.

— Il y a pire comme problème !

Elle m'a tiré la langue et m'a fait un clin d'œil.

— Achète-toi un sous-tif de sport et tout ira bien.

— Merci, ai-je répondu en rougissant pour ce qui me semblait la énième fois depuis mon emménagement ici.

Je me demandais quand arriverait le moment où je saurais enfin tout.

La poitrine douloureuse après une heure de course, je me suis traînée dehors. J'avais pris mon temps à la fin du cours, alors quand j'ai atteint le parking, les cars sont partis sans moi.

J'étais trop fatiguée pour m'énerver. Heureusement, il faisait moins chaud que la dernière fois où cela m'était arrivé. Je me suis accroupie sur les marches, j'ai fermé les yeux et je me suis passé les doigts dans les cheveux. Layla avait une voiture et ne devait pas être très loin. Mais après la dernière fois, j'avais le devoir d'essayer d'abord mon père, alors je lui ai envoyé un texto. À ma grande surprise, il a répondu immédiatement qu'il arrivait. J'ai appuyé le visage dans mes mains et j'ai sombré dans un brouillard épuisé. Je me suis redressée lorsque j'ai entendu la voix de Bee.

— T'as une tronche de déterrée, m'a-t-elle dit, son sac à l'épaule.

Elle s'est appuyée sur la grille à côté de moi.

— C'est pire que ça en a l'air, ai-je répondu en me frottant les tempes. J'arrive du cours de sport.

— Ah, a dit Bee en fronçant le nez comme si elle venait de manger un truc acide. Ils me l'ont mis le matin. Il a fallu réorganiser une partie de mon emploi du temps, mais ils n'ont vraiment pas envie qu'on se retrouve dans le même cours, entre délinquantes.

— Parce que maintenant, je suis une délinquante ?

Elle s'est mise à rire et m'a tapoté l'épaule, comme si elle me souhaitait la bienvenue au club.

— Ça s'est passé comment pour toi, le sport ?

— J'ai séché, a-t-elle déclaré, carrant les épaules.

Elle avait soudain l'air distante. J'allais la sermonner lorsqu'elle a dit :

— Je sais. Je tire sur la corde.

Elle a pincé les lèvres et inspiré profondément.

— Mais la dernière chose dont j'ai besoin, c'est de courir en short sous les commentaires des néandertaliens, que les profs font semblant de ne pas entendre.

Surprise qu'elle reconnaisse souffrir de ce que disaient les autres, je lui ai jeté un coup d'œil interrogateur. Elle s'est raidie encore plus.

— Il faut que j'y aille. Besoin qu'on te ramène ?

— Mon père est en chemin.

— Ok. À plus.

Elle m'a fait un signe de la main et s'est éclipsée. Je l'ai regardée partir en me demandant comment Bee était devenue la personne qu'elle était. Je suis restée perdue dans mes pensées jusqu'à ce que mon père se gare quelques minutes plus tard.

— Merci d'être venu me chercher, lui ai-je dit.

Je me suis écroulée sur le siège passager et j'ai lâché un gros soupir d'épuisement.

— Ça me fait plaisir, a-t-il répondu en haussant un sourcil. Tout va bien ?

— Oui.

Je me suis appuyée contre le dossier. Le siège était tellement confortable. J'avais mal partout.

— En fait, est-ce qu'on pourrait passer par le supermarché ?

— Pourquoi ?

— Rien, ai-je répondu, trop embarrassée pour lui dire ce dont j'avais besoin.

À ma surprise, il a souri.

— Elle aussi, elle disait ça, a-t-il déclaré en secouant la tête. Ta mère. Je crois que vous ne savez pas ce que ce mot signifie ?

Je lui ai souri, alors que c'était un peu bizarre de penser que j'agissais comme l'un de mes parents.

— Oui, d'accord, tu as raison. Désolée.

J'ai pris une profonde inspiration.

— J'ai besoin d'un soutien-gorge.

À l'idée que Grant me voie dans le vieux machin que j'avais fourré dans mon sac à dos, j'ai corrigé :

— De plusieurs soutiens-gorge.

— Je vois.

Il s'est immédiatement raidi lorsqu'il a compris mes paroles. Il a crispé les poings sur le volant.

— Écoute, Amanda, il faut qu'on parle de l'autre soir.

— Oui ? ai-je dit en me redressant.

— Tu dois être plus prudente. Surtout avec les garçons.

— Je le suis, ai-je répondu.

Je savais que c'était loin d'être la vérité. J'avais promis à mon père que je venais ici pour étudier et finir le lycée, pour être en sécurité. Je ne sais pas à quoi je jouais avec Grant, mais ça ne rentrait pas dans ce plan.

— Ce n'est pas possible, a dit mon père.

Il s'est pincé l'arête du nez.

— Je croyais que tu prenais tout ça au sérieux. Vraiment.

— En quoi je ne suis pas sérieuse ?

Ma colère de la dernière fois revenait au galop.

— Tu étais toujours si timide, a-t-il dit en secouant la tête. L'air grave, toujours dans les jupes de ta mère. Tu détestais tout ce qui était ne serait-ce qu'un peu dangereux.

— C'est toujours le cas.

— Alors pourquoi vas-tu à l'église avec des fondamentalistes ? a-t-il cinglé en me jetant un regard dur.

J'ai sursauté comme s'il m'avait frappée.

— Pourquoi passes-tu du temps seule avec des garçons, et pas seulement des garçons mais des athlètes…

Il a pris une grande inspiration et baissé le ton, on sentait toujours la tension dans sa voix.

— J'avais confiance en toi. Je savais que tu ne ferais pas de vagues.

Des larmes m'ont brûlé les yeux mais je les ai chassées d'un battement de paupières. J'ai regardé mon reflet dans la vitre, les arbres et la route poussiéreuse qui défilaient.

— Je veux une vie normale, c'est tout.

— Et je veux que tu survives à ta dernière année de lycée, a répondu mon père, la mâchoire serrée.

Il a soupiré.

— Ici, les gens comme toi se font tuer. Par des gens comme lui.

— Grant n'est pas comme ça, ai-je dit d'une voix lointaine.

— C'est un adolescent, a rétorqué mon père en haussant à nouveau le ton. Ils sont tous comme ça !

Il a secoué la tête.

— Ça te dépasse complètement, non ? Je me souviens encore de cette lettre que tu m'as envoyée quand tu as commencé le traitement hormonal, où tu disais que tu avais toujours été une fille. À l'époque, je n'avais pas compris, mais maintenant je crois que oui, parce que tu te conduis comme une adolescente. Une fille si amoureuse qu'elle ne réfléchit pas !

J'ai fermé les yeux et j'ai pris de grandes inspirations égales.

— Je serai plus prudente, ai-je dit tout bas.

— Tu as intérêt.

Il a encore crispé les poings sur le volant.

— Parce qu'au moindre problème je te renvoie chez ta mère.

Il s'est garé sur le parking. J'ai claqué la porte et traversé le bitume sans un regard en arrière. Je ne savais pas à qui j'en voulais le plus : lui, de chercher à me contrôler, ou moi, de protester alors qu'au fond je savais qu'il avait raison.

Chapitre 15

Attendre le vendredi soir a été une torture, mais il est enfin arrivé. Toute la semaine, j'avais réfléchi à ce que mon père m'avait dit sur le parking du supermarché, que je ne devrais pas fréquenter Grant, que j'étais naïve. Mais lorsque Grant m'a dit qu'il voulait m'emmener quelque part, je n'ai pas pu m'empêcher d'accepter.

J'attendais devant l'appartement lorsqu'il est arrivé dans une berline plus vieille que moi. Devant à gauche, elle était bleu layette alors que le reste était de diverses teintes rouille. Le moteur a tremblé comme des maracas et malgré la lumière pâle, je voyais que les fauteuils étaient enfoncés. Les mains dans les poches et les yeux baissés, Grant est sorti de sa voiture. Je l'ai rejoint en souriant.

— Comment vous portez-vous ce soir, monseigneur ? ai-je dit pour détendre l'atmosphère.

Il n'a pas souri. Il s'est mordu la lèvre et il a traîné des pieds avant de me jeter un regard inquiet.

— On n'est pas obligés d'y aller. On pourrait se promener à pied.

— Pourquoi ça ? ai-je demandé en faisant le tour de la voiture.

— Parce qu'elle est bonne pour la casse. C'est super embarrassant.

— Oui, mais elle fait du zéro cinq au-dessus de la vitesse-lumière.

J'ai tapoté le capot en imitant de mon mieux Han Solo.

— Peut-être que cet engin est moche à voir mais il en a dans le ventre et c'est ce qui compte.

Je l'ai embrassé doucement sur les lèvres, j'ai souri et haussé un sourcil.

— J'ai apporté tout plein de petites modifications… spéciales.

Il a vaguement répondu à mon sourire mais quelque chose lui pesait encore. Je commençais à perdre espoir lorsqu'il a répondu :

— Ok, bon, grimpez dans la voiture, vous êtes si prétentieuse, si imbécile, si mal fichue, si effrontée !

— Moi, je suis mal fichue ? me suis-je faussement indignée lorsque j'ai sauté dans la voiture.

Le siège a grincé et s'est penché en arrière quand je me suis assise. J'ai tendu la main, mais il n'y avait pas de ceinture de sécurité.

Grant s'est assis, il a démarré le courageux petit moteur et nous sommes partis.

— Hé, attends, a-t-il dit, sourcils froncés. Comment se fait-il que tu es Han et moi Leia ? Ça devrait être le contraire, non ?

— Tu boudais, ai-je répondu d'un ton docte. On ne boude pas, quand on est Han Solo. Ça changera quand tu auras retrouvé le sourire. Je peux te demander ce qui ne va pas ?

— Tu peux, a répondu Grant en se grattant la tempe, les sourcils à nouveau froncés. Tu vas très vite le savoir.

— Tu m'emmènes où ?

— C'est une surprise. Une bonne, j'espère.

J'ai dégluti et je me suis agrippée à la poignée. Plus nous nous éloignions de chez moi, plus mon anxiété montait. La voiture s'est mise à vibrer encore plus quand Grant a accéléré sur la nationale. J'avais peur qu'elle ne finisse en pièce détachées.

— Pardon encore pour l'autre soir, ai-je dit, enroulant une mèche autour de mon doigt.

Il a secoué la tête.

— Ce n'est pas ta faute si ton père n'était pas ravi de me voir. Je ne le serais pas non plus, si j'avais une fille aussi jolie que toi et si je la retrouvais seule chez moi avec un garçon.

— Non, je te demande pardon d'avoir insisté pour que tu parles de ta famille.

— Oh. Ça. Bon, je devrais être heureux que tu veuilles savoir ce genre de trucs. Je devrais être très, très heureux que ça t'intéresse. Et je le suis.

À quelques kilomètres de la ville, il a quitté la nationale et s'est engagé sur une autre route. Les lampadaires se sont faits de plus en plus rares, jusqu'à ce qu'il prenne une piste où le seul phare fonctionnel de la voiture était aussi la seule lumière.

Nous nous sommes garés sur une bande de graviers devant un mobile-home à double largeur marron. Une lumière s'est allumée au-dessus du petit porche en treillage, ce qui a éclairé deux chiens maigrichons à l'air fatigué, attachés près d'un jardin. Une douzaine de poules ont protesté en sautillant contre ce dérangement inattendu avant de se cacher derrière le mobile-home.

Grant s'est tourné vers moi avec une petite grimace. Il a lâché un long sifflement.

— C'est la voiture de ma mère. Moi, je n'en ai pas, et celle-ci n'a jamais été au garage. Je ne voulais pas que tu la voies, c'est tout, tout comme je ne voulais pas que tu voies où je vis.

Il a pris une grande inspiration et s'est tourné vers moi.

— Désolé d'avoir été si mystérieux. Tu es sûre de vouloir entrer ?

Je lui ai pressé la main et j'ai déposé un baiser sur sa joue.

— Je serais ravie de rencontrer ta famille.

Je l'ai suivi jusqu'au porche en évitant les chiens. La porte à moustiquaire s'est ouverte et deux filles en ont surgi. La première, les cheveux longs et bruns, vêtue d'une salopette, ne devait pas avoir plus de huit ans, la seconde, en débardeur, avait l'air un peu plus âgée. Elles ont couru vers nous en gloussant.

— C'est elle ? a demandé l'aînée.

— Oui, a répondu Grant.

Il s'est agenouillé et les a serrées toutes les deux dans ses bras.

— Tu es grande ! s'est exclamée la plus jeune.

Elle a tiré sur ses cheveux et m'a regardée des mêmes grands yeux noirs que Grant.

— Comment t'as grandi autant ?

— C'est arrivé comme ça, ai-je répondu en haussant les épaules.

— Ne fais pas attention, a dit Grant.

Il a souri et lui a ébouriffé les cheveux. Elle a poussé un cri de joie et a fait un bond en arrière, affichant un grand sourire où il manquait un tiers de ses dents.

— Voici ma petite sœur, Avery.

— Bonjour, ai-je dit.

Elle a gloussé à nouveau et a couru à l'intérieur. J'ai vu la façon dont Grant la regardait, presque comme un parent, et j'ai fondu intérieurement.

— Moi, c'est Harper, a déclaré l'aînée. Ça fait des semaines que Grant parle de toi.

— J'espère ne pas te décevoir !

— Y a pas intérêt ! s'est-elle exclamée, les mains sur les hanches. Si quelqu'un fait du mal à mon frère, je lui botte le derrière !

— Ça suffit, Harper ! Rentre !

Elle a tiré la langue et a suivi sa sœur.

— Désolé, a-t-il soupiré, les épaules basses. Nous ne recevons pas souvent.

— Ce n'est pas grave.

Je lui ai pris le bras en souriant.

— Elles sont adorables. Je suis prête, c'est quand tu veux.

— Quand faut y aller, faut y aller.

Nous sommes entrés.

Le mobile-home de Grant était le contraire absolu de l'appartement de mon père. Là où chez ce dernier, les murs étaient blancs car il avait du mal à comprendre l'intérêt de la couleur, ici du vert et du violet illuminaient le salon. Si chez mon père, les meubles étaient tous marron parce que c'était le meilleur moyen de les garder propres, ici rien n'était accordé et la tapisserie passait par toutes les couleurs de l'arc-en-ciel. Si chez mon père, il n'y avait aucune décoration, ici les murs disparaissaient presque derrière des douzaines de photos de famille et d'étranges portraits délirants d'un Jésus qui ne ressemblait en rien à la statue aseptisée que nous adorions à l'église d'Anna. Une femme mince aux cheveux gris et au visage marqué par les rides a sorti la tête de la cuisine et nous a fait signe.

— Bonsoir, mon loup ! a-t-elle dit de la voix rocailleuse d'une grande fumeuse. C'est elle ? Seigneur, Grant ! Elle est belle à croquer !

Je me suis caché le visage.

— Je suis la mère de Grant, mais tu peux m'appeler Ruby. Je te serrerais bien dans mes bras, mais...

Elle a montré la farine qui couvrait jusqu'à ses avant-bras.

— Il va falloir que je me débarbouille avant le dîner. Grant, mon chéri, veux-tu bien voir si tes sœurs sont habillées et prêtes à recevoir ?

— Elles ne le sont pas, a répondu Grant. Je vais m'en occuper. Amanda, tu veux venir ? Je pourrais te faire visiter.

L'air sarcastique, il a montré le reste du mobile-home d'un geste du bras. J'ai secoué la tête.

— En fait, tu veux bien m'indiquer où sont les toilettes ?

— Bien sûr.

Il m'a désigné la porte la plus proche du couloir qui menait aux chambres.

— C'est la salle de bains.

Elle était minuscule et décorée dans un style aussi bizarre que le salon. Mon regard s'est posé sur une série de boîtes de médicaments au bord du lavabo : de la quétiapine, 500 milligrammes, destinée à Ruby Everett. Lorsque j'étais au service psychiatrie à la suite de ma tentative de suicide, l'un des patients en prenaient pour cause d'hallucinations. Étant donné le nombre d'heures qu'il travaillait, je savais que Grant n'avait pas eu une vie facile, mais je me demandais si ce n'était pas encore pire que ce que je croyais.

En sortant de la salle de bains, j'ai jeté un coup d'œil dans la chambre en face. Elle était petite, contenait un lit simple, une guitare acoustique fatiguée, un poster de Peyton Manning à l'époque où il jouait encore dans le circuit universitaire et une petite télévision sur un bureau, près d'une pile de DVD. Par terre se trouvaient des livres. J'ai immédiatement reconnu les *Sandman*, que je lisais à ma première rencontre avec Grant. Au début du second tome, il y avait une page cornée. J'ai souri.

— Hé, a dit Grant derrière moi.

Craignant qu'il ne m'en veuille d'avoir mis le nez dans ses affaires, je me suis retournée. Mais il souriait.

— Le dîner est prêt.

Je l'ai rejoint lentement.

— Merci, ai-je dit, de m'avoir amenée ici.

— Pas de problème, a répondu Grant en haussant les épaules. C'est… je suis désolé si le dîner est un peu bizarre.

— Ne t'inquiète pas.

Nous nous sommes dirigés vers la cuisine.

— Le bizarre, ça me connaît.

Il m'a jeté un regard inquiet lorsque nous nous sommes assis à la table couverte d'une nappe vert pomme accordée au papier peint, devant des sets rouge pomme, et que j'ai vu les autocollants de pommes sur le réfrigérateur. Des assiettes pleines de choux cavaliers, de gombos frits et de barbue de rivière nous attendaient. J'ai pris ma fourchette mais Grant m'a touché le bras et a secoué la tête en silence. J'allais demander pourquoi lorsque Ruby a commencé à réciter le bénédicité.

— Ô Seigneur, donne-nous la satiété, la santé du corps, la force de l'âme, a-t-elle commencé de la voix basse de quelqu'un qui récite de la poésie.

Un frisson dans la nuque, j'ai posé mes ustensiles et fermé les yeux.

— Ô Seigneur, donne-nous le lait doux comme le miel, la sève et les fruits parfumés des fermes.

— C'était magnifique, ai-je dit, le regard rivé à Ruby. Ça vient de la Bible ?

— Je n'en sais rien. C'est ce que disait ma mère, et sa mère avant elle, alors c'est aussi notre bénédicité.

— Moi, je trouve ça débile, a déclaré Avery.

Grant a ouvert la bouche d'un air furieux, mais Ruby l'a pris de vitesse.

— Allons, Avery, tu sais que Jésus t'aime comme tu aimes les chiens, les poulets et tous les oiseaux des bois. Et tu les aimes beaucoup, non ?

Avery a hoché la tête.

— Alors, tu ne serais pas blessée si tu voulais réconforter ces pauvres petits et qu'ils te griffent le doigt ?

Avery a réfléchi puis a acquiescé plus lentement.

— C'est pareil pour Jésus lorsque tu dis des choses comme ça.

Avery a écarquillé les yeux.

— Tu ne veux pas faire de mal à Jésus, n'est-ce pas ?

— Non..., a répondu Avery, le regard baissé sur son assiette, soudain honteuse.

J'ai pensé à mon père et toutes les fois où il m'avait crié dessus quand j'étais petite. Un instant, j'ai regretté que personne ne m'ait parlé comme Ruby.

— Tout a l'air délicieux, ai-je dit en prenant à nouveau ma fourchette.

Un sourire aux lèvres, Ruby a agité la main.

— Ce n'est rien, voyons !

— Mais si ! Je n'ai rien mangé de tel depuis mon arrivée. Mon père n'est pas très bon cuisinier.

— T'es pas d'ici ? a demandé Harper, la bouche pleine de pain au maïs.

Des miettes ont atterri sur la nappe.

— Je suis du Tennessee, ai-je expliqué entre deux bouchées. Tout à l'ouest, près de Memphis. Puis mes parents ont divorcé, ma mère s'est installée tout près d'Atlanta et mon père ici.

— Si tu pouvais être là-bas, pourquoi t'es venue dans le trou du cul du monde ?

— Ne jure pas à table, putain ! s'est exclamé Grant en se massant les tempes.

— C'est toi qui viens de jurer ! a déclaré Harper.

Elle a appuyé son argument d'un poing sur la table.

— Putain ! Putain ! Putain ! a lancé Avery.

Elle a gloussé et s'est mise à sautiller.

— Mon père vit ici et je ne l'avais pas vu depuis longtemps.

Leur voix a couvert la mienne.

— Ce n'est pas si bien que ça, Atlanta, ai-je ajouté dans l'espoir de couper court à la conversation.

Harper et Grant m'ont jeté un regard perdu, tandis qu'Avery a oublié de jurer et s'est mise à donner à sa nourriture des formes inhabituelles.

— Je ne sais pas. Peut-être que des gens aiment ce genre de ville. Pas moi.

J'ai jeté un coup d'œil à Grant et lui ai pressé la main.

— C'est chouette que tu vives avec ton papa, a dit Avery soudain en me regardant d'un air envieux. Mon papa me manque.

Ruby, Harper et Grant se sont tous figés et ont échangé un regard bizarre. Grant s'est raclé la gorge et a commencé à débarrasser en silence.

— Avery, mon lapin, est intervenue Ruby d'une voix pâteuse. Et si tu allais jouer ?

— Oui, maman.

Elle a sauté de sa chaise et s'est laissée tomber près d'une pile de poupées Barbie nues et à moitié chauves.

Grant a passé la tête par la porte de la cuisine et foudroyé Harper du regard.

— Tu viens aider ou tu restes là à rien faire ?

Elle lui a tiré la langue et s'est enfuie dans sa chambre.

— Ne fais pas attention à elle, a dit tout bas Ruby.

Elle avait les paupières mi-closes et le regard dans le vague.

— Elle est toujours perturbée quand on parle de son père.

— Oh.

Je me suis levée et j'ai rassemblé la vaisselle restante pour l'apporter à Grant. Nous l'avons lavée en silence, lui le regard perdu au loin et moi craignant de demander ce qui n'allait pas.

Il a mis la dernière assiette à sécher.

— Prête à y aller ?

— Oui.

Grant m'a lancé un rapide sourire. Il a embrassé sa mère sur la joue et il est sorti.

— Merci pour le dîner, ai-je dit en prenant mon sac à main.

Comme si Ruby se réveillait, ses paupières ont frémi et elle m'a serrée dans ses bras. Je me suis d'abord raidie, puis je lui ai rendu son étreinte. Elle sentait la cigarette, la menthe et le citron.

— Merci, a-t-elle dit.

— De quoi ?

— De faire sourire mon garçon.

Chapitre 16

Lorsque nous sommes arrivés sur la nationale, j'ai pris la main de Grant. Il l'a serrée, quoique moins fermement que d'ordinaire. Il n'a rien dit. Je ne voulais pas lui mettre de pression, mais la vibration du moteur m'a fait craquer.

— Grant.

J'ai posé la main sur la sienne et j'ai déposé un léger baiser sur sa joue.

— Nous sommes près du lac. Gare-toi.

À la lueur du téléphone, j'ai trouvé un sentier dans les bois. J'ai entraîné Grant en direction de la plate-forme où nous étions cette première soirée. Je me rappelais chaque pas ; j'avais repensé à cette nuit-là tant de fois que j'aurais pu retrouver le lac les yeux fermés. Grant était distrait, ou anxieux, alors il me suivait en me serrant la main très fort. Nous avons atteint la vieille cabane et nous y sommes montés en silence. Le lac était aussi beau que la dernière fois malgré le vent froid qui en troublait la surface et faisait danser mes cheveux. Grant a touché le revers de mon bras. Soudain, j'ai eu très chaud.

— Je n'avais jamais amené personne à la maison, a-t-il dit en m'enlaçant.

J'ai inspiré brusquement et j'ai senti une pression au fond de mon ventre. Je tremblais.

— Depuis que nous avons emménagé dans le mobile-home, j'étais trop embarrassé à l'idée d'inviter qui que ce soit.

— Merci de me faire confiance.

Le silence était assourdissant. J'avais le sentiment que je devais lui parler de ma tentative de suicide, un secret contre un autre, alors j'ai commencé :

— Quand j'avais seize ans…

Il m'a embrassée avant que j'en dise plus. Un baiser qui a commencé de façon innocente, deux bouches l'une contre l'autre comme des dizaines d'autres fois, puis il a entrouvert les lèvres, moi aussi, et elles ont bougé comme si nous nous murmurions des secrets silencieux. Il a frôlé mes dents du bout de sa langue, puis touché la mienne. Je me suis entendue gémir à mon insu. Mes jambes m'ont lâchée et, les doigts entremêlés, sans interrompre le baiser, nous nous sommes agenouillés.

Il a touché le bas de mon ventre. Je voulais qu'il continue, mais des années de terreur m'ont forcée à le repousser. Au bout d'un instant, j'ai pris son poignet et j'ai remis ses doigts où il les avait posés. Il a remonté la main plus haut, puis il a saisi le bas de mon tee-shirt des deux mains et l'a soulevé. J'ai interrompu notre baiser et reculé. Le souffle court, j'essayais d'identifier ne serait-ce qu'une seule émotion dans le tourbillon qui cherchait à s'échapper. J'ai fermé les yeux et, les mains tremblantes, j'ai retiré mon tee-shirt. À nouveau, nous étions l'un contre l'autre, ses mains étaient partout, dans mon dos, sur mes hanches, mon ventre, le long de mes côtes. Sans rompre le baiser, il a commencé à dégrafer mon soutien-gorge. Avant qu'il n'y arrive, d'instinct, j'ai reculé encore.

— Est-ce qu'on peut ralentir ? ai-je demandé, les bras autour de moi-même.

— Bien sûr, a-t-il répondu vivement.

Tout de suite, il m'a tendu mon tee-shirt. Je l'ai renfilé, puis j'ai vu le doux sourire de Grant.

— Bien sûr qu'on peut ralentir. Je suis désolé, Amanda. Je me suis laissé emporter.

— Ce n'est rien, je crois que je ne suis pas encore prête. Est-ce que… Est-ce qu'on peut… se faire un câlin ? ai-je dit en remettant mes cheveux derrière les oreilles. Avant de te rencontrer, je n'avais jamais été beaucoup touchée. (Je n'ai pas terminé ma pensée : *et je n'imaginais pas que ça changerait.*) Je crois que je dois… je ne sais pas… m'habituer à l'idée d'un contact.

— Ça devrait pouvoir se faire, a répondu Grant.

Il a passé un bras autour de moi et m'a attirée vers lui. Je me suis retrouvée allongée contre lui, la tête sur son bras. Je l'ai embrassé sur la joue, puis nous avons tous les deux regardé les étoiles. Dans l'air frais de l'automne, elles étaient encore plus visibles qu'en été. J'apercevais même le ruban de la Voie lactée qui traversait le ciel.

— J'ai remarqué que tu lisais *Sandman*, ai-je dit. Je te l'aurais prêté.

— En fait, je l'ai acheté avant qu'on sorte ensemble. Tu me plaisais, alors je me suis dit que si je connaissais les livres que tu aimes, ça pourrait t'impressionner.

— C'est mignon.

J'ai fermé les yeux et je me suis recroquevillée un peu plus contre lui.

— Tu m'avais déjà fait de l'effet.

— Je ne le savais pas.

Il m'a serrée plus fort dans ses bras.

— Tu me regardais comme si j'étais le monstre le plus effrayant du cimetière.

— Ce n'était pas facile, à mon ancien lycée, ai-je expliqué en rapprochant mon visage du sien. J'avais peur de me lier à quelqu'un.

— J'ai cru comprendre. Tu veux en parler ?

— Je ne sais pas. Peut-être, oui, mais pas encore.

— D'accord.

Nous avons gardé le silence pendant quelques minutes, puis il a repris :

— Je ne sais pas ce que mon père a raconté à ma mère sur son boulot. Je ne sais même pas si elle s'en souvient, mais moi je me rappelle que c'était un vrai métier, et je me rappelle le jour où on a découvert qu'il avait menti. La police s'est pointée chez nous, à l'époque où on avait une maison en ville. Ils avaient une autorisation de perquisitionner. En fait, depuis des années, mon père faisait des cristaux de méthanphétamine avec des copains à lui dans un camping-car planqué au milieu des bois. Avery n'avait même pas un an. Ma mère avait trois enfants et aucun revenu. Nous avons emménagé chez ma grand-mère pendant quelque temps, mais maman a fait ce que les médecins ont appelé une crise psychotique due au stress. Apparemment elle a dit des choses que ma grand-mère ne lui a toujours pas pardonnées. Avec les médicaments, elle va mieux, mais ils ne lui permettent pas vraiment de travailler, alors…

— Alors, il n'y a que toi pour maintenir la famille à flot.

Il a hoché la tête.

— Tout ce que je veux, c'est empêcher ma mère de finir à l'asile et mes sœurs en famille d'accueil. Ça m'a tellement occupé que je n'ai jamais pensé à rien d'autre. Mais avec toi, je me sens… différent. Comme si tout était possible. C'est presque effrayant, tu sais ? Je me sens égoïste, mais j'ai envie, de plus en plus, de me détacher de ma famille et de… d'aller où je veux, faire ce que je veux, tu sais ?

— Oui. Je sais exactement ce que tu ressens. Toute ma vie, j'ai cherché un moyen de m'échapper. De monter dans le Nord, disparaître dans une grande ville comme New York ou Boston. Si j'ai de la chance, m'installer à Paris.

— Oh.

Grant s'est rallongé sur le dos.

— Je ne savais pas.

— Oui… Je vais envoyer ma candidature à l'université de New York. Je crois que j'ai mes chances. C'est bizarre. J'en ai toujours eu envie, pourtant ça fait peur. M'en aller, être si loin de tout ce que je connais… Mais c'est aussi le seul moyen d'être enfin libre, de vivre quelque part où les gens me comprendront.

— Qu'est-ce que ça veut dire ?

Les sourcils froncés, il s'est rassis. Un pincement soudain au ventre, j'ai penché la tête et levé les yeux vers lui.

— Qu'il y a des choses à mon sujet que tout le monde ne peut pas comprendre.

J'ai compris mon erreur au moment même où j'ai prononcé ces paroles.

Il s'est tourné vers le lac.

— Qu'est-ce que je suis, pour toi ? a-t-il demandé.

Ses narines tremblaient de façon presque imperceptible.

— Tu es mon petit ami, ai-je répondu.

Je me suis agenouillée derrière lui et je l'ai enlacé.

— Pour l'instant, a-t-il dit en se raidissant. Jusqu'à ce que tu trouves quelqu'un dans ta fac de riches qui comprendra sans problème les films et les bouquins bizarres que tu aimes.

— Grant.

J'ai déposé un baiser sur sa nuque.

— Je t'aime beaucoup, d'accord ?

— Mais tu penses que je ne te comprends pas.

— C'est compliqué.

Je l'ai forcé à se tourner vers moi. Il a évité mon regard mais je l'ai embrassé pour qu'il reste là.

— Je n'ai jamais rencontré quelqu'un qui me plaise autant que toi. Mais… il y a des choses qui sont très dures à dire.

Grant m'a regardée droit dans les yeux. Je me suis sentie nue, comme s'il voyait tout ce que je voulais qu'il sache et tout ce que je voulais lui cacher.

— Tu peux tout me dire, Amanda. Tu le sais. Je ne te l'ai pas prouvé ?

J'ai enfoui le visage dans son cou et j'ai inspiré son odeur. J'ai pensé à ce qu'il promettait, que je pouvais lui parler de tout. Il avait raison, ou du moins il le croyait. Mais tant qu'il ne saurait pas la vérité, moi, je ne pouvais savoir ce qu'il ressentirait. C'était un risque que je n'étais pas prête à prendre.

— Je vais essayer, d'accord ? Tu mérites bien ça. Je te promets que je vais essayer.

Chapitre 17

Lorsque Layla a pris la direction du nord sur l'autoroute, j'ai appuyé le front contre la vitre. J'apercevais Chloé sur ma droite, dont le reflet fantomatique s'imprimait sur les montagnes à l'horizon. Elle avait les épaules affaissées et le regard éteint. Elle ne semblait pas vouloir parler.

— Rappelle-moi où on va ?

Mon souffle a embué la vitre. J'ai jeté un coup d'œil au téléphone sur mes genoux. Il y avait un texto de Grant : *Désolé pour hier soir.* J'avais eu envie de le voir, d'arrondir les angles après la veille, mais les filles avaient débarqué à l'heure du déjeuner, la main sur le klaxon, et déclaré qu'elles venaient me sauver : j'étais accro à mon petit ami, et il fallait que ça cesse.

— Le Labyrinthe des damnés ! se sont exclamées Anna et Layla de leur voix la plus inquiétante.

— C'est quoi, une maison hantée ? ai-je demandé en répondant à Grant : *Ne t'excuse pas ! Je suis contente qu'on ait parlé. Tu me manques.*

— Non, a répondu Anna. Un labyrinthe de maïs hanté au sud de Knoxville. Un labyranthé !

J'ai levé les yeux au ciel, mais en souriant.

— Ça va te plaire, a déclaré Layla.

Elle a agité la main comme une griffe et ajouté d'une voix caverneuse :

— Une orgie des sens macabre !

— En plus, a continué Anna, après c'est beignets pour tout le monde !

Anna et Layla ont passé le trajet d'une heure à glousser en se racontant des potins, à se chamailler sur un blasphème de Layla et à chanter en chœur avec Taylor Swift. Je ne connaissais pas les paroles alors je les inventais, ce qui a déclenché un fou rire chez les filles. Sauf Chloé dont le silence avait tout d'une sirène de pompiers. Grant a mis presque le temps de voyage à répondre, mais j'ai enfin eu un autre message de sa part : *Tu me manques aussi.*

Lorsque le soleil a enfin disparu à l'horizon, nous nous sommes dirigées vers le labyrinthe. Nous avons dépassé un imposant silo à grains, une grange au toit rouge, sur laquelle était écrit « VISITEZ ROCK CITY » en lettres blanches à peine éclairées par un feu de joie non loin, et une ferme à l'air centenaire plongée dans le noir. De l'autre côté s'étendaient des champs parsemés de feux de bois orangés. Au centre, s'élevant tels les remparts d'une forteresse, se trouvait le labyrinthe en lui-même.

À notre entrée, il ne s'est rien passé. Puis au bout d'une cinquantaine de mètres, les ricanements ont commencé. Anna a crié et montré du doigt des silhouettes encapées qui ont sauté de mur en mur en nous regardant avec des yeux brillants, puis ont disparu. Nous avons pénétré dans une clairière plongée dans l'ombre où de pâles figures vêtues comme des médecins de la guerre de Sécession étaient penchées sur un soldat qui, sur le point de perdre ses membres, hurlait. Layla et Anna ont crié et se sont mises à courir. J'ai attrapé la main de Chloé et je l'ai tirée vers une ouverture entre les plants de maïs. Nous sommes arrivées à une croisée de chemins datant de l'époque où la ferme avait encore ses fonctions traditionnelles.

— Oh, oh, ai-je dit. Nous sommes perdues.

— Volontairement, a commenté Chloé.

Elle a cueilli une herbe à longue tige et s'est mise à la mâcher.

— Quoi ? ai-je protesté, haussant la voix et étirant beaucoup trop le mot. Je ne ferais jamais une chose pareille !

— C'est ça, a répondu Chloé, impassible.

— Non mais sérieusement, ai-je ajouté après un instant de silence. Je ne sais pas où nous sommes. Tu saurais nous remettre sur la bonne voie ?

Elle a croisé les bras.

— Quoi, tu crois que parce que mes parents ont une ferme, je vois à travers les champs de maïs ?

Je me suis mordu la lèvre.

— Ben… oui ? ai-je répondu en haussant les épaules.

Elle a lâché un rire bref qui m'a donné un sentiment de victoire.

Nous sommes arrivées à une intersection et, après un long soupir, elle a levé les yeux vers les étoiles.

— Vas-y, pose ta question.

— Je ne vois pas de quoi tu parles.

J'ai ramassé un bâton fin et souple et j'ai fouetté les feuilles sur le chemin. Chloé m'a jeté un regard interrogateur.

— C'est au cas où on reviendrait par ici, on saura par où nous sommes passées.

— Bien vu, a-t-elle dit en hochant lentement la tête.

J'ai balancé le bâton d'un geste absent.

— Alors, quoi de neuf dans ta vie, Chloé ?

— Il faut qu'on fasse demi-tour, a-t-elle dit.

Elle m'a frôlée en revenant sur ses pas.

— Le chemin tourne à l'opposé de là où on doit aller.

Nous avons parcouru quelques mètres de plus, puis elle s'est arrêtée et a soupiré en affaissant les épaules.

— Tu ne vas vraiment pas insister ?

J'ai pris l'air le plus innocent possible.

— Elle m'a plaquée.

— Oh, ai-je prononcé tout bas.

J'ai fait quelques pas et je l'ai enlacée.

— C'est nul, lui ai-je dit avant de la relâcher.

— J'en sais rien…

Elle s'est agenouillée et elle s'est cherché un long bâton elle aussi. Nous avons repris notre route. Je l'ai regardée du coin de l'œil tandis qu'elle fouettait les plants de maïs. Nous n'avions besoin que de quelques marques pour retrouver notre chemin, mais je savais que parfois, on avait besoin de détruire pour se sentir mieux.

— Ouais, en fait. C'est nul.

— Que s'est-il passé ?

Nous sommes arrivées à une intersection où notre instinct nous a abandonnées, alors j'ai joué à pile ou face et nous sommes allées à droite.

— Tu n'es pas obligée de répondre.

— Non, mais si. Je n'ai pas l'habitude d'en parler, c'est tout.

Elle a donné un coup de pied dans une pile de terre devant nous et levé les yeux vers le ciel avant de me suivre. Elle avait prononcé plus de cinq mots à la suite, ce qui signifiait en général qu'elle allait dire quelque chose d'important.

— Tu n'es que la seconde personne à savoir pour… pour moi.

— Bee étant la première ?

Elle a acquiescé.

— Tu as dû te sentir seule.

— Oui. On n'avait pas Internet à la ferme, quand j'étais petite. Il n'y avait que moi, mes parents, mes frères, les animaux et les ouvriers. Je n'avais aucun moyen de savoir quoi que ce soit sur les gens comme moi. Je croyais que j'étais seule au monde.

— C'est affreux, ai-je dit en lui touchant brièvement l'épaule.

— C'était presque mieux, en fait. Avant que je sache en quoi j'étais différente, ce n'était qu'une idée vague. Bien plus facile à oublier.

— Et puis Bee est arrivée ?

— Oui.

Chloé a reniflé violemment et a jeté son bâton.

— Bien.

Elle m'a pris la main et m'a fait traverser l'un des murs de maïs. Hors du sentier, nous avancions lentement, mais j'imaginais qu'elle savait où nous allions.

— Depuis combien de temps étiez-vous ensemble ? ai-je demandé d'une voix hachée alors que j'essayais de ne pas trébucher.

— Environ un an.

— Waouh.

J'ai repensé à l'importance que Grant avait pris pour moi en si peu de temps. Ne voulant pas la brusquer par ma question suivante, j'ai marqué une pause.

— Est-ce que tu l'aimes ?

— Je le croyais.

Chloé a poussé un plan de maïs si violemment qu'il a chu comme un arbre.

— Jusqu'ici, je le croyais.

Elle s'est frotté les mains sur son jean pour en chasser la poussière et a continué :

— Mais qu'est-ce qu'on avait en commun ?

— Franchement ? Je dirais, rien du tout.

Je me suis faufilée par le chemin qu'elle avait tracé.

— Voilà. J'avais l'impression que je n'avais pas d'autre choix qu'elle, et peut-être que dans cette ville c'est le cas, mais être seule n'est pas si mal pour le moment.

Lorsqu'elle s'est tournée vers moi, la lueur de la lune illuminait ses yeux de façon magnifique.

— Et j'ai des amies.

— Absolument.

Cette fois, c'est elle qui m'a serrée dans ses bras.

— En plus, lui ai-je dit lorsque nous nous sommes séparées, tu quittes bientôt le lycée. Le monde est grand.

En prononçant ces mots, j'ai repensé à ce que j'avais dit à Grant la veille : que j'avais toujours voulu déménager dans le Nord, être auprès de personnes qui me comprendraient. Pourtant, je me suis rendu compte qu'ici, à Lambertville, je ne ressentais pas le même besoin pressant, étouffant de m'enfuir. Pour la première fois, je vivais *ma* vie, celle que j'étais censée vivre. J'étais enfin moi-même de la façon la plus sincère possible. Il se trouvait juste que je cachais un énorme secret.

— Je sais, tu as raison. Le monde attend, a dit Chloé.

Elle a écarté les derniers plants de maïs et dévoilé la zone de restauration de l'autre côté du labyrinthe.

— Regarde, ai-je remarqué. Nous avons trouvé la voie.

Chloé a esquissé un sourire pâle.

— On dirait, oui.

Chapitre 18

Lorsque j'ai ouvert la porte, Grant portait un sweat, un jean et des baskets noirs, il avait les cheveux ébouriffés et son visage ressemblait à la couverture d'un album de Misfits.

— Joyeux Halloween ! a-t-il lancé.

Ses dents blanches étaient complètement décalées au milieu de son visage peinturluré.

— Tu plaisantes ? ai-je dit. C'est vraiment ton costume ?

Il a regardé ma ceinture à munitions, ma tunique brun clair et foncé et mes bottes hautes jusqu'aux genoux. Il a écarquillé les yeux.

— Oui ? a-t-il répondu d'un air soudain embarrassé, ce qui était étrange sur un visage qui aurait pu être celui de la Faucheuse. J'ai le même tous les ans.

— Non, non, ai-je dit en secouant la tête. Pas cette fois. Viens avec moi.

Je lui ai pris la main et l'ai entraîné vers ma chambre.

— Bonjour, monsieur !

Il a fait un signe de la main à mon père et a manqué trébucher sur la table basse.

— Joyeux Halloween, Grant, a répondu mon père sans lever le nez du livre dont il a tourné une page.

Ces derniers temps, Grant venait me chercher après son travail plus souvent. Mon père et moi n'avions pas beaucoup discuté depuis notre dispute, mais nous avions signé un fragile armistice dans la vie quotidienne, le temps de se préparer pour aller au travail et au lycée, de dîner devant la télé.

— Tu es quoi, au fait ? a demandé Grant quand je l'ai assis sur le lit.

Je me suis mise à fouiller dans le carton que ma mère m'avait envoyé quelques semaines plus tôt.

— Tu te souviens, dans *Le Retour du Jedi*, quand Leia s'est déguisée et qu'elle est allée sauver Han chez Jabba ?

J'ai indiqué le casque intégral avec son embouchure mobile et sa visière qui était accroché à la tête de mon lit. Le visage de Grant s'est illuminé comme celui d'un petit garçon.

— Génial !

Il a écarquillé les yeux quand je lui ai montré le casque de Boba Fett que je venais de sortir du carton.

— Quoi ? D'où tu sors tout ça ?

— Je les ai fabriqués, ai-je répondu d'un ton distrait.

Je lui ai tendu le casque et j'ai sorti la veste de moto peinte, le pantalon, les bottes et les gants qui allaient avec.

— Comment tu as appris à faire des trucs pareils ? a-t-il demandé d'une voix pleine de respect en inspectant le casque.

J'ai haussé les épaules.

— Je ne sais pas, ai-je répondu.

Bien sûr que si : j'avais appris la même année que les sushis.

— J'avais beaucoup plus de temps libre, avant.

— Tu es sûre que ça va m'aller ? a-t-il demandé.

Il s'est levé et a tendu la veste devant lui. Son visage était déjà caché sous le viseur en T du casque.

— Ça va être serré, mais oui. On a presque la même taille.

Embarrassée, j'ai haussé les épaules.

— Désolée d'être une géante.

— Arrête. Ne t'inquiète pas pour ça.

Il a mis le casque sous son bras gauche et m'a pris la main.

— Ça me plaît. Tu es... une amazone.

— Pas du tout, ai-je rétorqué en lui donnant un coup de coude dans les côtes.

J'ai enfilé mon casque et dit :

— Je ne suis pas une amazone, je suis une chasseuse de primes.

Nous nous sommes dirigés vers la porte, mais mon père m'a appelée juste avant que je m'éclipse. Grant m'a fait un signe de la main rassurant et a descendu l'escalier quatre à quatre pendant que je retournais à l'intérieur.

— Oui, papa ?

Les épaules basses, j'ai traîné des pieds dans le salon.

— J'ai réfléchi à ce que je t'ai dit, l'autre jour dans la voiture.

Il a fermé son livre et soupiré.

— Tu es très intelligente et d'après tout ce que ta mère et toi m'avez dit, je me rends compte que tu as perdu de belles années. Tu as le droit de te détendre, *un petit peu*. Je suis bien conscient que c'est de ton âge.

— C'est vrai ? ai-je demandé en souriant malgré moi.

Il a pointé son livre vers moi.

— Mais sois prudente.

J'ai hoché la tête.

— Bien sûr.

Le cœur léger, j'ai fait un pas vers la porte. Avant de partir, je me suis retournée et j'ai croisé le regard bleu humide de mon père.

— Eh, papa ? Merci.

À la fête d'Halloween de Layla, nos costumes ont fait sensation.

La moitié des personnes présentes n'étaient pas déguisées mais Layla avait eu la présence d'esprit de placer du maquillage sur la table de la cuisine, près de la bière. En une heure, tous ceux qui n'étaient pas venus en costume s'en étaient peint un. Layla était Morticia Addams, robe noire et moulante comprise. Vu ses tout petits pas, elle avait dû, comme Grant et moi, préférer le style à la commodité : danser dans nos casques intégraux et nos vestes en cuir était un cauchemar dégoulinant de sueur. Anna n'était pas déguisée, car ses parents l'auraient tuée s'ils avaient su qu'elle allait à une fête d'Halloween. Chloé avait peint un crâne sur son visage et portait un jean et des bottes noires. La seule différence entre son costume et celui que Grant avait au début, c'était qu'elle portait une chemise en flanelle au lieu d'un sweat-shirt noir.

— Tu es soulagé, non ? ai-je dit en m'appuyant sur lui.

Nous nous étions mis dans un coin pour reprendre notre souffle. Nos casques étaient sur une table près de nous. Il en était à sa quatrième bière, je finissais juste ma première, un peu honteuse d'être déjà aussi pompette.

— Tu es soulagé d'avoir échappé à un tel embarras ? Il n'y a rien de pire que de se montrer à une soirée habillée comme une autre fille.

— C'est vrai ?

— Oh que oui. Un truc pareil, ça peut tuer ta réputation.

— Il y a un paquet de règles à suivre, quand tu es une fille, a-t-il dit d'une voix songeuse.

— Oh, c'est clair, ai-je répondu en repensant à tout ce que j'avais dû apprendre pour m'intégrer. C'est bien plus dur que d'être un garçon.

— Quoi ? Non. Quand est-ce que tu t'es battue pour la dernière fois ? Tu t'es déjà pris un poing dans le nez ?

Je me suis rappelé toutes les fois où des garçons m'avaient frappée parce qu'ils ne m'aimaient pas, puis j'ai décidé de ne pas en parler.

— C'est ça, le gros dur.

Je lui ai tapoté le torse du doigt et j'ai mis la main sur ma hanche.

— Quand tu te bats, tu as le droit à un œil au beurre noir, mais les filles peuvent se *détruire* en quelques mots. Les garçons ne supporteraient jamais ce qu'on vit.

— Défi accepté ! s'est exclamé Grant.

Il a posé sa bière et attrapé son casque.

— Suis-moi.

Il m'a pris le poignet et m'a entraînée jusqu'à la salle de bains du couloir, dont il a claqué la porte.

— Qu'est-ce que tu fais ? ai-je demandé, intriguée.

— Tu m'as défié.

Il a descendu la fermeture Éclair de son blouson et l'a jeté vers moi.

— Maintenant, il faut qu'on change de costume.

— Quoi ?

La tête m'a tourné légèrement. J'ai dû m'appuyer contre le lavabo pour retrouver l'équilibre. Il n'était plus qu'en débardeur, boxer et chaussettes.

— Pourquoi ?

— T'as dit que j'avais pas le courage d'être une fille. Je ne renonce jamais à un défi. Donne-moi ton costume.

Je me suis déshabillée jusqu'à être en top et en culotte, sans cesser de glousser. Il a enfilé maladroitement mon costume de Leia chasseuse de primes. Une fois tout mis, y compris le casque, je devais admettre qu'à l'exception de la largeur de ses épaules et de son manque de poitrine, personne ne verrait la différence.

— Et moi alors ? ai-je demandé.

— Tu es Boba Fett. Voyons-voir si toi, tu as le courage d'être un garçon !

J'ai regardé le masque de Boba Fett, puis mon reflet dans le miroir et j'ai commencé à rire. Pliée en deux, les bras autour de ma taille, à presque en tomber.

— Pourquoi tu rigoles ?

— Pour rien, ai-je répondu, le souffle court.

J'ai lentement repris mon sang-froid. En secouant la tête, j'ai essuyé une larme et je me suis rhabillée. Il y avait quelque chose d'hilarant à se déguiser en garçon, après tant d'années à vouloir y échapper.

— Rien du tout. Vas-y. Je te rejoindrai une fois prête.

Quelques minutes plus tard, quand je suis sortie de la salle de bains, j'ai découvert que la fête était encore plus débridée qu'à notre départ. Il n'y avait presque plus de bière. À la façon dont tous se serraient les uns contre les autres en chantant faux et à pleins poumons les paroles de « Monster Mash » et de « Thriller », je devinais où elle avait terminé. Ne sachant que faire, je suis restée quelques instants sur place. Porter des vêtements de garçon, même un déguisement, c'était comme renfiler une peau dont je m'étais depuis longtemps délestée.

— Grant ! a appelé quelqu'un près de la cuisine.

J'ai cherché mon petit ami du regard, puis la voix a répété son nom et j'ai compris que c'était moi qu'ils appelaient. Deux types de l'équipe de football américain étaient à côté du four et me faisaient signe. Juste derrière eux, une bière à la main et l'air faussement nonchalant, se trouvait Parker. Je me suis dirigée vers eux, pour réaliser au bout de quelques pas que j'avais les poignets trop souples, les coudes contre mon corps, les hanches qui se balançaient légèrement. Ce n'était pas comme ça que marchaient les garçons. J'ai écarté les coudes et les genoux et j'ai essayé de rester aussi droite que possible. Lorsque j'ai atteint la cuisine, les amis de Grant avaient l'air perdus.

— Ça va ? a demandé l'un des deux.

Il avait des moustaches et un nez de chat peints sur le visage.

— Ouais, ai-je répondu d'une voix profonde.

Heureusement, le casque étouffait mes paroles.

— Tu marchais comme si t'avais chié dans ton froc, a dit le type déguisé en chaton, sincèrement inquiet.

— Un problème que je connais bien, a commenté l'autre.

Il avait de faux points de suture qui remontaient jusqu'à ses pommettes, ce qui lui donnait l'air d'une poupée de chiffon. Il m'a donné un coup de poing dans le bras. J'ai essayé de ne pas réagir.

— Je t'ai vu aller dans la salle de bains avec cette fille. Elle est trop sexy, mec. Qu'est-ce que vous avez fait, là-dedans ?

— Ouais, a continué Chaton en se penchant. Elle a enfin décroisé les cuisses ?

Parker faisait semblant de ne pas nous regarder. Il a étranglé un ricanement et levé les yeux au ciel.

Comme je ne répondais pas, Poupée de Chiffon s'est rapproché.

— Elle t'a montré ses boules, au moins ?

Je lui ai flanqué un coup de poing dans le bras plus violent que je l'avais prévu et je suis partie en direction du fût de bière.

— Je vais m'en chercher une autre.
— C'est quoi, son problème ? ai-je entendu demander Chaton tandis que je m'éloignais d'eux et que je fendais la foule qui se pressait dans le salon.
Dehors, je suis rentrée dans la voiture de mon père et j'ai allumé la radio sur de la musique classique que l'on recevait à peine. Une fois le casque retiré et la vitre baissée, j'ai pu respirer à nouveau. Dans mon ventre, ça tournoyait comme si je sortais d'un gyroscope. J'ai appuyé la tête contre le volant et j'ai lâché un grognement en essayant de retrouver mon équilibre. Bien sûr, je savais comment les garçons parlaient des filles quand elles n'étaient pas là. Je n'aurais pas dû être surprise. Mais ces deux-là me rappelaient ceux qui m'avaient tourmentée autrefois. Malgré tout ce qui avait changé, j'y étais encore sensible. Un petit coup à la vitre m'a fait sursauter.
— T'as déjà abandonné ? a demandé Grant.
La sueur lui plaquait les cheveux sur le crâne. Il s'est assis sur le siège passager en haletant.
— Oui.
J'ai tourné la tête juste assez pour croiser son regard sans détacher le front de la fraîcheur du volant.
— Tes amis sont glauques.
— Quels amis ?
— Celui peinturluré en chat et l'autre en poupée de chiffon.
Il a réfléchi un instant.
— Oh, oui, ce sont des connards. Ce ne sont pas mes amis, ils sont dans l'équipe, c'est tout.
— Tant mieux.
Je lui ai pressé la main et j'ai souri.

— Comment tu t'en es sorti ?

— Je ne sais pas trop. Chloé m'a pris dans ses bras et m'a remercié pour « le truc dans le champ de maïs de l'autre jour ».

J'ai ri.

— Et, euh, je me, euh...

Il a marmonné quelque chose que je n'ai pas compris.

— Qu'est-ce que tu dis ?

— J'ai pas arrêté de me faire draguer ! a-t-il dit en rougissant.

Je me suis redressée.

— Par des garçons ?

— Ils me prenaient pour toi ! a-t-il rétorqué, les bras croisés.

Avec un grand sourire, je me suis penchée vers lui.

— Et tu as flirté en retour ?

— Non ! Je suis pas gay !

— Ça t'a plu !

Il a levé les yeux au ciel mais il a continué à rougir.

— Allez, reconnais que tu t'es amusé. Ce n'est pas grave. Tout le principe d'Halloween, c'est de faire semblant.

— Oui, a-t-il dit d'un air pensif. C'est bizarre, de devenir quelqu'un d'autre pendant quelque temps. De se mettre à sa place, de voir comment les gens le traitent. Ça te donne un autre point de vue.

— Je suis d'accord.

Je me suis rapprochée de lui et j'ai appuyé la tête sur son torse. Au-delà des vitres ouvertes, les basses de la chaîne stéréo battaient en rythme, sans noyer les cris joyeux des fêtards.

— Tu sais, quand j'ai vu *Star Wars* pour la première fois, c'était comme si tout un monde s'était dévoilé, a dit soudain Grant.

J'ai laissé ma tête contre sa poitrine, j'aimais la sentir monter et descendre.

— Ça paraît ridicule, maintenant…. C'est un film dans l'espace, je le sais, mais quand on est petit, parfois on n'imagine rien au-delà de ce qu'on connaît. Voir ces personnages dans ces costumes délirants, ces vaisseaux spatiaux trop classe, ça m'a fait penser que peut-être il y avait autre chose dans la vie que jouer au foot américain et se rouler dans la boue.

En pensant à la première fois où j'ai vu ces films, j'ai hoché la tête. D'aussi loin que je me souvienne, j'avais adoré m'échapper grâce à la science-fiction et la fantasy, j'avais adoré toutes les histoires où les personnages principaux ne ressemblaient pas aux gens qui m'entouraient, surtout ceux qui parlaient de tolérance et d'injustice sociale. Mais ma relation avec la science-fiction était un peu plus compliquée que la sienne, car les gens l'associaient à la masculinité. Depuis ma transition, j'hésitais à cacher que j'aimais ça. J'adorais ne pas avoir à le dissimuler à Grant.

— Je ne sais pas ce que j'essaie de dire, a-t-il continué, sauf que tu as raison. Faire semblant d'être quelque chose d'autre, quelqu'un d'autre, ça a un sens, tout comme imaginer d'autres univers. Ça aide à penser à d'autres trucs qu'à soi-même, à imaginer qu'il y a une autre façon d'être.

Je me suis assise et je l'ai embrassé, longtemps, passionnément, pour lui dire tout ce que je n'arrivais pas à exprimer à voix haute : que pour un garçon qui avait rarement la moyenne en cours, qui croyait que sa seule qualité était de savoir renverser des types sur un terrain de foot, c'était l'une des personnes les plus intelligentes que je connaissais.

Je me suis à nouveau blottie contre lui et, respirant au même rythme, nous avons écouté la fête continuer sans nous. À force d'entendre battre le cœur de Grant dans sa poitrine, une pensée à la fois terrifiante et exaltante m'a picotée, du ventre au bout des doigts : je tombais amoureuse de lui.

Chapitre 19

— Désolée de t'avoir lâchée la semaine dernière, ai-je dit.

En montant les marches inégales de la vieille plantation, je me suis attachée les cheveux à cause du vent. Bee m'a jeté un coup d'œil avant de se concentrer à nouveau sur l'objectif de son appareil.

— C'est rien.

Elle m'a fait de la place sur la marche. J'ai repoussé les feuilles sèches et je me suis assise.

— Je sais comment c'est.

— Oui. Au fait, tu tiens le coup ? ai-je demandé.

J'ai lâché mon sac à dos entre mes genoux et sorti mes devoirs de chimie. Quand elle a remarqué la touche d'inquiétude dans ma voix, elle m'a regardée d'un air bizarre.

— Oui, pourquoi ?

— Eh bien, c'était du sérieux, Chloé et toi, non ?

— Je ne sais pas.

Bee a tourné un bouton et dirigé la lentille vers l'horizon.

— Dis, je n'ai pas encore de portrait dans mon portfolio.

Elle a baissé l'appareil et m'a fixée.

— Je peux te prendre en photo ?

— Oui, si tu veux.

J'ai tapé du crayon sur mon cahier et j'ai regardé l'herbe.

— Chloé a l'air de croire que ça l'était.

— Oui, a dit Bee en se grattant la tempe. C'était bien le problème. C'était plus sérieux pour elle que pour moi. Si elle avait été un mec, je me serais tirée dès que j'ai compris qu'elle voulait plus que coucher ensemble et se voir de temps en temps.

— En quoi être une fille la rend différente ?

Bee a levé les yeux et son regard s'est perdu dans le vague.

— La première fois que nous nous sommes embrassées, elle a pleuré dans mes bras parce qu'elle avait passé toute sa vie à prétendre que ses sentiments n'existaient pas. Elle m'a dit qu'elle n'arrivait pas à décider si elle était dégoûtée d'elle-même ou fière d'avoir enfin eu le courage de faire ce qu'elle voulait. Elle a dit qu'elle s'était toujours crue seule.

— C'est trop triste, ai-je dit en essayant d'imaginer Chloé en train de pleurer.

— Mais c'est faux, bien sûr, a continué Bee.

Elle a sorti son téléphone et consulté l'écran avant de continuer.

— Il y a à peu près sept mille quatre cents personnes à Lambertville. Les minorités sexuelles représentent environ dix pour cent de la population. Ça fait quoi, sept cent quarante personnes ici. Imaginons que les femmes en constituent la moitié, alors il y a trois cent soixante-dix femmes lesbiennes ou bisexuelles dans cette ville.

— Ça paraît beaucoup.

Je ne pouvais pas m'empêcher de me demander si d'autres personnes comme moi vivaient ici en secret.

— Parce que dans le Sud, les gens restent bien enfermés dans leurs placards, a-t-elle dit.

Les sourcils froncés, elle a cherché un autre objectif dans son sac.

— Même les hétéros y planquent assez de cadavres pour remplir un cimetière. Tout le monde a trop peur de finir en enfer ou de subir des moqueries pour avouer ce qu'ils veulent et ce qu'ils sont, alors ils n'arrivent même pas à se l'avouer à eux-mêmes. C'est triste.

— Oui.

J'acquiesçais, mais je me demandais quelle serait sa réaction si je lui disais la vérité, que j'étais l'une de ces personnes qui mentaient. J'ai été frappée, comme je ne l'avais pas encore été, par le courage que montrait Bee en étant elle-même.

— Mais bref, j'ai compris que j'étais avec elle par obligation, et que ce n'était pas du tout mon genre, alors j'ai rompu.

— Mais tu as dû t'en rendre compte il y a un moment, déjà... Vous étiez ensemble depuis longtemps, non ? Alors pourquoi maintenant ? (J'ai plié et déplié une page de mon livre de cours d'un geste absent.) Il y a quelqu'un d'autre ?

— On change de sujet ?

Bee m'a jeté un regard épuisé.

— Je sais que je l'ai blessée, mais elle l'aurait été un jour ou l'autre et… laisse tomber, d'accord ?

— Bien sûr, ai-je répondu en me mordant l'ongle. Désolée.

— Pour te faire pardonner, redresse-toi et regarde cet arbre à la tronche bizarre, a-t-elle dit en indiquant l'autre côté de la clairière.

— C'est un poirier de Bradford, ai-je déclaré en carrant les épaules.

L'appareil photo est resté silencieux.

— On les a modifiés pour qu'ils aient cette forme esthétique, mais les arbres ne sont pas faits pour grandir de cette façon, c'est pour ça qu'ils ont cette tête. Comme ils poussent vite, les agents immobiliers aiment bien les planter pour vendre rapidement, parce que ça prend quelques années avant que les troncs se tordent et que les arbres meurent.

— Comment tu sais tout ça ? a demandé Bee en appuyant sur le déclencheur.

— Ma mère est agent immobilier.

Bee a souri.

— Parfait. Au début on aurait dit un robot constipé, mais sur la fin j'ai eu quelques bons clichés.

Je me suis renfrognée.

— Tu trouves que je ressemble à un robot constipé ?

— Pas toi, ton expression. Essaie de sourire.

Je me suis exécutée.

— Ok, ouh là, on dirait que quelqu'un hors champ te menace d'un pistolet. T'es de ces gens, là.

— Quels gens ?

— Les sincères, a-t-elle dit comme si cela devait avoir un sens. D'une franchise si écœurante que tu ne peux même pas mentir sur tes émotions.

— Ce n'est pas vrai, non.

J'ai pensé à ma relation avec Grant, combien j'avais envie de tout lui dire, sauf le plus important.

— C'est ça, ouais. Je sais comment gérer les gens comme toi.

Elle a ajusté l'objectif et m'a regardée au travers.

— Il faut combattre la sincérité par la sincérité. Tu te souviens, quand on s'est rencontrées et qu'on a joué au jeu de la vérité ?

— Oui, ai-je répondu, la bouche sèche.

— Eh bien, mon plus gros secret, ce n'est pas que je suis bi.

Elle s'est penchée en avant.

— Quand j'étais en seconde, j'ai été violée.

— Oh mon Dieu ! (Je me suis couvert la bouche.) Je suis désolée !

— Ouais, ouais, a dit Bee en chassant mes paroles de sa main.

Elle a pris quelques photos.

— Ce n'est pas… Enfin, si, c'était grave. J'ai dû voir un psy et tout. Mais ça ne fait pas de moi ce que je suis. Bref, le secret, ce n'est pas ça.

Sans détourner l'appareil de moi, elle a reculé de quelques pas et s'est agenouillée.

— Le voici.

J'ai hoché la tête et détourné les yeux au loin où le vent faisait ondoyer l'herbe. J'avais ainsi l'impression de donner à Bee une intimité nécessaire.

— Le type était en terminale à l'un des lycées privés de Knoxville. Genre soixante-quinze pour cent de cette ville de merde appartient à son père, raison probable de sa présence ici. Mes parents m'ont dit que je devais en parler à la police. Ils étaient furieux contre moi parce que je n'osais pas. Mais… je me fais traiter de pute depuis la sixième, parce que j'ai eu le malheur d'avoir de la poitrine avant tout le monde. J'avais l'impression que la famille de ce connard avait tellement d'argent que ça ne servait à rien, et tout ce que je voulais c'était tourner la page. Alors j'ai vu un psy et je suis passée à autre chose.

— Ensuite ?

J'avais envie de la serrer dans mes bras. Mais quelque chose me disait qu'il ne fallait pas l'interrompre, alors je suis restée où j'étais.

— Et puis deux ans plus tard, il a quand même été arrêté, a-t-elle ajouté d'une voix fragile. Il s'en était pris à quatre autres filles après moi. L'une d'elles avait douze ans, merde !

Elle a baissé son appareil un instant et s'est frotté les yeux.

— Et, tu sais, mon viol, souvent je réussissais à ne plus y penser. Je l'occulte presque tout le temps, maintenant. Si j'avais parlé, il ne serait peut-être pas allé en prison, mais on aurait parlé de lui. Ces filles et leurs parents auraient pu échapper à ce qui s'est passé. Ça, c'est plus difficile de m'en remettre.

Elle s'est mordu la lèvre puis a brandi à nouveau l'appareil photo.

— Le séances de psy ne m'ont pas vraiment aidée là-dessus.

— Bee…

Elle a pris une demi-douzaine de photos. Ses mains tremblaient. Je voulais la réconforter, mais je ne pouvais rien dire. Tout ce qui me venait paraissait vide de sens. Je voulais lui offrir quelque chose de vrai, lui montrer qu'elle avait raison de me faire confiance, que je lui faisais confiance moi aussi. Il n'y avait qu'un secret.

— La dernière fois que nous avons joué, j'ai failli t'avouer quelque chose, ai-je dit tout bas.

— Oui, oui, a répondu Bee d'une voix encore troublée.

— Mais c'est sérieux, ai-je continué en haussant les sourcils.

Elle a continué à prendre des photos.

— Vraiment. Je ne plaisante pas. Ce n'est pas de l'embarras, ni la peur de ce que les gens vont penser. C'est plus important que ça.

Elle a levé les yeux de l'objectif et cligné des paupières.

— Si tu le répètes, ça me détruira.

— Je ne dirai rien, a-t-elle promis d'une voix douce.

Je ne l'avais jamais vue aussi solennelle.

— C'est promis ?

— Promis.

— Ok.

J'ai reculé sur la marche et j'ai regardé l'herbe fragile qui succombait à l'inévitable hiver. J'ai inspiré l'air frais par le nez, je l'ai bloqué dans ma poitrine puis soufflé entre mes dents. C'était ma seule chance de me taire. Je ne l'ai pas saisie.

— Je suis transsexuelle.

Un instant, Bee a gardé le silence. Puis :

— M'autorises-tu à prendre d'autres photos ? J'ai des questions, mais ton expression à cet instant est très importante pour moi et je voudrais en garder une trace.

J'ai hoché la tête. Le déclencheur a cliqueté plus que jamais, puis plus rien. Lorsqu'elle a baissé l'appareil et qu'elle m'a regardée, j'ai senti une vague de chaleur me monter sur la nuque et se répandre sur mes épaules.

— Je n'ai jamais rencontré quelqu'un comme toi, a-t-elle dit.

— Tu n'es pas la seule.

J'étais surprise que ma voix ne tremble pas plus. J'ai baissé les yeux sur mes mains. Elles étaient presque immobiles.

— Ou du moins, vous ne le saviez pas.

— D'accord, a-t-elle dit en hochant la tête lentement. J'ai vu… Comment dit-on ? Des transgenres ?

— Des personnes trans, c'est mieux, ai-je répondu d'une voix à peine plus haute qu'un murmure.

— J'ai vu des personnes trans dans des films et à la télé, mais vu le manque de réalisme et la façon horrible dont les personnages bi sont traités, je vais partir du principe que je ne sais rien. Qu'est-ce que je peux poser, comme question ?

— Rien sur mes organes génitaux, ai-je dit en chiffonnant ma jupe, les yeux levés vers les nuages. Mais alors, rien du tout.

Elle a haussé les épaules.

— Pour moi, ça n'a pas d'importance.

— Merci.

Je me suis mordu la lèvre.

— Rien sur la chirurgie. Ne me demande pas quel était mon nom de naissance. C'est à peu près tout.

— Ok.

Pliant la bandoulière avec un soin délibéré, elle a rangé son appareil photo, le regard fixé sur quelque chose sous le porche.

— Tu n'étais pas obligée de me le dire.

— J'en avais envie.

J'ai relâché ma jupe et je me suis surprise à sourire.

— J'en avais vraiment envie.

— Bon, alors tu dois savoir que je déconnais, tout à l'heure, quand j'ai dit que tu ressemblais à un robot constipé.

Elle s'est frotté la nuque et avant qu'elle se retourne pour prendre quelque chose, j'aurais juré qu'elle rougissait.

— J'avais deviné.

Mon sourire s'est agrandi. La vulnérabilité de Bee était presque aussi bizarre que mon père affichant ses émotions.

— Mais tu sais que tu es magnifique, hein ? a-t-elle demandé.

Elle a mis son sac à l'épaule et s'est tournée vers moi. Si elle avait rougi, c'était alors fini. J'ai rangé mes devoirs et je me suis levée à mon tour.

— Merci. Toi, tu sais que ce qui est arrivé à ces filles n'était pas ta faute, hein ?

J'ai enfin franchi la distance qui nous séparait et je l'ai serrée dans mes bras. Nous nous sommes enlacées pendant longtemps, plus longtemps, peut-être, que je n'avais jamais étreint quiconque.

— Bee, je suis vraiment heureuse de t'avoir rencontrée.

— Moi aussi.

Octobre, six ans plus tôt

Le lundi qui a suivi la nuit où il a dormi chez moi, Marcus ne m'a pas gardé de place dans le bus. Nous n'étions pas toujours assis côte à côte. Ça ne me dérangeait pas ; il était très mignon, intelligent, et il avait un tas d'amis, alors il essayait de consacrer autant de temps à chacun que possible. C'était pour cela que notre amitié était si importante pour moi : il aurait pu être avec n'importe qui, pourtant il était avec moi. Son amitié avait été l'un des aspects positifs de mon année de cinquième, peut-être le seul, en fait. Pourtant, je savais que quelque chose n'allait pas. En maths, il n'avait pas croisé mon regard une seule fois. Quand je lui avais fait signe après le cours pour lui demander s'il voulait qu'on passe à nouveau du temps ensemble le week-end suivant, il avait détourné les yeux et accéléré.

Lorsque de l'autre côté de la vitre, les collines sont devenues des pelouses parfaitement entretenues, j'ai regardé droit devant et réfléchi à ce que j'avais bien pu faire pour le fâcher. J'essaierais de lui reparler quand nous serions seuls.

Lorsque le bus s'est arrêté, j'étais déjà debout. Marcus m'a attendu sur le trottoir. Il me dévisageait en silence. Le bus a vrombi et s'est éloigné.

— Salut, ai-je dit en me demandant pourquoi il me regardait ainsi. Comment s'est passée ta journée ?

— Je ne veux pas te parler.

Renfrogné, il a détourné les yeux. Il a pris la poignée de son sac à dos et il a fait mine de partir.

— Qu'est-ce que j'ai fait de mal ? ai-je questionné, haïssant le ton anxieux de ma voix.

Mais il fallait que je sache.

Marcus a laissé tomber son sac par terre et a sorti un cahier noir. Mon sang s'est glacé dans mes veines.

— C'est mon journal intime !

— Les garçons, ça ne tient pas de journal intime, pédé, a-t-il dit d'une voix sourde et menaçante.

Il a commencé à lire une page.

— « Heureusement que la puberté n'a pas encore commencé. Avec un peu de chance, peut-être qu'elle ne viendra jamais, ou que tout le monde se trompe et que quand ça m'arrivera, je vais me changer en femme. Probablement pas, mais on peut toujours rêver. »

— Arrête ! ai-je dit en regardant autour de moi pour vérifier qu'il n'y avait personne. Arrête, s'il te plaît !

Il a baissé la voix.

— « Marcus est si beau. »

Les sourcils froncés, il a levé les yeux.

— « J'aimerais bien qu'on dorme plus souvent l'un chez l'autre, mais c'est déjà bien qu'on passe du temps ensemble. »

Il a tourné la page. J'ai couru vers lui et j'ai essayé de lui arracher mon journal des mains. Nous avons lutté quelques instants, puis il m'a donné un coup de poing dans le ventre. J'ai eu un haut-le-cœur silencieux et j'ai terminé à genoux, les bras autour de mon estomac douloureux.

— « Un jour peut-être que je serai enfin une fille et alors il saura ce que je ressens pour lui et peut-être qu'il ressentira la même chose. »

Il a tourné la page. Je n'ai pas bougé. J'ai senti des larmes couler sous mes paupières.

— « Mais ce n'est pas parce qu'il est beau, a continué Marcus. C'est parce qu'il est merveilleux. » (Sa voix a vacillé sur la fin.) Je n'avais pas lu ce passage.

Il a gardé le silence quelques secondes avant de reprendre :

— « Il est intelligent, gentil et il n'est jamais cruel. » (Il parlait tout bas, désormais, presque dans un murmure.) « Personne n'a jamais été aussi gentil que lui avec moi. Grâce à lui j'ai l'impression que le monde n'est peut-être pas si horrible que ça. »

— Oh non, ai-je dit en me balançant d'avant en arrière sur le trottoir. Pardon, pardon.

Il a reculé.

— Mais tu es quoi ?

Je ne pouvais pas lever les yeux vers lui. J'ai regardé les lézardes sur le bitume et j'ai lentement secoué la tête.

— Je ne sais pas. Je n'en sais rien.

— Ah bah, quoi que tu sois, ne t'approche plus jamais de moi !

Il a jeté mon journal par terre, puis il est parti.

Chapitre 20

Virginia était en retard.

Je lisais *Absalon, Absalon !* de William Faulkner pour les cours au bar du Sartoris Diner et j'étais incapable de décider lequel des personnages je détestais le plus. La serveuse a encore rempli mon verre de soda light. Pour la centième fois depuis que Virginia m'avait contactée une heure plus tôt, me disant qu'elle était près de Lambertville et qu'elle voulait me voir, j'ai vérifié mes messages.

Où es-tu ? ai-je écrit.

Je me gare, a-t-elle répondu. *Désolée, le GPS ne sert pas à grand-chose dans les trous perdus.*

Lorsque je me suis retournée, j'ai vu sa vieille Bronco s'engager sur le parking. Quand elle est entrée, j'ai couru vers elle, et je l'avais enlacée avant que le battant se referme.

— Du calme, ma belle !

Elle a fait mine de me repousser en riant.

— Eh bien, tu as autant besoin de compagnie que ça ?

J'ai reculé d'un pas en sautillant sur la pointe des pieds.

— Mais non ! En fait, je me suis fait plein d'amis.

Elle a haussé les sourcils.

— Mais toi, tu m'as manqué.

— Toi aussi, m'a-t-elle répondu avec un sourire en coin.

Nous nous sommes installées au bar.

— Tout le monde était mort d'inquiétude pour toi.

— Comment vont-ils tous ?

La serveuse est arrivée et nous avons marqué une pause. J'ai commandé une gaufre, Virginia une assiette de pommes de terre sautées.

— Toujours la même merde, a répondu Virginia, les yeux au ciel.

Elle a pris une gorgée d'eau.

— Du moins, c'est qu'on m'a dit. J'étais à Knoxville pendant presque aussi longtemps que toi ici.

— Pourquoi ?

— Un coup d'un soir trouvé sur Tinder.

J'ai détourné le regard, ce qui l'a fait rire.

— Quelle sainte-nitouche ! Bref, il se trouve que c'est l'un des cinq mecs sur cette planète qui n'a rien d'un pervers et qui veut bien sortir avec une femme trans.

Mon cœur s'est emballé. J'ai jeté un coup d'œil rapide à la serveuse et au cuisinier au cas où ils auraient entendu. Lui grattait la graisse sur le gril, elle coupait des citrons.

— Qu'est-ce qu'il y a ? a demandé Virginia en me faisant un petit signe de la main.

— Rien.

J'avais perdu l'appétit, mais je me suis forcée à finir ma gaufre.

— Je connais ton petit cœur névrosé depuis assez longtemps pour savoir que quelque chose ne va pas.

— C'est juste que…

Je me suis interrompue et j'ai pris une profonde inspiration. Je me sentais affreusement mal, mais elle avait insisté pour savoir.

— J'essaie de ne pas me faire remarquer.

— Ah.

Virginia a mis de la sauce piquante sur ses pommes de terre et a haussé les épaules, toutefois son expression n'était pas facile à lire.

— Pigé. Je n'utiliserai plus le mot en T.

J'ai forcé un sourire.

— Ok. Merci.

— Je t'en prie. Bref, il était cool, mais ça n'a pas marché.

— Pourquoi ? ai-je demandé en me tournant à nouveau vers elle.

— Il a dit qu'il n'avait pas de problème avec le fait que je sois… ce que je suis, mais qu'il voulait une famille, un jour, et que puisque je ne pouvais lui en donner une, nous n'avions pas d'avenir.

— Aïe !

L'idée d'un Grant adulte me disant la même chose m'a retourné l'estomac.

— C'est comme ça, a répondu Virginia. Comment ça se passe, avec ton mec ?

— Bien.

Je me suis frotté le bras.

— On s'est disputés pour la première fois, mais on s'est réconciliés. Depuis, tout est super.

— C'est mignon !

J'ai levé les yeux vers elle et j'ai pris une profonde inspiration.

— Tu crois que je devrais lui dire ?

— Oh que non !

Elle a haussé un sourcil et s'est écartée de moi.

— Pourquoi tu ferais un truc pareil ?

J'ai froncé le nez et soupiré.

— Je ne sais pas. J'ai l'impression qu'il devrait savoir qui je suis…

— Tu ne lui dois rien du tout. Tu es une fille, tu as toujours été une fille, tu as juste manqué de bol à la loterie génétique et il n'aura jamais, jamais à le savoir à moins que pour une raison bizarre il voie ton certificat de naissance.

— Ou qu'il veuille se marier et fonder une famille. (J'ai joué avec les glaçons au fond de mon verre avec ma paille.) Mais ce n'est pas pour ça.

— Primo, tu n'as que dix-huit ans, a dit Virginia, la bouche pleine.

Elle m'a montrée de sa fourchette.

— Tu es censée t'amuser pour de vrai, pour la première fois de ta vie, pas rêver de t'installer avec l'homme de ta vie.

— C'est bon !

J'ai ramené mes cheveux en arrière et je lui ai tiré la langue.

— Il me plaît beaucoup… Je crois que je l'aime.

Virginia a levé les yeux au ciel, mais j'ai décidé de ne pas commenter.

— Être... être ce que je suis a été une grosse partie de ma vie. C'est facile de faire comme si mon passé n'avait jamais existé, mais c'est comme si j'avais construit un mur autour de mon cœur qui m'empêchait d'être vraiment avec lui.

— Mais tu sais que les murs sont là pour une raison, hein ? a-t-elle dit en essuyant avec soin la sauce sur ses doigts. Ils te gardent à l'abri et empêchent que tout s'écroule. (Elle a levé la main quand j'ai fait mine de parler.) Ce n'est que mon opinion. Tu en fais ce que tu veux.

J'ai signalé à la serveuse que nous étions prêtes à payer.

— Combien de temps es-tu dans le coin ?

— Aussi longtemps que j'en ai envie ? a dit Virginia en haussant les épaules.

Elle a fouillé dans son sac à la recherche de son portefeuille.

— Tu fais quoi ce soir, alors ? On appelle tes amis ?

— Oh.

Ma main s'est figée entre mon téléphone et mon visage. J'ai regardé Virginia de bas en haut et j'ai vu deux personnes. L'une était le bel ange qui m'avait guidée durant les étapes les plus difficiles de ma transition. L'autre était une femme à la mâchoire un peu trop forte, au front un peu trop large, aux épaules un peu trop carrées et aux mains un peu trop grandes. Je me sentais comme une sale ingrate, mais une petite voix mauvaise me hurlait que si mes amis me voyaient avec elle et devinaient qu'elle était trans, alors elles sauraient pour moi.

— Quoi ? a demandé Virginia.

Elle a regardé derrière elle, puis moi. Elle a rentré les épaules en se mordant les ongles. Et, comme je restais muette, elle s'est rembrunie.

— Oh, a-t-elle dit enfin. Oh, j'ai compris. Amanda, hé, ne prends pas cet air triste. Ce n'est pas grave si tu ne veux pas que je rencontre tes amis. Ne t'occupe pas de moi.

— Non !

J'ai secoué la tête et cligné des yeux.

— Enfin, si. C'est compliqué mais...

La poitrine serrée de douleur et de confusion, je me suis tue. Virginia avait été si importante pour moi, pendant si longtemps, que je voulais qu'elle rencontre tous ceux qui prenaient aujourd'hui de la place dans ma vie.

Une idée soudaine m'est venue. Avec un sourire, j'ai sorti mon téléphone de ma poche.

— Il y a quelqu'un, en fait.

— Qu'est-ce qu'on fait ici pour s'amuser ? a demandé Virginia lorsque nous sommes reparties de chez Bee.

— On se drogue, surtout, a dit Bee du siège arrière.

J'ai tordu le cou et je l'ai vue sortir quelque chose de son sac.

— Je peux fumer ?

— Oh non, a répondu Virginia.

Elle a touché l'une des bandes de tapisserie déchirée qui pendaient au-dessus d'elle.

— Je ne voudrais pas que l'odeur réduise le prix de revente de ma voiture.

Bee a ri si soudainement qu'elle en a projeté sa cigarette à l'avant.

— Elle me plaît, elle ! s'est-elle exclamée.

Elle a rattrapé sa cigarette tombée dans le porte-gobelet.

— Tu t'appelles comment, déjà ?

— Virginia.

— Et comment vous vous connaissez, toutes les deux ?

— C'est mon mentor trans, ai-je répondu.

Virginia a haussé un sourcil.

— Et ta discrétion, alors ?

— Je ne l'ai dit à personne d'autre.

Vigrinia a regardé longtemps dans le rétroviseur, puis la route, puis moi. Elle semblait réfléchir à quelque chose, mais elle n'a rien ajouté.

— Alors vous m'emmenez où, les filles ? a demandé Bee en faisant tomber la cendre de sa cigarette par la vitre ouverte.

Virginia n'a pas hésité.

— À Chattanooga, dans un bar gay qui s'appelle Mirages ! a-t-elle lancé avec un grand sourire.

— Oh yes ! a crié Bee en frappant l'arrière du siège. Tous tes potes trans sont aussi déments qu'elle ?

— Non ! ai-je répondu d'un ton joyeux. Virginia est unique !

Tandis que la nationale filait sous la voiture, que Virginia faisait rire Bee, j'ai souri. Elle était *vraiment* unique, c'était la sœur que je n'avais jamais eue, celle qui me couvait de son regard protecteur. Je me suis détestée d'avoir pensé qu'elle pourrait m'embarrasser. J'ai réfléchi au fait que quelqu'un pouvait cacher deux vérités, à combien cela pouvait sembler impossible parfois que l'intérieur s'accorde à l'extérieur.

La conversation a continué, Bee et Virginia sont passées aux projets d'université, à leurs anciennes relations amoureuses et se sont racontées leurs soirées de débauche.

— Je suis contente que vous vous entendiez, ai-je dit enfin avec un sourire.

J'avais mis du temps à comprendre ce que je ressentais : c'était ces deux parts de moi-même qui se rejoignaient. Une sincérité.

— Pardon d'être silencieuse. Je suis… heureuse. Je n'aurais jamais cru vivre un tel instant.

Virginia m'a souri avec chaleur et sagesse.

— Tu peux tout avoir, a-t-elle dit, il suffit de prendre conscience que tu le mérites.

Chapitre 21

Installée sur le balcon avec mon ordinateur portable et un verre de thé glacé, je savourais la fraîcheur de l'automne et soignais ce qui restait de ma gueule de bois en essayant – en vain – de finir mon commentaire sur *Absalon*. Nous étions rentrées tard la nuit précédente et Virginia était partie tôt le matin, avant le réveil de mon père. J'étais tiraillée entre l'envie qu'ils se rencontrent et le soulagement que ce ne soit pas arrivé.

J'ai siroté mon thé et contemplé la page blanche de mon traitement de texte. Le soleil se couchait, éclairant d'orange le parking et la forêt, au loin. J'ai songé aux cigales depuis longtemps disparues et j'ai écouté les hurlements du vent qui les avait remplacées. Grant aurait fini de travailler au fast-food dans un peu plus d'une heure. La pensée qui depuis des semaines me torturait est remontée à mon insu : *et si je lui disais tout ?*

— Je ne peux pas, ai-je déclaré sans m'adresser à personne.

Je l'avais dit à Bee parce que je savais que, même si elle ne comprenait pas, elle essaierait. Mais Grant ? Était-ce insensé de vouloir lui parler ? D'avoir l'impression que je ne pouvais continuer à sortir avec lui sans au moins essayer ?

Je me suis redressée, j'ai pris une profonde inspiration et j'ai ouvert les yeux. La page blanche m'attendait encore. Le curseur clignotait à l'infini, une promesse ou une menace.

« Cher Grant, ai-je écrit au bout d'un instant. Voici mon histoire. À ma naissance il y a dix-huit ans, mes parents m'ont appelée Andrew Hardy et les médecins ont écrit « sexe masculin » sur mon acte de naissance. Ils n'imaginaient pas un instant qui je deviendrais… »

Le ventre noué pour ce qui me semblait l'éternité ou presque, j'ai attendu sur le parking derrière le fast-food. J'étais là depuis une heure déjà, mais j'avais l'impression qu'il s'en était écoulé dix, et à la fois, cinq minutes seulement. Dans ma main, l'enveloppe était épaisse et froissée par mon agitation.

Dans ma main se trouvait une lettre qui disait tout : mon nom de naissance, ma tentative de suicide, depuis quand j'avais commencé les hormones et les effets qu'elles avaient eus, ainsi que l'attaque dans les toilettes qui m'avait conduite ici. Tout.

La porte de derrière s'est ouverte et a projeté un rai de lumière déformé sur le bitume. J'ai serré l'enveloppe plus fort.

— Bonne soirée, Greg, a lancé Grant.

Il y avait des taches de sueur sur son dos. Je me suis rappelé combien il était beau ce premier soir, torse nu, et qu'il sentait toujours la poussière et le sel lorsqu'il était en sueur.

— Coucou, ai-je dit.

Il a sursauté et s'est arrêté. Les phares d'une voiture se sont réfléchis dans ses yeux. J'ai ouvert la portière afin que la lumière intérieure m'éclaire et je lui ai fait signe de la main. Je l'ai rejoint dans l'obscurité, me sentant gauche et empruntée, et j'ai pressé l'enveloppe contre son torse.

— Tu m'as confié des choses et maintenant, c'est à mon tour, lui ai-je dit tout bas.

— Merci, a-t-il répondu.

J'ai vu son visage se baisser puis se relever.

— Qu'est-ce que c'est ?

— Tout, ai-je dit, la gorge et la bouche sèches. Tout ce que je voulais te dire mais que j'avais trop peur d'avouer. Tout ce qui est trop important pour être avoué durant le jeu de la vérité.

Nous avons gardé le silence un instant.

— Avant, je voulais que tu saches… Si tu m'en veux d'avoir laissé les choses progresser entre nous… Je suis désolée aussi. Je comprends.

Il est resté longtemps immobile. Dans l'obscurité, son expression était indéchiffrable. Mon cœur s'est mis à battre à tout rompre et mon ventre ne cessait de me pincer, alors j'ai suivi du regard les lézardes du bitume entre nous. Lorsque j'ai relevé les yeux, Grant avait disparu. Durant un terrible instant, mon cœur s'est emballé. Puis il est revenu, portant l'enveloppe toujours fermée dans un seau de métal.

La petite flamme d'un briquet s'est allumée. Elle a brillé très fort lorsque Grant a approché l'enveloppe du briquet et qu'elle s'est enflammée. J'ai étouffé un cri et demandé ce qu'il faisait. Il a lâché l'enveloppe dans le seau, où sa chaleur et sa lumière nous ont baignés tous les deux. Les larmes me sont montées aux yeux, puis j'ai remarqué qu'il souriait.

— Je ne regretterais jamais d'avoir été avec toi, a-t-il dit en secouant la tête. Je voulais que tu me donnes ma chance. C'est ce que tu as fait ce soir, et c'est tout ce qui me fallait.

Il m'a fait contourner le feu, m'a enlacée plus fort que dans tous mes souvenirs et m'a embrassée avec la puissance du feu qui brûlait derrière nous.

Six mois plus tôt

Lorsque j'ai fini de me dilater, j'ai pris une dose d'hydrocodone. J'avais l'impression que tout, de mes cuisses à mes hanches, était passé au hachoir, le rituel de dilatation était pénible et dégradant, les antidouleurs me rappelaient l'époque où j'avais essayé de me suicider... Pourtant je n'avais jamais été aussi heureuse. Enfin, j'étais une fille aussi à l'extérieur. Plus rien ne me séparait de mon corps. Lorsque les antidouleurs ont commencé à agir, j'ai balancé les jambes hors du lit, grimacé et traversé le couloir à petits pas. Je me suis arrêtée à mi-chemin de la salle de bains lorsque j'ai entendu des sanglots en provenance du salon. J'y ai trouvé ma mère recroquevillée par terre, à côté d'une lampe pâlotte, des albums de photos ouverts tout autour d'elle.

— Maman ?

Elle a crié en sursautant, puis mis la main sur son cœur et fermé les yeux lorsqu'elle s'est rendu compte que c'était moi.

— Qu'y a-t-il ?

Elle a secoué la tête et s'est essuyé le nez.

— Rien, a-t-elle répondu. Je réorganise les photos avant d'aller me coucher. Allez, file maintenant, tu as besoin de te reposer.

— Non.

En grimaçant, je me suis lentement agenouillée. Elle avait l'air de vouloir fermer tous les albums sans pour autant y toucher. L'un d'entre eux était ouvert sur des photos de mes parents et moi à la plage quand j'avais trois ou quatre ans. Je courais joyeusement parmi les goélands, criais de joie en fuyant des vagues qui me paraissaient immenses. Un autre album me montrait en maternelle, avec mes boucles désordonnées et mon sourire où il manquait des dents. J'étais sur les pages des autres albums aussi : je gagnais le concours de dictée, mon dernier jour d'école primaire, moi l'air distrait devant les merveilles géologiques de Rock City et Ruby Falls le jour où nous avons quitté mon père, jusqu'aux toutes dernières photos où je ressemblais encore à un garçon.

— Il me manque, a soufflé ma mère sans me regarder.

— Papa ?

— Non.

J'ai cru entendre sa gorge se serrer. Une larme a coulé sur sa joue sans qu'aucune autre la suive.

— Non, mon fils.

— Oh !

J'ai lâché la page d'album que je tenais.

— Oh.

Ma mère a secoué la tête et dégluti.

— Je suis vraiment désolée. Je croyais que tu dormais.

— Je suis toujours moi, ai-je dit en essayant de croiser son regard.

— Ce n'est pas si simple.

Ma mère a ouvert ses yeux embués de larmes et s'est tournée vers moi.

— Je sais que je devrais dire que ça l'est, mais non. Tu as un air différent, tu agis différemment, ta voix a changé, tes mains aussi quand je les touche. Même ton odeur ! Sais-tu combien c'est important, l'odeur ? Quand tu prends ton bébé dans tes bras, elle s'enregistre en toi et tu ne l'oublies jamais.

J'ai serré les poings sur mes cuisses.

— Pourquoi tu ne m'as rien dit ?

Elle a levé les yeux au ciel et s'est mordu les jointures.

— Tu as essayé de te suicider. Andrew Hardy allait mourir de toute façon. L'une des options me donnait une fille en échange, avec l'autre je perdais tout.

— Je n'y ai jamais réfléchi comme ça. Je n'ai jamais pensé à…

— Ce n'est pas à toi de réconforter tes parents, a-t-elle dit en secouant la tête. Du moins, pas avant que ce soit moi qui aie besoin qu'on change ma couche.

Elle a refermé les albums.

— Et puis, ce n'est pas la première fois que je pleure mon bébé.

Elle a pris une inspiration tremblante.

— Que veux-tu dire ?

J'ai voulu l'aider à ranger les albums, mais elle a repoussé ma main.

— Tu es censée te reposer ! a-t-elle dit.

Puis elle s'est enfoncée dans le fauteuil rembourré près de la bibliothèque et elle a fermé les yeux.

— Quand tu as eu un an, j'ai regardé tes photos de bébé et j'ai pleuré. Quand tu as eu trois ans, j'ai regardé celles de tes douze mois et j'ai pleuré. Et ton premier jour de maternelle aussi. Les enfants ne cessent de grandir et changer. Chaque fois que tu clignes des yeux, celui que tu croyais avoir n'est plus qu'un souvenir.

Elle s'est frotté le nez et elle a soupiré.

— Dans cinq ans, tu seras une adulte avec un diplôme universitaire, et moi je regarderai tes photos et je pleurerai ma fille adolescente.

— Alors je ne devrais pas me sentir coupable ?

— Bien sûr que si ! a-t-elle rétorqué avec un large sourire. Tu as une idée de ce que tu m'as fait ? Entre la douleur de l'accouchement, les vergetures et l'emprunt que j'ai dû faire pour cette opération, tu m'as saignée à blanc !

— Je te le rendrai un jour, ai-je déclaré avec conviction.

Je me suis appuyée contre la bibliothèque et je me suis levée.

— Quand tu seras riche et célèbre ?

— Absolument, ai-je répondu avant de repartir vers la salle de bains.

En entrant dans le couloir, j'ai regardé par-dessus mon épaule.

— Riche, en tout cas. La célébrité, c'est pour les crétins.

Je suis entrée dans la salle de de bains et j'ai crié :

— Au fait : je t'aime !

— Tu es aux toilettes ? a-t-elle répondu.

Ma non-réponse m'a trahie et elle s'est vite exclamée :

— Tu es dégoûtante, Amanda !

Chapitre 22

— Où sont Layla et Anna ? ai-je demandé de notre table habituelle.

La plupart du temps, j'avais la chance que mon heure de déjeuner tombe en même temps que celle des filles et elles me gardaient toujours une place. Pour la première fois de ma vie, j'avais hâte d'arriver à la cafétéria.

— Au comité du bal des anciens élèves, a répondu Chloé, la bouche pleine de pommes de terre.

Elle a dégluti et m'a jeté un regard embarrassé.

— Désolée. C'était pas poli.

— Pas grave, ai-je répondu en sortant mon Tupperware. Après tout, tu as été élevée chez les ploucs.

— Va te faire voir, a-t-elle dit en me lançant un bout de patate.

Il a rebondi sur ma clavicule avant de dégringoler dans mon décolleté.

— Tu l'as bien mérité !

En riant, j'ai sorti le clandestin de mon soutien-gorge.

Chloé a roulé sa part de pizza rectangulaire et a mordu dedans comme si c'était un burrito. Cette fois elle a attendu d'avoir avalé avant de parler.

— Ça y est, Grant t'a invitée au bal ?

— Non ! ai-je répondu en poignardant ma salade.

Les affiches étaient au mur depuis des semaines. Chaque fois que je passais devant, j'en avais des picotements partout. Grant tenait à moi, je le savais, alors je ne comprenais pas pourquoi il ne m'avait pas invitée. Mes vieilles craintes se réveillaient, prêtes à remonter à la surface.

— Je commence à croire qu'il ne veut pas y aller avec moi.

— Il ferait mieux de se dépêcher, a dit Chloé d'une voix bizarre.

J'allais répondre lorsqu'elle a bondi et crié :

— Elle est là !

Je me suis retournée juste à temps pour voir six garçons en maillot de football américain, cachés sous des masques de Stormtroopers en papier noir et blanc. Des années à me faire agresser m'ont fait paniquer lorsqu'ils m'ont soulevée.

— Du calme, a chuchoté l'un d'entre eux.

J'ai reconnu la voix de Rodney, un ami de Grant.

— On ne te fera pas de mal.

Chloé a surgi en brandissant son téléphone, elle filmait. Je me suis forcée à me détendre : de toute évidence elle était au courant. Les garçons m'ont hissée sur leurs épaules et m'ont sortie de la cafétéria sous des rires intrigués.

Mes ravisseurs ont ouvert les portes du gymnase d'un coup de pied. Grant était là, vêtu d'un tee-shirt à manches longues blanc et d'un pantalon noir à bandes blanches sur le côté. Près de lui se trouvait un type portant un masque en papier de Dark Vador et une cape noire bon marché, et un autre dans le costume de Boba Fett que j'avais donné à Grant après Halloween.

— Leia ! s'est exclamé Grant.

Il s'est précipité et il a fait mine d'être bloqué lorsque Vador et Fett l'ont retenu par les bras.

— Oh, mon Dieu ! ai-je répondu en riant.

Les Stormtroopers de l'équipe de foot m'ont déposée devant lui.

— Et s'il ne survit pas ? a demandé Boba Fett, d'un ton rauque et sans intonation.

— L'Empire vous dédommagera, a répondu quelqu'un, d'une voix tellement caverneuse que c'en était drôle.

J'ai cru reconnaître Parker, mais je n'en étais pas certaine.

— Un dernier mot, Solo ?

— Leia ! a crié à nouveau Grant.

Il se débattait avec beaucoup de conviction.

— Veux-tu bien m'accompagner au bal des anciens élèves ?

— Bien sûr !

Les mains sur le cœur, j'ai avancé de quelques pas. J'ai commencé à dire : « Je t'aime ! » puisqu'il s'agissait de la réplique suivante, mais j'ai marqué une pause. Nous ne nous l'étions pas encore dit, même si ces derniers temps je ne cessais d'y penser. J'ai déclaré à la place :

— Tu me plais ! Beaucoup !

— Je sais, a répondu Grant avec un sourire parfait à la Han Solo.

Je me suis demandé ce qui allait suivre, puisqu'il n'était pas question de le cryogéniser. Puis les Stormtroopers ont sorti des bombes aérosols, les ont secouées et nous ont tous les deux couverts de fils serpentins.

Quand je suis enfin sortie des toilettes après m'être débarrassée des serpentins qui me couvraient la tête et les mains, Dark Vador m'attendait.

— Dark Vador, ai-je dit. Cette félonie porte bien votre marque !

— Euh, a répondu Vador.

Il a retiré son masque. Dessous se trouvait Parker, une expression perdue sur le visage.

— Je ne connais pas la réplique suivante. Désolé.

— C'est pas grave.

Je me suis forcée à sourire. Parker était souvent aux mêmes fêtes que nous, ou accompagnait nos sorties en plus petit comité, mais il ne m'avait pas dit grand-chose depuis mes premiers jours à Lambertville.

— Merci d'avoir aidé avec tout ce… truc.

Le front plissé, il a contemplé ses pieds. Il s'est frotté la nuque, puis il a croisé mon regard avec une apparente difficulté.

— Je voulais te présenter mes excuses.

— Pourquoi ?

— Quand j'ai fait le con à cette soirée y a, genre, un million d'années, a-t-il répondu en détournant à nouveau les yeux. Je me sentais… Merde, on s'en fout. Je suis désolé, c'est tout.

— Oh.

Surprise, j'ai penché la tête.

— Merci.

— Ce n'est… De rien.

Il a pris une profonde inspiration et a fermé les yeux. Je me suis demandé ce qui lui trottait encore dans la tête.

— Je peux t'accompagner en cours ?

— Bien sûr.

Nous avons marché côte à côte. Il a gardé le silence quelque temps, cherchant de toute évidence ses mots.

— J'ai une question, a-t-il fini par déclarer.

— Vas-y.

— Qu'est-ce qui cloche chez moi ? a-t-il dit d'une voix bizarrement douce.

— Comment ça ?

— Qu'est-ce que Grant a que je n'ai pas ?

— Ooooh.

Je me suis mordu la lèvre et j'ai regardé mes pieds.

— Je ne sais pas comment répondre, Parker.

— C'est parce qu'il a été le premier à te parler, c'est ça ? a-t-il continué d'un ton anxieux.

J'ai haussé les épaules et je l'ai regardé de l'air le plus affectueux possible.

— Pourquoi je ne plais pas aux filles ? Pourquoi je ne te plais pas à toi ?

— Grant et moi, ça a collé. Mais toi et moi… non. Je ne sais pas comment l'expliquer autrement.

Nous sommes arrivés à ma classe et je me suis appuyée contre le mur, face à lui. Il regardait toujours droit devant lui. Il serrait la mâchoire.

— Est-ce que tu comprends ?

— Oui, a-t-il enfin répondu. Oui, j'ai pigé.

— Voilà ma classe, ai-je dit en montrant le laboratoire de chimie.

J'étais officiellement en retard. Parker a mis les mains dans les poches et s'est éloigné.

— Parker ?

Les sourcils haussés, il s'est retourné.

— Je suis contente qu'on ait discuté.

Il m'a adressé un petit sourire, puis il a hoché la tête et repris sa route.

Chapitre 23

Il était temps de trouver une robe.

Bien sûr, c'était la première fois que j'en achetais une pour une soirée, alors quand j'ai proposé d'aller au supermarché, Layla a piqué une crise. Elle voulait absolument que nous commandions nos robes sur ce site Internet basé à New York dont elle se servait chaque fois, mais c'était trop cher. En compromis, nous sommes allées dans la boutique JCPenney du centre commercial le plus proche, à une demiheure de là.

Layla portait un caban et des lunettes à verre opaque à la Jackie Kennedy, comme si quelqu'un allait la reconnaître et réduire en cendres sa réputation de fashionista. Nous autres, qui nous attendions à passer beaucoup de temps dans les cabines d'essayage, nous étions contentées d'un jean et d'un haut à fermeture Éclair.

— Allons manger quelque chose, ai-je déclaré lorsque nous sommes passées devant la zone de restauration.

— D'accord, a répondu Layla à contrecœur, mais pas trop. Et rien de salé ! Si vous êtes toutes gonflées, vos robes seront mal ajustées et au bal elles auront l'air toutes froissées.

— Quelle horreur, a répondu Chloé en tirant une chaise à côté de moi.

Layla l'a fixée d'un regard déterminé.

— Ça fait huit ans que j'essaie de te faire porter une robe. Désormais, tu es dans mon monde à moi.

— Ouais, ouais. Je veux des tacos.

— J'ai dit pas de sel ! a hurlé Layla en la poursuivant.

— Tout va bien ? m'a demandé Anna de sa petite voix, assise en face de moi.

— Euh, oui.

J'ai pris deux profondes inspirations et je me suis forcée à sourire. C'était la première fois que je me retrouvais dans un centre commercial depuis mon attaque dans les toilettes. J'essayais de ne pas y penser.

— En fait je suis très excitée.

Ce n'était pas vraiment un mensonge : je faisais du shopping avec mes amies ; je cherchais une robe pour un vrai bal où je serais avec mon vrai petit ami.

— Et toi ?

— Un peu stressée, a-t-elle répondu.

Elle a passé les doigts dans son rideau de cheveux lumineux et a pincé la bouche d'inquiétude.

— Tes parents ?

— Oui. Ça fait un an que j'économise l'argent qu'ils me donnent pour déjeuner, à leur insu. Je me sens mal de mentir.

J'avais envie de lui dire : *tes parents sont des abrutis qui ne te méritent pas*. À la place, j'ai déclaré :

— Tu as presque dix-huit ans. Ce n'est qu'une robe.

— Pas que. Tu devrais entendre ce qu'ils racontent sur Layla parce qu'on voit ses épaules !

Anna s'est caché le visage dans les mains et a gémi.

— Je fais une bêtise. Et s'ils trouvent la robe avant le bal ?

— Mais non. C'est ta vie, ton corps. Habille-le comme tu veux.

Chloé revenait avec un sac de tacos, Layla la suivait les épaules basses. J'ai souri.

— Et puis, je peux garder ta robe chez moi en attendant.

— Merci, a dit Anna d'un air reconnaissant.

— C'est franchement le moins que je puisse faire.

Chloé et Layla se sont assises et nous nous sommes toutes les quatre jetées sur ce tas de sodium.

— Maintenant, on m'écoute, a déclaré Layla.

Elle nous a rassemblées autour d'elle au milieu du rayon femmes.

— Je simplifie énormément, mais, sans vouloir vous vexer, avec vous je commence au début. Amanda est un printemps, Chloé un automne et Anna un été.

— Je suis aussi Scorpion ! ai-je répondu avec un sourire idiot.

— Pas d'impertinence !

Puis Layla a marqué une pause et ajouté :

— Attends, c'est vrai ? C'est bientôt ton anniversaire, alors.

— Vous savez que l'astrologie est une forme de sorcellerie ? a commenté Anna, les sourcils froncés.

— Anna, a dit Layla, je t'adore, mais chut.

Elle a fermé les yeux, pris une inspiration et continué :

— Chloé, je veux que tu gardes en tête les mots « tons nature ». Reste sur les verts et les marrons. Peut-être un bleu ou un rouge, mais il doit rester très sourd.

— Ça peut être sourd, une couleur ?

Layla a soupiré puis s'est tournée vers Anna.

— Anna, rapporte-moi tout ce qui sera d'une sorte de violet pâle : lavande, fuchsia, mauve, tu vois ce que je veux dire.

Anna a hoché la tête avec sérieux et elle est partie en quête sur ses petites jambes.

— Amanda, il te faut des tons joyaux et coucher de soleil. Profonds. Tu vois ce que je veux dire ?

— Compris, coach ! ai-je aboyé avant de partir entre les rayons.

— J'ai dit quoi à propos de l'impertinence ? m'a-t-elle lancé.

Dix minutes plus tard, j'ai rejoint la zone d'essayage avec une demi-douzaine de choix sur le bras. Chloé est sortie de l'une des cabines d'un air malheureux, échangeant une pile de robes marron et vertes pour une autre.

Je suis entrée dans une cabine mitoyenne à la sienne. Elle a gémi. J'ai tiré la langue devant une robe orange qui semblait prometteuse sur le rayon mais me faisait ressembler à un cône de chantier.

J'étais concentrée sur ce que je faisais, et Chloé rêvait probablement à l'uniforme de softball qu'elle mettrait au printemps, alors nous avons gardé le silence quelque temps. Puis elle a demandé :

— Où étais-tu, le week-end dernier ? Tu nous as manqué.

— Le week-end dernier ?

Ma voix a vacillé. Je me suis figée, la main sur mon dernier espoir, une robe violette avec un col bénitier très plongeant.

— Une amie d'Atlanta est venue et on a traîné ensemble…

J'ai marqué une pause. Je ne voulais pas lui mentir.

— Et avec Bee.

— Oh.

La robe violette était magnifique, mais bizarrement, j'avais perdu tout mon enthousiaste.

— Chloé, ai-je commencé avant d'être interrompue.

— Pas la peine. Ce n'est pas grave.

— Attends !

J'ai remis les robes sur leur cintre avec précipitation et je suis sortie de la cabine.

— Bee est aussi mon amie. Elle l'était avant que je sache pour vous deux.

— Ouais, a répondu Chloé en sortant à son tour. Tu lui plais, tu sais.

— Quoi ? On est amies.

— Plus qu'une amie, a-t-elle ajouté d'un ton morne.

— Allez, Chloé, ai-je dit en secouant la tête. Elle sait que je suis hétéro.

— J'en ai pincé pour des filles hétéros, a marmonné Chloé si bas que c'était presque inaudible.

— Mais… non.

J'ai secoué la tête pour chasser cette idée.

— Nous sommes juste amies, Chloé. Et on passait seulement du temps ensemble. Je ne pensais pas te blesser.

— Oui, bah dommage.

Près de cette pile de robes froissées, sous les lumières fluorescentes, elle semblait soudain si seule. J'avais envie de la serrer dans mes bras mais je n'étais pas sûre qu'elle me laisse faire. J'avançais vers elle quand Layla a surgi les mains pleines de cintres.

— Wouah ! s'est-elle exclamée.

Elle m'a pris le bras, m'a tirée devant le miroir et a détaillé la robe violette.

— Tourne, a-t-elle ordonné.

Je me suis exécutée.

— Est-ce que le col élargit mes épaules ? ai-je demandé en m'arrêtant.

Soulagée d'avoir autre chose à regarder que l'expression blessée de Chloé, j'ai contemplé mon reflet dans le miroir.

— Au contraire, il les réduit !

Elle a levé les yeux au ciel, mais elle souriait.

— Franchement, avec vous deux c'est comme recommencer à zéro. Je devrais vous donner un cours intitulé : « Comment être une fille ».

Elle a attrapé mes autres robes pour les rendre à la vendeuse. Chloé s'est réfugiée dans sa cabine.

Ses paroles cinglant à mes oreilles, j'ai longuement regardé la porte fermée. Je n'avais jamais été douée, comme garçon, et je n'avais pas aimé en être un, pourtant certains de leurs comportements avaient une forme de logique : quand les garçons étaient fâchés, ils le réglaient avec leurs poings, puis c'était terminé. J'avais blessé Chloé sans m'en rendre compte et, contrairement à un bleu, cela mettrait plus de quelques jours à guérir.

Chapitre 24

— Joyeux anniversaire !

Avec un grand sourire aux lèvres, Layla m'a fait signe du box qu'elle partageait avec Chloé.

— Merci.

Je me suis assise à côté de Chloé. Elle m'a adressé un petit sourire. Depuis notre dispute quelques jours plus tôt, nous n'avions pas beaucoup discuté, mais j'avais l'impression que le bleu s'estompait. Bientôt, espérais-je, il n'en resterait plus rien.

— Alors, qu'est-ce que ça fait d'avoir dix-huit ans ? a demandé Anna.

Me rappelant qu'elles ne savaient rien de mon année sabbatique, je me suis figée. J'avais dix-huit ans depuis un an déjà, pourtant je ne savais comment leur dire la vérité. C'était étrange de vivre une amitié aussi normale pour la première fois en gardant tout de même autant de secrets.

— Oui, a ajouté Layla. Tu as acheté des cigarettes, ça y est ?

Avec un pincement au ventre à l'idée d'une autre demi-vérité, j'ai haussé les épaules.

— Je ne fume pas.

À cause de mon traitement hormonal, fumer pouvait me créer des caillots de sang mortels. Ça non plus, je ne pouvais pas le leur dire.

— Moi non plus, a dit Layla, mais tu as le droit, et c'est un de ces jours à marquer d'une pierre blanche. Ce qui me rappelle…

Elle a sorti de sous la table un petit paquet emballé dans du papier d'argent.

— On a toutes participé ! a lancé Anna qui sautillait presque sur son siège.

— Les filles ! me suis-je exclamée, balayée par l'émotion. Ce n'était pas la peine !

— On l'a fait quand même, a dit Chloé.

Tout en dénouant le ruban, j'ai tenté de croiser son regard. Je voulais m'assurer que tout allait bien entre nous, mais comme d'habitude, son expression était indéchiffrable.

— Joyeux anniversaire.

Dans la boîte, j'ai trouvé une paire d'améthystes montées en puces d'oreilles qui s'accordait parfaitement à ma robe de bal et qui brillait doucement sous le soleil de fin de matinée.

— J'adore ! me suis-je exclamée avant d'ajouter tristement : Mais je n'ai pas les oreilles percées…

— On sait ! On t'y emmène, a dit Anna d'un ton joyeux. Nous avons promis à Grant de t'occuper pendant qu'il prépare ton cadeau.

— Quoi ? Qu'est-ce que c'est ? ai-je demandé, intriguée.

— Ne change pas de sujet, a dit Layla en se tapotant les doigts comme un méchant de dessin animé. Et crois-moi, tu as intérêt à venir sans faire d'histoires.

Le studio de tatouage Rebel Yell était un petit carré de briques construit sur un parking de graviers criblé d'ornières. Lorsque nous sommes entrées, une petite cloche joyeuse a résonné, à peine audible à cause de Molly Hatchet qui s'époumonait dans la chaîne audio.

— Salut, Riley ! a lancé Layla.

Une fille maigre comme un clou, aux cheveux courts et verts, avec des expanders aux lobes, l'a serrée de toutes ses forces dans ses bras.

— C'est ma cousine Riley, a dit Layla en souriant, un bras autour de ses épaules. C'est la fille la plus cool du monde.

— Mais nan, a répondu Riley en lui rendant son sourire.

Elle s'est tournée vers nous.

— Alors, qui est la victime du jour ?

Layla m'a pris le bras.

— C'est elle, Amanda.

— Heureuse de te rencontrer, Amanda. C'est Rod qui va s'occuper de toi, il prendra bien soin de toi.

Riley a crié son nom et un homme chauve en chemise à carreaux rouges est arrivé.

— Salut, a dit Rod en souriant.

Il a indiqué le siège.

— Qu'est-ce qui te ferait plaisir ? Un piercing au cartilage, on démarre une extension du lobe ?

— Oh non, a dit Layla, elle n'a même pas les oreilles percées.

— Une pucelle ! s'est exclamé Rod.

Je me suis empourprée.

— Ne t'inquiète pas, tu es au bon endroit. Je sais que ça peut être un peu intimidant, ici, mais nous allons prendre bien soin de toi.

Layla a jaugé mon air anxieux. Elle m'a montrée du doigt, puis le fauteuil dont j'ai agrippé les bras comme si j'étais sur une montagne russe. J'ai fermé les yeux et tenté de contrôler ma respiration.

— Ne me prévenez pas quand ça commence, ai-je dit.

J'étais focalisée sur le bruit de l'aiguille que Rob sortait du plastique. Je me suis concentrée sur des choses plus agréables : à cet instant, le garçon de mes rêves me préparait une surprise pour mon anniversaire, des amies qui me connaissaient bien étaient déterminées à m'apporter tout ce dont je rêvais. Je ne me souvenais pas de la dernière fois où j'avais eu envie de fêter mon anniversaire, mais pour la première fois depuis longtemps, j'avais l'impression d'avoir quelque chose à célébrer.

— Essayez de me distraire.

— D'accord, a dit Layla d'un ton malicieux.

Il y a eu un silence, puis elle a repris :

— Tu sais qu'Anna et moi faisons partie du comité d'organisation du bal des anciens élèves ?

— Oui ?

— On t'a nominée comme reine du bal !

Je n'ai même pas senti l'aiguille.

Chapitre 25

Lorsque les filles m'ont déposée près du chemin qui menait à la cabane dans les bois, j'avais encore les oreilles douloureuses. Je savais qu'elles ne me diraient pas ce que Grant avait préparé, alors je suis sortie de la voiture sans protester. J'ai souri quand Layla m'a sifflée puis qu'elle a redémarré en faisant crisser ses pneus. Une fois la voiture disparue, je me suis engagée sur le sentier. Mon sweat à capuche n'était pas d'une grande protection contre l'air frais du lac.

Si tard en novembre, les sous-bois étaient sans vie. Des piles de feuilles mortes dissimulaient le sentier. J'ai entendu une musique au loin et je l'ai suivie jusqu'à son origine. Dans la clairière, le lac scintillait comme du cristal sous le soleil de la fin d'après-midi. J'ai mis un instant à reconnaître Grant, appuyé contre l'arbre, en train de jouer avec un briquet.

Il portait un costume noir dont les boutons luisaient. Il avait ramené ses cheveux en arrière et s'était rasé. J'adorais sentir sa petite barbe sur ma peau, mais ses joues lisses lui donnaient un air de prince charmant. J'ai fait un pas vers lui.

— Wouah ! Je veux dire, salut. Apparemment tu as préparé quelque chose ?

J'ai reconnu la bande originale d'*Amélie Poulain* et souri.

— Ton cadeau d'anniversaire.

Il s'est frotté la nuque d'un air embarrassé. Il a montré l'échelle. En haut, un drap blanc recouvrait la plate-forme, où étaient posées deux assiettes. Des bougies brillaient sur le rebord.

— Surprise !

Je l'ai serré dans mes bras et l'ai embrassé.

— Qu'est-ce que ça sent ? ai-je demandé. Ça a l'air délicieux.

— *Sole meunière*[2], a dit Grant. J'espère que je l'ai bien prononcé.

Pas vraiment, mais c'était mignon.

— Et il y a de la salade de pommes de terre chaude et des courgettes à l'huile d'olive.

Nous avons entrelacé nos doigts. Je me sentais tellement bien, c'était comme être allongée sous le soleil printanier, et à la fois se jeter dans l'eau froide après une bonne séance d'exercices.

— Je me suis souvenu de ce que tu as dit quand on a regardé *Amélie Poulain*, que tu voulais vivre à Paris un jour, alors je me suis dit que je ferais venir la France à toi pour la soirée.

— Grant, c'est merveilleux. Je ne sais pas quoi dire.

2. En français dans le texte.

Il me dévisageait.

— C'est un peu ce que je ressens tout le temps avec toi.

Il a écarté les lèvres, nous nous sommes regardés. Pendant un instant, nos yeux ont papillonné, nous avons savouré la présence de l'autre.

Il m'a embrassée. J'ai fermé les yeux, frôlant son col du bout des doigts. J'ai souri, lui ai mordu la lèvre et j'ai commencé à déboutonner sa veste. Il l'a retirée et a interrompu notre baiser le temps de bien la pendre à une branche d'arbre.

— Désolé, a-t-il dit. Mais c'est mon seul costume, je ne veux pas l'abîmer. Au moins jusqu'au bal.

En silence, j'ai glissé le doigt sous sa cravate et je l'ai entraîné jusqu'au tronc d'arbre. Il a d'abord protesté, il craignait que le dîner ne refroidisse, mais je n'avais pas faim. J'ai dénoué sa cravate et l'ai jetée sur la même branche que sa veste. Il a mis la main sur ma cuisse. J'avais la mienne contre son torse, j'adorais la fermeté de ses muscles sous sa chemise, la différence entre nos corps, surtout. Nous n'avions rien en commun, pourtant lorsqu'il m'embrassait, nos différences se rejoignaient et nous n'étions plus qu'un seul être qui s'explorait et qui en frissonnait de joie.

Il a glissé la main sous ma cuisse. Je n'étais pas habituée, alors d'instinct je me suis raidie. Il m'a regardée avec de grands yeux et je me suis lentement relaxée. J'ai hoché la tête ; nous avons repris notre baiser. Ses doigts qui dansaient le long de ma cuisse ont trouvé le haut de mon legging. Il l'a baissé doucement. Nous avons tous les deux regardé mes jambes qu'il dévoilait. Elles étaient pâles, mais longues et fuselées. Sa réaction à leur vue me faisait les aimer encore plus. Il a remonté la main sur mon mollet jusque sous ma cuisse. J'étais stupéfaite de réaliser ce que cela faisait, d'être touchée. J'ai repensé à cette pauvre fille qui avait tenté de se tuer. Je voulais qu'elle le voie, qu'elle le ressente, qu'elle comprenne qu'un jour non seulement elle se sentirait bien dans son corps, mais qu'elle vivrait de belles choses grâce à lui.

Il m'a embrassée sur la nuque, j'ai déboutonné sa chemise et l'ai fait glisser le long de ses bras. Il avait le corps fin et fort, pas celui d'un mannequin, ni d'une star de cinéma ni même d'un athlète, mais musclé par un travail long et pénible. J'ai retiré mon sweatshirt. Je ne craignais rien. Rien du tout. Nous nous sommes regardés longuement avant de prendre une décision silencieuse. Je me suis levée et j'ai retiré ma jupe pendant qu'il se penchait et se débarrassait de son pantalon. Nous nous sommes regardés à nouveau. J'avais le soufflé coupé.

Je me suis mordu la lèvre, puis j'ai dégrafé mon soutien-gorge et l'ai laissé tomber par terre. Il ouvrait de si grands yeux que j'y voyais mon reflet. Et la fille que j'y apercevais était belle et me souriait. Il m'a prise par les bras et m'a ramenée vers le sol. J'ai gloussé lorsqu'il a passé les doigts sur mon ventre en grimpant au-dessus de moi.

Il m'a embrassée à nouveau. Je l'ai enlacé. Il a passé les doigts le long de mes côtes, me chatouillant. J'avais besoin de tout mon sang-froid pour ne pas rire et me tortiller. Puis il est descendu sur mes hanches, et encore plus bas. Je ne l'ai pas arrêté, mais j'ai inspiré brutalement et je me suis raidie. Il a ouvert les yeux d'un coup et, l'air inquiet, il s'est hissé sur les coudes.

— Est-ce que c'est ta première fois ? a-t-il demandé.

Comme je détournais les yeux, il m'a touché la joue et a ramené mon visage vers lui.

— Bien sûr que oui. Tu m'as dit que j'étais ton premier baiser. Pardon.

— Ce n'est rien, ai-je répondu en me mordant la lèvre.

Je savais où je voulais aller avec lui ce soir, mais maintenant que nous étions sur le point de le faire, j'avais peur.

— D'accord.

Il a roulé sur le côté et m'a caressé la joue.

— Tu veux qu'on ralentisse ?

— Oui, ai-je dit, reconnaissante qu'il comprenne. C'est merveilleux, mais oui.

— Ce n'est pas un problème. Absolument pas.

Il s'est allongé sur le dos. Nous avons entrelacé nos doigts et nous avons regardé le ciel passer de l'orange au violet puis au noir, dans la chaleur de l'autre, dans le bruit de sa respiration.

— J'ai réfléchi à l'avenir, a dit Grant.

Je me suis tournée vers lui. Il contemplait la voûte étoilée au-dessus de nous.

— Je ne peux pas aller à l'université de New York, bien sûr, mais j'ai discuté avec la conseillère d'orientation. Elle m'a dit que si je remontais mes notes, je pouvais obtenir des bourses et aller à la fac publique. Peut-être même que je n'aurais pas à demander de prêt.

— Génial !

Je me suis recroquevillée contre lui et j'ai posé la main sur son cœur. Il battait si vite. Je n'ai pas demandé ce qu'il avait l'intention de faire au sujet de sa famille. Pour une fois, je voulais qu'il ne pense qu'à lui.

Il a tourné la tête vers moi. Nos nez se sont retrouvés l'un contre l'autre et j'ai eu les yeux qui se croisaient.

— Je me disais, aussi, que je pourrais me servir de cette aide financière pour m'acheter un ordinateur. Alors quand tu seras à New York, on pourrait communiquer par Skype.

— Peut-être que tu pourrais venir me rendre visite.

— Peut-être. Ce serait bien.

— Et peut-être…

Les lèvres à quelques centimètres des siennes, j'ai baissé les paupières.

— … qu'une fois que tu auras eu que des bonnes notes là-bas, tu pourrais te faire transférer à ma fac. On partagerait un appartement.

— Mais pour l'instant, a-t-il dit en m'attirant contre lui et me volant un baiser, on est très bien comme ça.

J'ai hoché la tête pour lui faire comprendre que oui, j'étais reconnaissante d'être avec lui ici, maintenant. Mais j'avais déjà des idées plein la tête, un avenir que je m'autorisais à peine à envisager. Grant et moi nous tenant par la main dans les rues de New York, allongés sur une couverture à Central Park, moi lisant un livre de cours tandis qu'il faisait la sieste à mes côtés. Je savais que nous n'étions qu'au début de notre relation, pourtant je ne pouvais m'empêcher d'imaginer ce que cela serait d'être avec lui jusqu'à la fin.

— Je veux que tu sois mon premier, ai-je dit en me mordant l'intérieur de la joue. Quand je serai prête, je veux que ce soit avec toi.

— Pas de précipitation, a-t-il répondu, le visage contre mon épaule. Nous avons tout notre temps.

Août, deux ans plus tôt

— Tu es sûre de vouloir venir ? a lancé ma mère du salon. Depuis le temps, je sais à peu près ce que tu aimes.

— Je ne suis pas sortie de la maison de tout l'été ! ai-je répondu.

J'ai tourné la tête accidentellement, ce qui a étalé de l'eye-liner jusqu'à mon sourcil.

— Merde !

J'ai pris une grande inspiration et fermé les yeux. Cela aurait dû être facile. Je dessinais et peignais depuis la maternelle. Mais rien n'était facile, pas dans cet entre-deux. Les hormones que je prenais n'avaient pas encore terminé leur travail et je ne serais pas assez âgée pour me faire opérer avant l'été suivant.

J'ai ouvert les yeux et j'ai regardé dans le miroir posé sur mon bureau. J'avais toujours les cheveux courts à la garçonne, bien que les hormones aient accéléré leur pousse. Mon œil droit était à nu alors que le gauche était entouré d'ombre à paupières et de pâtés d'eye-liner. Il y avait deux cercles rouges sur mes joues, comme les personnages de dessin animé quand ils sont embarrassés. J'ai regardé ma bouche se tordre et mes paupières trembler. Les larmes me sont montées aux yeux. Si elles débordaient, je devrais tout recommencer, mais je me sentais si désarmée, si bête que je me demandais quel en était l'intérêt, de toute façon. Ma mère a frappé doucement à ma porte.

— J'ai changé d'avis.

J'ai essayé d'avoir l'air calme, mais j'ai gémi de façon pathétique.

— Tu pleures.

— Non, ça va-a.

— Ne me mens pas. Tu as dix secondes avant que j'entre, alors si tu dois te rendre décente, c'est le moment.

Sans cesser de renifler, je me suis traînée jusqu'à mon lit et me suis affalée sur le rebord. Guenièvre, ma chatte, a bondi sur le matelas et m'a donné des coups de tête dans l'épaule. Ses ronronnements me réconfortaient à peine. La porte a grincé. Quand ma mère est entrée, j'ai regardé ses sandales blanches. Elle s'est assise près de moi et m'a pressé l'épaule de sa main douce et ronde.

— J'ai l'air d'un clown, ai-je dit. Je ne suis plus ni une fille ni un garçon. Je suis cassée, c'est tout. Il aurait mieux valu que je meure.

— Mieux pour qui ?

Elle a resserré sa prise. Je me suis tournée vers elle ; il y avait une dureté dans son regard qui semblait déplacée sur ses traits doux.

— Tout le monde sauf toi, d'accord, ai-je murmuré.

J'ai détourné les yeux et elle a desserré le poing.

— Tu ne ferais pas de mal à ta maman, hein ?

— Non, ai-je marmonné.

— Tu me promets de ne plus… jamais ?

— Promis.

— C'est bien.

Elle m'a pris les épaules et m'a forcée à me tourner vers elle. Elle était à nouveau douce et tendre.

— Les filles Mason ne renoncent jamais.

— Je suis aussi une Hardy.

— Oui, eh bien la mère de ton père était une sacrée vieille peau, alors elle compte aussi.

J'ai souri malgré moi.

— Allez, voyons quel est le problème.

Elle a mis les doigts sous mon menton, a fait tourner mon visage d'un côté puis de l'autre avec une expression pensive.

— Seigneur, Amanda, tu en as mis une sacrée couche ! Qui t'a dit que tu en avais besoin d'autant ?

— Internet, ai-je répondu avec embarras.

Ma mère a grogné du fond de la gorge.

— Internet dit beaucoup de bêtises, ma chérie. Tu te souviens de Hank ?

— Le type qui vendait des produits de beauté ?

— Oui. D'après Internet, nous étions faits l'un pour l'autre, et regarde comment ça s'est terminé.

Plein de taches de crème hydratante sur mon tapis et je suis toujours célibataire !

J'ai ri, j'en ai oublié mes yeux brûlants et gonflés. Avec les lingettes démaquillantes posées sur mon bureau, elle m'a doucement frotté le visage comme quand j'étais petite.

— Le maquillage a beaucoup d'utilités. L'une d'elles est de souligner tes yeux, tes joues et tes lèvres afin qu'ils ressortent un peu, te donnent cette aura féminine que les garçons croient naturelle. Voilà.

— Et les autres ?

— Se rajeunir, a-t-elle répondu sans lever les yeux. Mais toi, si tu avais l'air plus jeune, les gens se demanderaient pourquoi je t'ai sortie de ton berceau.

J'ai ri. Ça paraissait naturel. C'était cet instant que j'avais voulu partager avec ma mère depuis que j'étais assez grande pour avoir des désirs.

— Arrête de bouger ! Maintenant, ferme les yeux.

J'ai obéi. Le bout de sa langue ressortait au coin de sa bouche et elle plissait les yeux. Elle a tracé de longs traits gracieux sur mes paupières.

— Maintenant, ouvre, et regarde en l'air.

Elle a passé le pinceau sur le rebord de chaque œil.

— Tu sais, quand j'étais enceinte, je pensais attendre une fille.

J'ai haussé d'un coup les sourcils. Elle a étranglé un rire puis a fait un bruit de reproche, alors je me suis forcée à reprendre l'air neutre.

— J'étais un peu triste quand tu es arrivée sous la forme d'un garçon. Je ne voulais pas revivre l'épreuve de la grossesse et j'avais peur de ne jamais apprendre tout ça à qui que ce soit.

— Moi aussi.

J'ai fermé les yeux pendant qu'elle me mettait du blush sur les joues.

— J'avais peur, moi aussi.

— Et tu as toujours peur ?

J'ai ouvert les yeux. L'inquiétude avait effacé son sourire.

— Oui. Pas autant. Différemment. Je n'ai plus peur de vivre, mais j'ai peur que les gens me fassent du mal.

— Au moins tu es aussi intelligente que je l'ai toujours su. Dans ce monde, être une fille, cela signifie avoir peur. Ça va te garder en sécurité. En vie.

— C'est si dur que ça ?

Elle m'a passé du baume sur les lèvres.

— Peut-être pas. Qui sait ? Le monde a changé. Quand tu m'as parlé de ton… cas, j'étais surtout triste que tu aies à subir les problèmes d'une fille. Regarde-toi dans le miroir.

— Oh, ai-je dit en voyant mon reflet.

J'ai frôlé la glace du doigt. Des traits bordeaux autour de mes yeux, quelques touches pêche sur mes pommettes, du gloss marron-rouge sur mes lèvres, et comme par magie, le visage qui se reflétait m'était inconnu. C'était celui que j'aurais toujours dû avoir.

Un vertige m'a balayée. Je me suis appuyée contre le mur et me suis rattrapée à une étagère non loin. J'avais mal aux joues, à nouveau les larmes aux yeux, mais c'était différent.

— Tout va bien ? m'a demandé ma mère en me rejoignant.

— Je dois faire une réaction allergique. Je me sens bizarre… J'ai l'impression de flotter, la tête qui tourne.

— Tu n'es pas malade, ma chérie.

Ma mère m'a embrassée sur la joue et m'a serrée si fort que j'ai eu peur qu'elle ne me casse une côte.

— C'est de la joie.

Chapitre 26

— Amuse-toi bien ce soir, a dit mon père lorsque nous sommes arrivés sur le parking du lycée.

La rencontre de football américain s'était terminée quelques heures plus tôt, sur une victoire au quatrième quart temps. Je n'avais plus de voix à force de crier pour soutenir Grant, mais j'étais heureuse. Je portais la robe violette qui me tombait jusqu'aux genoux, les améthystes que les filles m'avaient offertes pour mon anniversaire et de petits talons dorés. Avec eux, j'étais de la même taille que Grant, voire un peu plus grande, mais pour une fois je m'en fichais.

— Merci de m'avoir emmenée, ai-je dit, la main sur la poignée.

J'avais été distraite par Anna qui venait chercher sa robe, puis j'avais passé trop de temps à me coiffer et me maquiller, alors j'étais en retard. Je devais retrouver Grant, les filles et leurs cavaliers pour nous faire photographier sur les pelouses du campus ; une tradition, avais-je appris plus tôt.

— Attends, Amanda, a dit mon père alors que je sortais de la voiture.

Il avait un ton sérieux. J'avais peur qu'il ne me fasse encore un sermon.

— Il faut que j'y aille.

Je voyais Anna qui courait vers moi en me faisant de grands signes.

— Je voulais simplement te dire, a-t-il continué en bredouillant, maladroit.

Il a ajouté sans me regarder :

— Tu es très belle, ce soir.

— Oh. Merci.

J'en étais rouge de fierté.

— Et sois prudente ! a-t-il lancé avant que je ferme la porte.

Mais on aurait plus dit de l'instinct, quelque chose que tous les pères disent à leur fille.

— Amanda ! a crié Anna.

Elle m'a rejointe avec un grand sourire malicieux.

— Regarde ! Chloé porte une robe !

Je me suis tournée vers la pelouse, que le soleil couchant baignait d'une chaude lueur dorée. Chloé était dans une robe sans manches, d'un rouge qui s'accordait à ses cheveux : tout à fait ce que Layla avait recommandé. J'étais émerveillée par les muscles déliés de ses bras. Combien elle était jolie avec les cheveux lissés et cette touche de maquillage… ou du moins combien elle aurait été jolie si elle avait été moins renfrognée et si elle ne traînait pas les pieds. Je comprenais ce qu'elle ressentait, bien sûr, car je l'avais ressenti chaque fois que j'avais dû porter des vêtements de garçon.

— Ferme-la, a-t-elle dit.

Grant est arrivé quelques minutes plus tard dans son costume bien propre et repassé. Avec un regard appréciateur, il a sifflé quand il m'a vue. Je ne m'étais jamais sentie plus belle. Je l'ai embrassé, puis nous nous sommes placés pour les photos, bras dessus, bras dessous, comme si nous tenions le plus beau des cadeaux. Nous avons souri à en avoir mal aux joues.

Le comité d'organisation, sous la direction d'Anna et Layla, avait établi comme thème le « retour des héros » et avait transformé notre gymnase lugubre et délabré en une scène de *L'Odyssée*. Les murs étaient décorés de profils de héros grecs vainquant des monstres qui cachaient les gradins repliés. Au plafond étaient pendus des serpentins bleus entrecoupés de silhouettes en carton d'hydres et de créatures marines. Sur la scène à l'autre bout de la salle, le DJ portait même une toge.

J'ai entraîné Grant au centre de la foule et j'ai dansé avec lui sur « All Night » d'Icona Pop qui était hurlé par les enceintes. Chaque fois que les paroles déclaraient que nous détenions les clés du paradis, quelque chose vibrait en moi. C'était un miracle que je sois là, contre le garçon que j'aimais tant. Je l'ai serré contre moi, j'ai enfoui mon visage dans son cou et j'ai inspiré son odeur. J'ai compris la force de ce que j'éprouvais pour lui.

Je l'aimais. Je le savais, désormais. J'ai essayé de le lui dire, mais le vacarme me rendait muette. Il a penché la tête, j'ai ri et je l'ai embrassé. Nous pourrions en parler plus tard. J'ai songé à ce qu'il avait dit l'autre soir : *Nous avons tout notre temps.* Nous avons dansé une chanson après l'autre, mes cheveux s'échappaient de ma coiffure si élaborée et la sueur les collait à mon front, mes chaussures neuves me faisaient mal aux pieds, mais je m'en fichais. Enfin, la fatigue nous a forcés à ralentir. J'ai embrassé Grant et je suis allée aux toilettes.

Après l'humidité du gymnase, les couloirs me faisaient l'effet d'une crypte. Le bruit de mes pas se répercutait sur les casiers et l'air frais me donnait la chair de poule. En entrant dans les toilettes, j'ai marqué une pause quand j'ai vu Bee appuyée sur le lavabo, les yeux fermés.

— Oh, salut ! ai-je lancé.

Elle a souri et vacillé. Elle avait les yeux et les joues rouges.

— Salut, a-t-elle répondu d'une voix un peu pâteuse.

— Tout va bien ?

— Ouais.

Elle a cligné des yeux plusieurs fois, a ri et s'est tenue au lavabo.

— Ouais, tout va bien. Mais toi, ça ?

— Bien sûr !

Je l'ai serrée dans mes bras.

Elle s'est laissée aller et a soupiré de bonheur, puis elle m'a repoussée et m'a regardée droit dans les yeux.

— Mais toi, ça va ? a-t-elle répété. Vraiment ?

— Pourquoi ça n'irait pas ?
— Grant sait ?

Elle a regardé autour d'elle et a chuchoté peu discrètement :

— Au sujet de… tu sais.
— Non…, ai-je répondu, surprise.

Nous n'avions pas parlé de mon secret depuis notre week-end avec Virginia. Je me demandais où elle voulait en venir.

— J'ai essayé de le lui expliquer, mais il a dit qu'il n'avait pas besoin de savoir. Pourquoi ?
— Tu devrais être avec quelqu'un avec qui tu peux tout partager, a-t-elle déclaré très vite.

Soudain, je me suis souvenue de ce que Chloé m'avait affirmé au centre commercial.

— Tu es trop intéressante et complexe…
— Merci, mais…
— Grant est basique et normal.

Elle a vacillé et m'a planté un doigt sur la poitrine.

— C'est ça, ton problème. Tu fais tout ce que tu peux pour être ennuyeuse, pour impressionner des gens ennuyeux…
— Ce n'est pas vrai, ai-je dit avec un pincement au ventre.
— Si, a répliqué Bee en hochant la tête.

Puis avant que je puisse l'en empêcher, elle a saisi le col de ma robe et m'a embrassée. J'ai tout de suite reculé.

— Ça ne va pas, Bee ? me suis-je exclamée d'une voix aiguë. Qu'est-ce que tu fais ?
— Oh, arrête.

Elle avait les joues si rouges qu'elles en brillaient presque.

— Tu t'es persuadée, et tu as persuadé tout le monde, que tu es cette fille tout à fait ordinaire et réservée, alors que tu pourrais être bien plus !

— Peut-être que je suis ordinaire ! ai-je rétorqué.

Bee a fait la moue et tremblé comme si je l'avais frappée. J'ai compris que, sous ses airs bravaches et les vapeurs de l'alcool, se trouvait une fille qui s'était rendue vulnérable et venait de se faire rejeter. J'ai pris une profonde inspiration et, sur un ton plus doux, j'ai ajouté :

— Écoute, Bee, je suis désolée si je t'ai donné l'impression que…

— Oh, bien sûr, tu es *désolée* !

— Si je t'ai donné l'impression qu'il pourrait se passer quelque chose entre nous. Mais j'aime les garçons. Seulement les garçons.

Elle a regardé ses pieds pendant un long moment. Elle a reniflé et j'ai cru qu'elle allait pleurer, pourtant lorsqu'elle a levé les yeux, je n'ai pas vu de larmes.

— Bee…, ai-je continué.

Je voulais calmer la situation, mais l'ouverture brusque de la porte des toilettes m'a interrompue et Anna est entrée à toute vitesse.

— Te voilà ! s'est-elle exclamée en m'attrapant le bras. On te cherchait partout !

— Donne-nous un instant ? Nous…

J'ai tenté de protester, mais Anna m'entraînait déjà vers la porte.

J'ai jeté un dernier regard à Bee, espérant que tout irait bien.

— Que se passe-t-il ? ai-je demandé.

Anna s'est contentée de secouer la tête et je savais, après le kidnapping des boucles d'oreilles, que cela ne servait à rien de poser des questions.

— La voilà ! a crié Layla lorsque nous avons passé la porte et qu'un projecteur m'a éclairée.

Mon regard s'est ajusté à la lumière et je me suis rendu compte que tout le monde me dévisageait. Grant a surgi près de moi et m'a pris la main avec un sourire de petit garçon.

— Tu as raté l'annonce !

— Quelle annonce ?

Dans le silence soudain du gymnase, ma voix était étrangement forte.

— Celle de la reine du bal ! s'est exclamée Layla.

Elle tenait une tiare argentée qui scintillait sous la lumière. Elle a sauté de l'estrade. Elle a mis longtemps à arriver jusqu'à moi ; lorsqu'elle s'est enfin dégagée de la foule et m'a posé la tiare dans les cheveux, mon cœur battait si fort que j'ai cru que j'allais en mourir. Elle m'a serrée dans ses bras, m'a murmuré : « Félicitations ! », puis Grant et elle m'ont guidée jusqu'à un cercle vide au milieu de la foule. La musique a repris, mais je ne l'entendais pas. Je ne voyais que des visages souriants tournés vers moi. Celui de Grant était le plus lumineux. J'étais dans mon propre corps, aimée, acceptée, et je me sentais si bien que c'en était irréel. Rien de tout ça n'arrivait à des filles comme moi. Ça ne pouvait être vrai.

La voix de Bee m'a ramenée à la réalité, presque inaudible, alors qu'elle criait par-dessus la foule et la musique. Autour de moi, tout le monde s'est tourné d'un air surpris vers l'estrade. Elle a attrapé le micro, tenant à peine sur ses pieds, son regard vitreux ébloui par les projecteurs.

— Saluuuut tout le monde, a-t-elle dit. Bravo l'équipe ! Vive le sport !

Elle a trébuché mais s'est vite rattrapée, la tête baissée. Le grésillement violent du micro nous a tous fait grimacer.

— Elle est soûle, a dit Grant.

Je me suis agrippée à son bras et j'ai regardé autour de moi. Les réactions étaient partagées, de la colère, de la surprise, des rires. Les chaperons ont paniqué et l'un d'entre eux était en train de traverser le gymnase.

— Hé, je n'ai pas beaucoup de temps, a dit Bee en le montrant de la main, alors je vais faire vite. Je déteste cette ville de merde, ce bahut, et je vous déteste tous. Vous savez pourquoi ? Parce que vous pourriez être géniaux. Il y en a tellement parmi vous qui sont à, genre, deux doigts d'être grave cool, mais vous avez tellement peur de tout et de rien que vous faites semblant d'être normaux.

Un iceberg s'est formé au creux de mon ventre. J'ai serré le bras de Grant plus fort et il a déposé un baiser au-dessus de mon oreille.

— Eh bien ce soir, c'en est fini de tout ça. Callie a avorté deux fois ! a-t-elle crié en montrant une fille ronde près de la scène.

Elle s'est tournée vers un garçon mal coiffé près du punch.

— Austin est homo !

Les gens ont commencé à murmurer. À avoir peur.

Bee a fait le tour des personnes dans le gymnase à toute vitesse.

— Couche avec le prof de bio ! Dealer !

Son doigt s'est arrêté sur Chloé qui a levé les yeux et s'est renfrognée en entendant son nom.

— Lesbienne !

Le surveillant avait été ralenti par la quantité de personnes autour de l'estrade, mais il n'était plus loin, à quelques mètres des marches. Bee s'est montrée du doigt et a crié :

— Bi et salope !

Puis moi.

— Mais j'ai gardé le meilleur pour la fin ! Regardez donc notre reine du bal ! N'est-elle pas mignonne ? N'est-elle pas belle ? Elle a une vie de rêve, non ? Je parie qu'un paquet de mecs pensent à elle, sous la douche. Intelligente, jolie, sans être collante ni intimidante… Elle est tout ce que cet endroit de merde veut qu'une fille soit.

Le surveillant montait les marches. Je frissonnais. Grant m'a serrée contre lui et à cet instant, je l'ai aimé si fort.

— Mais devinez quoi : votre reine, c'est un roi !

Le silence s'est fait. Seuls résonnaient les pas du surveillant qui a enfin atteint l'estrade et pris le micro de Bee.

Quelques-uns avaient l'air perdus, mais la plupart ont pris ça pour une blague. Lorsque les regards se sont tournés vers moi, j'avais les mains qui tremblaient. Les murmures ont commencé. D'abord indifférent à ce qu'il croyait être une étrange plaisanterie, Grant a vu mon expression.

— Non…, a-t-il dit lorsqu'il a compris, troublé et horrifié.

Je voulais dire quelque chose, prendre le temps, empêcher les prochaines minutes de se dérouler comme je m'y attendais. Mais je n'ai pas réussi.

Je me suis enfuie.

Chapitre 27

— Amanda, attends ! a crié Grant.

Je l'entendais à peine lorsqu'il m'a pris le bras et m'a retenue juste devant les portes du gymnase. Je me suis débattue un instant, puis je me suis tournée vers lui.

— Ce n'est pas vrai, hein ? a-t-il demandé en me lâchant. C'est une blague que vous avez préparée pendant que vous étiez défoncées ?

— Tu as promis de ne jamais me détester, ai-je murmuré, les yeux baissés vers son torse.

Bizarrement, cette réponse lui a suffi. Un muscle de sa mâchoire a sauté et j'ai entendu ses dents grincer.

— Tu as promis que tu ne regretterais rien.

— *Quoi ?* a-t-il dit en faisant un pas.

J'ai reculé, manqué trébucher. J'avais la nausée. Les larmes lui sont montées aux yeux.

— Tu es un garçon ? Merde, je me souviens de ce que j'ai dit, mais comment tu peux être un garçon ?

— Je ne suis pas un garçon, ai-je répondu tout bas.

Pour la première fois, j'ai remarqué la foule derrière nous qui tendait l'oreille.

— Je suis…

J'ai dégluti.

— Je suis née garçon.

Nous avons tous les deux gardé le silence.

— Quoi ? a répété Grant plus fort. Ça veut dire quoi ? Est-ce tu as… Tu as un pénis ?

— À ton avis ? ai-je dit d'une voix rauque. Je pense que tu l'aurais remarqué.

— Je ne sais pas comment ça marche ! a-t-il répliqué, les épaules affaissées. Et tu ne me réponds qu'à moitié chaque fois ! Tu en as un ou pas ?

— Quelle importance ? ai-je cinglé en croisant son regard.

Cette fois, c'est lui qui a évité le mien.

— Ce qu'il y a entre mes jambes, ça n'est plus tes affaires, si ?

— Non, a-t-il répondu.

À ce simple mot, mon cœur s'est brisé.

— Mais qu'est-ce que ça veut dire ? Est-ce que…

Il a pris une inspiration et il a ajouté :

— Est-ce que je suis gay, alors ?

— Non, ai-je répondu tout bas. Quelle chance pour toi !

Il a remarqué alors les gens qui nous entouraient et il a pâli. Il a commencé à dire autre chose, mais j'ai secoué la tête. Je voulais être seule, au calme, peut-être sur l'herbe mouillée où je pourrais regarder le ciel d'automne, m'allonger et ne rien sentir jusqu'à ce qu'enfin mon corps s'enfonce dans la terre et que rien devienne tout.

Je me suis tournée vers la foule. Certains avaient la main sur la bouche, le regard héberlué. Ils assistaient tous au spectacle en silence, y compris mes amies. Je portais encore la tiare que Layla m'avait posée sur les cheveux. Je l'ai retirée. De près, elle faisait kitsch, bon marché, ridicule.

— Tiens.

Je l'ai jetée aux pieds de Layla qui l'a ramassée. Elle a regardé la couronne, puis moi, lentement.

— J'imagine que je suis disqualifiée.

J'ai tourné les talons et je me suis enfuie dans la nuit.

Chapitre 28

J'ai couru comme une possédée le long de la route. Les émotions me coulaient le long du corps comme de la sueur, comme les couleurs d'une peinture arrosée de térébenthine. Un camion est passé en klaxonnant. J'ai crié de surprise, je suis tombée et je me suis tordu la cheville. La douleur me troublait la vue, mais j'ai retiré mes talons, je me suis relevée et j'ai continué d'avancer en boitant.

J'avais les pieds glacés et mal à la cheville chaque fois que je m'appuyais dessus. Lorsque j'ai levé les yeux, les étoiles défilaient, claires et nettes dans le froid, si loin ici de toute pollution lumineuse. La dernière fois que je m'étais trouvée là, la chaleur avait manqué m'achever et les mauvaises herbes m'avaient griffé les mollets sous les regards et les cris des cigales. Maintenant, le froid me pénétrait les pieds, l'humidité alourdissait ma robe et les étoiles étaient indifférentes à mon sort.

J'ai entendu la musique de *Star Wars*, pleine de joie absurde, remonter de mon sac à main. C'était mon père qui appelait, pas pour la première fois. La nouvelle avait dû se répandre. J'ai levé les yeux. Un pick-up s'était rangé sur la bande d'arrêt d'urgence quelques mètres plus loin. Les phares m'ont éblouie et j'ai mis la main en visière.

— Salut, ma belle, a dit Parker.

Les roues de son pick-up ont écrasé le gravier dans un bruit d'os cassés. Le temps que mes yeux s'accommodent, la cabine est restée plongée dans le noir, puis j'ai deviné son visage.

— Je t'emmène ?

— Non merci.

J'ai accéléré de mon mieux. Il restait à ma hauteur sans difficulté. Après trente secondes à marcher à une vitesse presque normale, j'ai dû frotter ma cheville douloureuse.

— Tu boites, mon *pote*, a-t-il dit.

J'ai eu l'impression de recevoir un coup de poing dans le ventre. J'ai carré les épaules et j'ai repris ma route à un rythme plus supportable.

— Ne m'appelle pas comme ça, s'il te plaît.

— Pourquoi pas ?

Sa voix était étrange.

— T'es le petit copain de Grant, non ? Et puisque c'est mon ami, ça fait de nous des potes.

J'ai foudroyé sa silhouette du regard.

— Je ne suis pas son petit ami.

— C'est vrai, c'est vrai. Parce que tu t'es fait plaquer, paraît-il.

— Non, ai-je répondu, nauséeuse d'embarras, de colère, de douleur. Je n'ai jamais été son petit ami.

— T'étais quoi, alors ? Puisque t'es pas une fille.

— Lâche-moi, Parker, ai-je dit, les dents serrées.

Les cheveux sur ma nuque s'étaient hérissés. La lame acérée de la panique me griffait le sang. J'ai continué à marcher.

— Oooh, je le pensais pas, a repris Parker. Ouais, bien sûr, techniquement t'es pas une fille, mais au moins tu y ressembles grave.

— D'accord.

J'ai dégluti et je l'ai regardé à nouveau. J'ai cru voir la lumière se réfléchir dans ses yeux. Il a ri, soudainement et fort, ce qui m'a fait sursauter et m'a coupé le souffle.

— Détends-toi ! Je déconne. Allez, grimpe dans la voiture.

— Parker, s'il te plaît. Passe ton chemin. Je n'ai pas besoin d'aide.

— Oh que si…

Comme ma vue s'adaptait à l'obscurité, j'ai remarqué que s'il souriait, il avait les narines tremblantes et les sourcils froncés.

— … mais tu refuses parce que c'est moi.

— Je veux qu'on me laisse tranquille.

Un autre message de mon père a éclairé l'intérieur de mon sac, je me suis alors souvenue de mon téléphone. Je l'ai sorti et je le déverrouillais lorsque Parker a soudain coupé le moteur et a sauté de son pick-up. Il a refermé sa main immense sur mon poignet. Les yeux écarquillés, j'ai lentement lâché mon téléphone dans mon sac.

— Si tu avais voulu qu'on te laisse tranquille, tu serais restée un garçon. Si t'as changé, c'est pour attirer l'attention.

— Qu'est-ce que tu fais ?

— Je marche avec toi.

Les épaules en avant et les mains dans les poches, il restait sans difficulté à ma hauteur. Une odeur âcre se dégageait de lui. Il avait bu.

— C'est dangereux, par là. Mais t'inquiète pas, je vais te protéger.

— Ok.

J'ai serré les bras autour de ma taille et j'ai regardé l'obscurité entre les arbres. Son ombre était plus grande que la mienne. Je me suis rappelé ma mère me disant combien les hommes étaient effrayants, tous, combien une femme se sentait souvent impuissante auprès d'eux. Pour la première fois, j'ai compris de quoi elle parlait.

J'avais à nouveau mis la main dans mon sac, je refermais les doigts sur mon téléphone lorsque le coup de poing est parti. Quelque chose a cogné contre ma tempe, le noir est devenu rouge et les bruits de la nuit ont été remplacés par un écho dans mon oreille droite. Je me suis écartée de la route d'un pas mal assuré, jusqu'à me cogner l'épaule contre un arbre auquel je me suis accrochée. Avant que je puisse comprendre ce qui s'était passé, Parker m'est tombé dessus. Son visage était à quelques centimètres du mien, son bras sur ma gorge, il m'empêchait de respirer, j'ai commencé à tousser et à voir des étoiles.

— Non, a grondé Parker d'une voix sifflante, ça ne marche pas comme ça. Pendant des mois tu m'as fait passer pour un con, mais maintenant Grant n'est plus là pour te protéger.

Je l'entendais à peine. Je ne pouvais plus distinguer son visage à cause de la lumière des phares de son pick-up. J'ai essayé de parler, je n'ai réussi qu'à m'étrangler.

— Ç'aurait pu être tellement plus simple. Maintenant, on va voir si tu ressembles vraiment à une fille.

La sensation de ses grandes mains qui soulevaient ma robe m'a sortie de ma stupeur. J'ai lâché un hurlement rauque, je lui ai griffé le visage et je l'ai frappé aussi fort que possible dans l'aine avec mon genou. Il a toussé et s'est affaissé. J'avais encore la tête qui tournait, mais un instinct animal m'a forcée à bouger. Je me suis précipitée vers la route, un œil pardessus mon épaule.

Parker me suivait à grands pas, cassant des branches et grondant mon nom. Les points devant mes yeux et mes oreilles sifflantes m'empêchaient de déterminer sa proximité. Au bout de quelques minutes, j'ai entendu des roues sur du gravier, puis d'autres phares sont apparus suivis d'un bruit de portières qui claquaient et de voix féminines.

Lentement, prudemment, je me suis rapprochée. J'étais à mi-chemin lorsque ma cheville m'a lâchée. J'ai voulu me rattraper à une branche qui s'est cassée bruyamment. J'ai crié et je suis tombée sur le sol humide.

— Trouvée ! a lancé Parker.

J'ai tenté de me redresser, mais il a surgi de l'obscurité et m'a poussée dans la boue avec une force irrésistible.

Il y a eu un bruit de déchirure lorsque la bretelle de ma robe est tombée. J'ai donné des coups de pied, des gifles, mais je n'arrivais pas à le toucher et, très vite, il a plaqué mes poignets près de ma tête. Il venait de m'écarter les genoux lorsque j'ai entendu un déclic métallique derrière lui.

— J'ai toujours su que t'étais un pervers, a dit une voix de fille.

Un rai de lumière nous a éclairés. Chloé est apparue, une carabine braquée dans le dos de Parker.

Il s'est levé lentement. J'ai reculé jusqu'à heurter un tronc d'arbre. Haletante, j'ai ramené mes genoux contre ma poitrine. Chloé a emmené Parker, je me suis retrouvée seule dans le noir, puis une petite main a pris la mienne et m'a relevée.

— Viens, a dit Anna tout bas.

Nous avons atteint la route où, le visage rouge et la mâchoire crispée de fureur, Parker avait les mains contre son pick-up. Derrière lui, un air d'ennui absolu sur le visage, Chloé le tenait en joue.

— On l'a retrouvée, a dit Layla d'une voix qu'elle tentait de maîtriser. Je te rappelle.

Lorsque je me suis retournée, elle rangeait son téléphone. Elle nous a rejointes au petit trot et m'a serrée dans ses bras. J'ai grimacé à cause de la douleur dans mes épaules et mes côtes.

— On se faisait tellement de souci !

— Je vais bien. Merci.

— Grant nous a envoyé un message.

Layla a examiné mon visage d'un air navré.

— Oui, a continué Anna. Il a dit que Parker l'a appelé lorsque la nouvelle s'est répandue. Qu'il semblait soûl, qu'il parlait d'aider Grant à se venger de toi en te remettant à ta place.

— Oh, ai-je fait en remontant la bretelle de ma robe.

Je ne sentais pas le froid, pourtant je frissonnais. Je ne sentais plus grand-chose, à vrai dire.

— C'est gentil de sa part.

— Amanda ? Ça va ?

Layla m'a pris la main et m'a dévisagée avec inquiétude. Je me suis rendu compte de la violence de mes tremblements.

— Tu veux qu'on appelle la police ? a demandé Anna.

J'ai jeté un coup d'œil par-dessus mon épaule. Chloé m'interrogeait du regard.

— Tu veux aller à l'hôpital ? a ajouté Layla.

— Non.

La dernière chose que je désirais, c'était qu'une infirmière me prenne en photo. Passer la nuit avec des agents de police qui avaient probablement déjà entendu parler de moi et qui avaient plus de questions à me poser sur mes organes génitaux que sur ce qui s'était passé. Je voulais oublier les événements de ce soir. Tourner la page.

Chloé a touché Parker du bout de sa carabine et lui a aboyé de s'en aller. Il s'est précipité vers son pick-up et il a disparu dans la nuit.

— Comme tu veux, a ajouté Layla.

Elle est restée silencieuse un instant, puis m'a regardée droit dans les yeux.

— Que pouvons-nous faire ?

— S'il te plaît, ramène-moi chez moi.

Chapitre 29

Layla conduisait en silence. J'ai appuyé la tête contre la vitre dont la fraîcheur soulageait mes contusions. J'ai fermé l'œil gauche (le droit avait tellement gonflé qu'il ne voyait déjà plus rien) et j'ai prié pour remonter dans le temps. Je voulais que ce trajet soit terminé. Me passer de la conversation avec mon père, du retour à Atlanta en car, des regards soucieux de ma mère. Je voulais être dans ma chambre à Smyrna, avec les rideaux occultants bien tirés.

— Je te dois des excuses, a dit Layla.

Je l'ai regardée sans répondre.

— Je suis désolée que nous soyons restées sans rien faire, au gymnase.

— Ce n'est pas grave. À votre place, je n'aurais pas su comment réagir non plus.

— Ce n'est même pas ça, a répondu Layla, c'est...

— Ne me mens pas ! me suis-je exclamée plus fort que je le voulais, en lui faisant signe de se taire.

Merci pour Parker, mais tu peux arrêter de faire semblant.

— Amanda…

— Je suis un monstre !

Les larmes me sont montées aux yeux, pourtant je n'étais pas triste. Furieuse, peut-être, mais je ne savais contre qui. Grant, qui ne m'aimait pas. Parker, pour ce qu'il avait fait. Mon père, de m'avoir avertie, d'avoir eu raison. Peut-être moi-même, d'avoir cru pouvoir être heureuse.

— Je suis un monstre, et tant qu'ils sauront la vérité sur moi, les connards dans le genre de Parker voudront toujours venir voir le spectacle !

— Amanda !

J'ai reniflé et je lui ai jeté un regard noir. Son expression a étouffé ma colère.

— Je t'interdis de parler ainsi de mon amie.

Elle m'a pris la main. J'ai sursauté à son contact mais l'ai très vite accepté.

— Tu es mon amie. Tu es l'une des plus jolies filles que je connaisse, à l'intérieur comme à l'extérieur.

— C'est vrai ? ai-je dit en m'essuyant le nez.

— Mais oui ! J'essaie d'imaginer à quoi tu ressemblais avant de devenir Amanda, et je ne vois vraiment pas comment tu as pu te faire passer pour un garçon.

— Je n'étais pas très douée, ai-je avoué avec un petit sourire au coin des lèvres.

Layla m'a rendu mon sourire.

— Écoute, a-t-elle dit après un court silence, nous t'aimons quoi qu'il arrive.

— Je vous aime aussi.

J'ai souri encore et ma tempe a pulsé de façon douloureuse.

Nous nous sommes garées devant mon immeuble. Je l'ai remerciée à nouveau et j'ai fait mine de sortir, mais elle m'a pressé la main et m'a regardée avec sérieux.

— Tu n'es pas obligée d'y aller, a-t-elle dit. Tu peux dormir chez moi ce soir.

— Non, non.

Je me suis dégagée et j'ai pris un air qui se voulait rassurant.

— Merci, mais je me sens mieux.

— D'accord. Mais je vais attendre ici pendant une demi-heure. S'il te vient l'envie d'être avec des amies, tu n'auras qu'à sortir et on retrouvera les autres pour la nuit.

Je l'ai remerciée à nouveau, puis j'ai monté l'escalier en boitant. J'appréhendais la conversation avec mon père. J'avais à peine posé la main sur la poignée que la porte s'est ouverte de l'intérieur. Ravagé par l'inquiétude, mon père se tenait sur le seuil. Il m'a considérée des pieds à la tête.

— Mon Dieu, a-t-il dit, doucement d'abord, puis plus fort.

Il m'a dépassée sans un mot de plus et s'est mis à descendre la passerelle à grands pas.

— Attends !

J'ai essayé de le suivre et j'ai failli tomber de l'escalier à cause de ma foulure.

— Qu'est-ce que tu fais ?

— Je vais le tuer ! a crié mon père.

Quelques secondes après, la portière de sa voiture a claqué et le moteur a grondé. J'ai atteint le parking à temps pour le voir disparaître dans la nuit. Les yeux écarquillés, Layla me rejoignait déjà.

— Que se passe-t-il ?

— Il faut qu'on y aille, ai-je dit en boitant vers sa voiture.

— Où va-t-il ?

Les mains tremblantes, j'ai bouclé ma ceinture.

— Chez Grant.

Chapitre 30

La voiture a glissé dans la boue tandis que nous dévalions la piste qui menait chez Grant. J'avais ouvert la portière avant que Layla soit au point mort. Mon père était garé quelques mètres plus loin, ses phares éclairant le blanc fantomatique du mobile-home. La main appuyée sur le klaxon, il était redressé sur son siège. Les chiens attachés aboyaient et hurlaient, essayaient de l'attaquer.

Grant est apparu sur le porche. Il ne portait plus sa veste et sa cravate était dénouée. Il a carré les épaules en marchant d'un pas déterminé vers mon père, qui a enfin cessé de klaxonner. Je me suis dépêchée de déboucler ma ceinture et je suis tombée dans la boue.

— Papa ! ai-je hurlé. Papa, je t'en prie…

— Rentre à la maison !

Il a franchi la distance qui le séparait de Grant.

— Je ne sais pas ce que vous pensez, a dit ce dernier, les mains levées, mais…

Mon père a fait un demi-tour puis l'a frappé au visage avec une brutalité, une violence que je ne lui aurais jamais imaginées. Grant a fait le même bruit qu'un airbag qui explose, et, le nez en sang, a reculé de quelques pas.

— Écoute-moi bien, morveux, a grondé mon père. Si tu oses la toucher encore une fois, l'approcher, lui parler, ne serait-ce que la regarder, je te mettrai six pieds sous terre !

J'ai réussi à me lever et je me suis jetée entre eux. Mon père m'a regardée comme quand j'avais quatre ans et que je faisais un caprice, sauf qu'il avait les yeux rouges et les narines qui frémissaient. J'ai entendu la moustiquaire claquer, et lorsque je me suis retournée, la mère de Grant se tenait sur le porche en chemise de nuit.

— Je vais compter jusqu'à dix, a-t-elle dit, et vous allez partir de chez moi avec votre pédé de fils ou j'appelle les flics.

— Viens, papa…

J'ai tiré doucement sur sa manche en évitant de regarder Grant.

— Un, a commencé Ruby.

— Papa !

Il s'est dégagé.

— Deux, a-t-elle continué, les dents serrées. Trois.

— Monte dans la voiture, a enfin dit mon père.

Il a tourné les talons sans un regard vers moi. Je l'ai suivi. Layla m'a fait signe avec de grands yeux, mais j'ai secoué la tête et rejoint mon père dans sa voiture. Il a tiré sur le frein à main comme s'il essayait de l'étrangler, puis nous avons rejoint la nationale.

— Ce n'était pas lui, ai-je fini par dire en me faisant aussi petite que possible. Il y avait ce type…

— Merde ! s'est exclamé mon père.

Il a frappé du poing sur le volant. Muette de peur, je me suis collée contre la portière.

— Je te l'avais dit. Je te l'avais dit !

— Papa. S'il te plaît. Je suis désolée.

— Tu aurais pu te faire tuer ! Et tu t'en fiches ! (Sa voix a résonné dans cet espace clos.) Bon sang, Amanda !

— Papa, ai-je imploré d'une voix tremblante.

— C'est fini. Je refuse de te regarder te détruire. Quand on sera à la maison, tu fais tes valises.

Novembre, trois ans plus tôt

J'aurais préféré être au fond du bus, mais des garçons plus vieux, plus méchants s'y trouvaient et le principal adjoint a dit que je les provoquais. Pas qu'être devant aide pour autant : à leur passage ils me donnaient des coups de pied dans les jambes et faisaient tomber ce que je tenais. Pendant longtemps, j'avais eu les tibias couverts de bleus et je rapportais mes livres avec leur couverture déchirée. Désormais, je ne disais plus rien, je m'asseyais avec les genoux contre la poitrine et je regardais droit devant moi.

Le bus s'est arrêté. J'ai serré les jambes plus fort en reconnaissant les bottes de Wayne Granville qui remontait l'allée. Il s'est arrêté à côté de moi et il a appuyé les coudes contre le dos de mon siège. Il était un peu plus petit que moi mais beaucoup plus costaud, plus rapide.

— T'as passé un bon Halloween ? a-t-il demandé.

Une fille blonde a levé les yeux au ciel en passant devant lui. Il n'a pas eu l'air de la remarquer. Je n'ai pas répondu.

— Billy dit que oui. Que tu demandais des bonbons en robe.

J'ai pressé le front contre mes genoux et j'ai fermé les yeux. J'avais passé Halloween dans ma chambre à jouer aux jeux vidéo.

— Oh, et il paraît que t'as sucé plein de types en échange de Skittles. Goûte l'arc-en-ciel, hein ?

Le chauffeur lui a jeté un regard impatient. Wayne s'est mis en route.

— À demain, Andy ! a-t-il crié en descendant du car.

— Eh non, ai-je murmuré.

Personne n'a entendu.

La porte s'est ouverte à mon arrêt. J'ai rejoint le trottoir en traînant des pieds et j'ai regardé le car disparaître. Il n'y avait personne dans la rue. Sur les rebords de chaque pelouse se trouvait une muraille de feuilles noires et rouges, tels des sacs de sable destinés à retenir une crue inexistante. J'ai mis un pied devant l'autre. Le vent soufflait et mes cheveux me fouettaient le visage. Je les ai laissés me cacher la vue ; si j'arrivais dans la rue et qu'une voiture me renverse, ça me ferait gagner du temps.

Notre pelouse croulait sous les feuilles. Deux semaines plus tôt, ma mère s'était cassé la cheville à son travail et la plupart du temps, j'arrivais à peine à me sortir du lit. Mes pieds ont traversé la nouvelle couche de feuilles mortes et se sont enfoncés dans la gadoue cachée dessous. De la vieille eau de pluie a pénétré mes chaussettes. Peu importait. J'ai ouvert la porte en silence.

À l'intérieur, j'ai entendu le bruit de la télévision dans la chambre de ma mère. J'ai mis mon sac à dos sur le canapé et j'ai jeté un coup d'œil par la porte. Sa tête dépassait de ses draps, sa poitrine se soulevait doucement. On entendait à peine ses petits ronflements par-dessus le bruit de l'émission. Deux boîtes de médicaments blanches et un demi-verre d'eau se trouvaient sur la table de chevet la plus proche de la porte. J'ai retiré mes chaussures et mes chaussettes avant d'y aller sur la pointe des pieds. J'ai pris la première boîte et j'ai lu l'étiquette : amoxicilline. Ce n'était pas ceux que je cherchais. Je l'ai reposée et j'ai pris la seconde, qui je le savais, était de l'oxycodone. Mes mains se sont mises à trembler et les pilules se sont entrechoquées. Ma mère a marmonné quelque chose. J'ai cessé de respirer. Un instant plus tard, elle s'est retournée et a recommencé à ronfler.

De retour dans le salon, j'ai posé la boîte, puis j'ai rempli un grand verre au robinet de la cuisine. Je l'ai posé près des pilules et j'ai rejoint mon sac à dos sur le canapé. J'en ai sorti un livre de cours que j'ai mis sur mes genoux. Sous le titre, « En bonne santé », se trouvait un corps masculin en pleine course, les muscles, le squelette et les veines apparents. J'ai passé la main sur la couverture et j'ai imaginé les tendons sous ma peau, les os auxquels ils étaient liés, le sang dans la toile de mes veines, les centaines de milliers de filaments qui constituaient mes muscles. Ce corps, cette prison ambulante, qui me forçait à le garder en vie depuis quinze ans.

J'ai ouvert le livre au chapitre « La puberté chez les garçons ». Puis j'ai sorti trois petites pilules blanches et je les ai mises dans ma bouche. Elles avaient un goût de craie amer. Je les ai avalées avec un peu d'eau et j'ai continué à lire. Le texte décrivait ce qui m'arrivait. À quinze ans, j'étais en retard, mon corps était grand mais imberbe et maigrichon, j'avais la voix aigüe qui déraillait encore parfois. Pourtant le changement arrivait tel un bourdonnement dans tout mon squelette.

« Les testicules vont grossir et produire de la testostérone et du sperme. »

J'ai avalé trois autres pilules. Je ne serais plus une victime sans aucun ami.

« Les érections spontanées ainsi que les sécrétions nocturnes sont normales et ne doivent pas causer d'inquiétude. »

Trois autres pilules. Je n'aurais plus à me soucier que mon père ne m'aimait pas.

« Des poils épais et durs apparaissent sur le visage, le torse et l'estomac. La pilosité des jambes et des bras est bien plus dense que chez les femmes. »

Trois autres pilules. J'avais les jambes lourdes. Plus d'avenir sans amour, sans tendresse, sans personne.

« La voix perd une octave environ car le larynx s'élargit et durcit. »

Trois autres pilules. Se concentrer devenait difficile. Plus de risque de faire honte à ma mère.

« La densité des os augmente, ainsi que la masse musculaire. Les épaules s'élargissent, ce qui donne aux garçons et aux filles des silhouettes aux formes distinctes. »

Trois autres pilules. J'avais très envie de dormir. Pourtant je me sentais bien. Je savais que tout se passerait bien. En bas de la page, il y avait quelque chose sur l'acné et les odeurs corporelles, mais les mots dansaient devant mes yeux. J'ai fermé le livre et je l'ai posé à côté de moi. J'ai pris les dernières pilules et le verre d'eau avant d'aller dans la salle de bains. J'ai retiré mes vêtements et j'ai pris place dans la baignoire parce que je ne voulais rien salir. Ce n'était pas poli. J'avais oublié d'écrire un mot d'adieu, mais c'était trop tard, et bientôt plus rien n'aurait d'importance. J'ai fermé les yeux.

Tout irait bien.

Chapitre 31

Le car sentait la sueur, la climatisation poussiéreuse et l'urine. Nous sommes partis peu après midi ; mon père m'avait tout de même laissée dormir et m'avait préparé le petit déjeuner en silence. L'homme assis à côté ronflait mais je m'en fichais. Je voulais dormir, j'étais fatiguée, pourtant je n'y arrivais pas. Je me sentais éteinte. J'étais à nouveau anesthésiée.

J'ai mis mon casque, mais lorsque nous sommes arrivés à Chattanooga et que nous avons changé d'autoroute, j'avais écouté toutes mes chansons préférées, et toutes me laissaient un goût de polystyrène. J'ai lu des articles sur Internet qui m'ont tous semblé sans intérêt. J'avais envie de rentrer chez moi, sans savoir où c'était vraiment. J'ai pressé la joue contre la vitre. Le ruban noir de la route défilait dans les collines. J'ai regardé le paysage changeant de ma région d'origine, qui depuis toujours me haïssait. J'ai cédé à l'électricité statique sous mes paupières.

À l'arrêt brutal du car, je me suis redressée en inspirant. J'ai traversé l'allée et descendu les marches. Encore assommée, transie, je suis restée au milieu du bruit et des pots d'échappement de la gare routière.

— Wouhou ! a crié une voix féminine, musicale et haut perchée.

J'ai mis un moment à comprendre que c'était ma mère. J'ai regardé dans sa direction et j'ai eu un temps d'arrêt. Elle était avec Virginia, toutes deux me faisaient signe de la main. Ma mère portait un coupe-vent violet et des tennis, Virginia un pull à torsades qui lui tombait jusqu'aux genoux. Les voir ensemble m'a donné le tournis.

— Bonjour, ai-je dit.

J'ai posé mes sacs et je les ai enlacées toutes les deux avant de les observer d'un air intrigué.

— Alors ça, ça fait bizarre.

— Vraiment ? a demandé ma mère en jetant un coup d'œil inquiet à Virginia.

— Mais non, a-t-elle répondu.

Elle a pris mes affaires et nous avons longé le trottoir vers la place de parking où ma mère s'était garée.

— Vous vous connaissez à peine !

— Ça, c'est ce que tu crois ! a dit Virginia avec un sourire malicieux.

— Je vais au groupe de soutien maintenant, a expliqué ma mère tandis que nous montions dans son vieux 4 x 4 gris.

J'ai essayé d'imaginer ma mère aux réunions, en vain. Elle a dû deviner à quoi je pensais, car elle a haussé les épaules.

— Je me sentais seule et je voulais en savoir plus sur toi, alors je suis allée voir de quoi il retournait.

Elle m'a pressé la jambe et m'a jeté un regard rassurant. J'ai mis la main sur la sienne et j'ai souri. Je l'ai remerciée en silence de ne pas avoir commenté que j'étais partie avec un œil au beurre noir et que je revenais dans le même état.

La maison était encore plus propre que dans mes souvenirs, toute décorée pour Thanksgiving qui n'était que dans quelques jours. Le salon et la cuisine n'étaient qu'une supernova d'orange et de marron, il y avait des dindes et des cornes d'abondance en papier sur tous les meubles. Il flottait une odeur de rôti au four et de maïs épicé. J'en avais l'eau à la bouche.

— Ça sent tellement bon ! Tu n'étais pas obligée d'en faire autant.

— Tu es ma fille ! Et tu es trop maigre. Je savais que ton père ne te nourrirait pas correctement.

Elle est entrée dans la cuisine et a annoncé que le dîner serait prêt dans une demi-heure.

— J'ai besoin d'air frais, après le car ! ai-je crié.

— Je viens avec toi, a dit Virginia.

— Tu restes pour Thanksgiving ? ai-je demandé pendant qu'elle mettait sa veste.

— J'aimerais bien, a-t-elle répondu. En fait je déménage à Savannah la semaine prochaine. J'ai été prise à l'école d'art et de design.

— C'est génial !

Elle m'a fait un grand sourire. Nous avons marché en silence quelques instants.

— Alors, ai-je fini par dire, tu veux savoir ce qui s'est passé ?

— Parlons d'autre chose. Donne-toi un peu de temps. Tu as supprimé ton Tumblr, non ?

J'ai acquiescé.

— Donc tu n'as pas de nouvelles des autres.

Heureuse qu'elle parle, j'ai secoué la tête. Ma mère et elle étaient les deux seules personnes que je supportais auprès de moi.

— Zeke a enfin trouvé un travail dont la mutuelle lui permet l'opération du haut, a-t-elle dit. Tu viens de rater la célébration, il a rendez-vous le mois prochain.

— Super ! Est-ce qu'il sort toujours avec Rhonda ?

— Moira fait à nouveau du couchsurfing, a-t-elle continué comme si elle ne m'avait pas entendue. Jusqu'ici, elle est toujours sobre, mais elle est loin d'être sauvée. Ta mère songe à lui proposer votre chambre d'amis.

Elle a mis les mains dans les poches et a regardé les nuages gris métallique au-dessus de nous.

— Ta mère est quelqu'un de très bien, tu sais.

— Je sais.

J'ai penché la tête et plissé les yeux.

— Virginia. Qu'est-il arrivé à Rhonda ?

— Je peux t'en parler plus tard ?

Elle m'a jeté un regard suppliant.

— Tu as déjà beaucoup de stress à gérer.

— Je veux savoir.

— Ok.

Elle a pris une grande inspiration et fermé les yeux.

— Elle s'est suicidée il y a un mois, juste après mon retour. Sans laisser de mot.

— Non !

J'ai mis la main sur ma bouche et le bras autour de mon ventre.

— Mon Dieu ! Pourquoi ?

— Tu le sais bien, a dit Virginia en secouant lentement la tête. Nous savons tous pourquoi.

Elle m'a laissée digérer l'information en silence.

— Bien sûr, ses parents ont été des monstres jusqu'au bout. Ils lui ont coupé les cheveux et ils l'ont enterrée en costume-cravate.

Perdues dans nos pensées, nous avons marché sans rien dire. Rhonda n'était pas la première amie que je perdais ; depuis que j'avais rejoint le groupe, j'avais été celle qu'on appelle au milieu de la nuit bien trop souvent. Je m'étais demandé si quelqu'un aurait à passer ce coup de téléphone pour moi, un jour.

— Alors, qu'est-ce que tu as de prévu pour la suite ? a demandé Virginia au bout d'un moment, sur le chemin du retour. Tu as toujours un plan.

— Je ne sais pas.

Un pas douloureux après l'autre, j'ai laissé le vent fouetter mes cheveux.

— Cette fois, je n'en ai vraiment aucune idée.

Chapitre 32

Pendant la majeure partie de ma vie, Thanksgiving avait été cette journée bruyante, grouillante de grands-parents, de grands-tantes et oncles, de cousins, de cousins issus de et de nièces. Mais depuis que j'avais révélé que j'étais une fille et que je le vivais à plein temps, ma mère et moi avions été bannies de toutes les réunions de famille. Ça ne me dérangeait pas : je préférais de loin le repas de Thanksgiving calme et intime qui avait suivi mon retour.

Comme d'habitude, elle en avait trop fait. Nous allions finir les restes pendant des semaines. Nous mangions en silence ou presque, ce qui aurait pu être étrange mais était en fait un soulagement. Ma mère savait que je n'étais pas prête à parler de ce qui s'était passé. Je ne l'en aimais que plus. À la moitié du dîner, j'ai entendu gratter à la porte.

— Peux-tu faire entrer la chatte ? a demandé ma mère.

Je suis allée ouvrir et Guenièvre a passé le seuil avec trois miaulements de protestation, outrée d'avoir attendu. Après la chaleur de l'intérieur, l'air froid et humide était revigorant. Je suis sortie sur le porche et je me suis appuyée sur la barrière un instant, savourant la fraîcheur. J'ai rouvert d'un coup les yeux à un bruit de roues dans l'allée. J'ai tout de suite reconnu la voiture de mon père. Je suis restée muette lorsqu'il est sorti avec un plat à ragoût sous le bras.

Quand il s'est approché du porche, j'ai senti l'odeur de ses patates douces gratinées à la guimauve.

— Bonjour, a-t-il dit, l'air incertain.

Il a tenté un sourire et malgré tout ce qui s'était passé ces derniers temps, je n'ai pu m'empêcher de le lui rendre.

— Je suis en retard ?

— Que fais-tu ici ? ai-je demandé au lieu de répondre.

Il s'est arrêté après le seuil et il a regardé autour de lui en silence, comme si notre séjour était un pays étranger.

— Amanda ? a appelé ma mère de l'autre pièce.

Sa chaise a grincé et j'ai entendu ses pas qui se rapprochaient.

— Il y a quelqu'un… oh.

Elle s'est figée. Mon père venait de retirer son manteau. Il lui a fait signe d'un air embarrassé.

— Joyeux Thanksgiving, a-t-il dit.

Je me suis appuyée contre le dossier du canapé et je les ai regardés tour à tour en attendant l'explosion. Je m'étais toujours demandé ce qui se passerait s'ils se revoyaient un jour. Le résultat le plus probable semblait être une réaction thermonucléaire. En réalité, mon père a dit :

— C'est très joli, chez toi.

Et ma mère a répondu :

— Merci. Joins-toi à nous.

La conversation n'a pas été plus animée avec lui à table, mais ce n'était pas grave. Nous avons terminé de manger en silence, puis ma mère a commencé à débarrasser. Mon père a fait mine de l'aider, alors j'ai touché son bras.

— Dis, est-ce qu'on pourrait aller faire un tour ? ai-je demandé. La pluie s'est calmée ces dernières heures...

— Oui ?

— Je me disais, il y a un terrain de base-ball qui reste allumé le soir.

Une pile d'assiettes entre les mains, mon père a cligné lentement des yeux.

— Nous pourrions, tu sais, nous lancer la balle... Si tu en as toujours envie.

— Oh.

Il posé les assiettes et a réfléchi un instant.

— Tu es sûre ?

— Certaine.

— J'en serais ravi.

Ma mère ne voyait aucun inconvénient à ce que nous la laissions seule à la cuisine, car elle avait sa façon à elle de remplir le lave-vaisselle et personne ne s'y conformait comme elle le voulait. Les gants et la balle étaient dans un vieux carton, couverts de poussière après dix ans d'oubli. Nos bottes s'enfonçaient dans la boue et les feuilles humides. J'étais heureuse que ma cheville soit presque guérie. Mon père est resté silencieux pendant tout le trajet, regardant le ciel, puis moi.

— Quelque chose te tracasse ? a-t-il enfin demandé.

— Beaucoup de choses.

— C'est compréhensible.

Il a fourré les mains dans ses poches et contemplé les lampadaires. À notre arrivée sur le terrain, la brume étouffait la lumière des projecteurs. Mon père s'est mis à la place du batteur et, le gant sur ma main gauche et la balle dans la droite, je suis montée à celle du lanceur.

— Pourquoi je dois porter le gant à gauche ? ai-je demandé. Ce ne serait pas plus facile d'attraper avec la droite ?

— Oui, mais peux-tu lancer de la gauche ?

— Oh !

J'ai hoché la tête. J'ai balancé le bras en arrière, je l'ai plié et j'ai lancé la balle aussi fort que possible. Elle a volé au-dessus de lui, quelques mètres sur sa gauche, et s'est écrasée sur le grillage qui protégeait les gradins.

— Oups ! Pardon !

Il souriait quand il s'est remis en position. Je n'ai pu m'empêcher de rire.

— Qu'y a-t-il de si drôle ? a-t-il demandé en lançant la balle dans les airs d'un geste absent.

— Rien, mais parfois j'imagine ce que dirait une version plus jeune de moi en me voyant, et je viens de le faire avec nous deux à cet instant.

Il y a réfléchi, son sourire s'est agrandi de plus en plus, puis nous avons éclaté de rire. Nous avons continué comme ça pendant un temps ; il jetait la balle et je la ratais, je la lançais si mal qu'il devait soit l'éviter soit parcourir la moitié du terrain pour la récupérer.

Enfin, il a brisé le silence.

— Quand ta mère et moi avons discuté, avant que tu viennes vivre avec moi, elle m'a dit que, d'après ton psychologue, ce qui t'était arrivée au centre commercial t'avait rendue très fragile. Je ne…

Il s'est interrompu.

— Si quelque chose du même genre t'arrivait maintenant…

— Oh, ai-je répondu en haussant les épaules. Je suis bien plus forte, je crois.

Sans cacher son soulagement, mon père a hoché la tête.

— Tu as raison.

— Ah ?

— La jeune fille qui a emménagé avec moi aurait très mal vécu ce bazar au bal.

J'ai repensé au visage choqué de mes camarades dans la pâle lumière du gymnase, à ma nausée lorsque Grant a dit : « Ce n'est pas vrai, hein ? », à ma terreur quand j'ai fui Parker dans l'obscurité des bois. « Bazar » était un euphémisme.

— Probablement pas, ai-je acquiescé.

— J'ai réfléchi. Tu sais que je suis entré dans la Marine, après le lycée ?

J'ai secoué la tête et jeté la balle qui a roulé entre ses jambes.

— Je me prenais pour un gros dur. D'autres se croyaient encore plus durs.

Il a lancé la balle. J'ai crié, fermé les yeux et, par quelque miracle, je l'ai attrapée.

— Nous ne t'arrivions pas à la cheville.

— Je ne suis pas courageuse, ai-je répondu en souriant malgré moi. Le courage, ça implique un choix. Je suis moi, c'est tout.

J'ai jeté plusieurs fois la balle dans mon gant, en regardant les projecteurs jusqu'à ce que des taches dansent devant mes yeux. J'avais envoyé ma candidature à l'université de New York. Dans quelques mois, je saurai si je suis prise. J'ai imaginé disparaître à nouveau, sortir de la vie de Layla, Anna et Chloé, être oubliée de mes camarades de classe, devenir une simple histoire que l'on se raconte aux soirées. J'avais perdu Grant, ce qui était douloureux, et aussi un soulagement. Quand il serait temps de partir, il serait une complication de moins. Ce plan était parfait, à l'exception d'une chose : je ne voulais plus disparaître.

J'ai regardé mon père.

— Et si je te disais que je veux retourner à Lambertville ?

Il m'a dévisagée. Son visage était-il blanc de froid ou de peur ?

— Est-ce que ce serait courageux ou stupide ?

— Les deux ?

Il a passé la main dans ses cheveux humides et a longuement soufflé.

— Mais c'est ça, être jeune. Tout ce temps, j'ai eu si peur pour toi que je l'avais oublié.

— Tu veux dire, quand j'ai emménagé ?

Il n'a eu qu'à sauter un peu pour rattraper ma balle.

— Oh non. Depuis plus longtemps que ça. Depuis que tu es née.

— Je croyais que tu avais honte de moi.

— C'est vrai, a-t-il dit en se mordant la lèvre. Je prie que le Seigneur me le pardonne un jour. Mais plus que ça, bien plus que ça, j'étais terrifié pour tout.

J'ai baissé les yeux et replié le gant.

— J'ai dû boire avant de laisser ta mère t'apprendre à marcher, je n'arrêtais pas de t'imaginer en train de tomber et de t'ouvrir le crâne.

— Je suis pareille, je crois, ai-je dit en souriant.

Il a eu un rire sans joie.

— Je ne supportais pas l'idée que tu te fasses mal. Que quoi que ce soit te prive du bonheur que tu mérites.

Il a haussé les épaules et soupiré.

— Mais tout ce qui te rendait heureuse, depuis ta façon de marcher jusqu'aux jouets que tu voulais… cela te mettait en danger. Alors que faire ?

— Tu as fui.

— Oui.

Se dirigeant vers moi, il a retiré son gant et l'a coincé sous son bras.

— Du moins je t'ai laissée partir. Dans tous les cas…

Il a mis les mains sur mes épaules et m'a regardée droit dans les yeux.

— Tu es courageuse. Et ça, tu le tiens de ta mère.

Il m'a lâchée et son regard s'est perdu au-delà du terrain, dans le parc vide et plongé dans l'obscurité.

— Après le bal, quand tu es rentrée…. J'étais furieux. J'aurais pu tuer quelqu'un. J'étais furieux contre toi, contre moi, contre celui qui t'avait fait ça. Et puis tu n'étais plus là, je me suis retrouvé seul à l'appartement à repenser à toutes tes épreuves... J'ai voulu retenter ma chance.

Il a pris une grande inspiration et s'est tourné vers moi.

— Ce que j'essaie de te dire, c'est que si tu veux revenir à Lambertville, alors je serai très heureux de retrouver ma fille.

La gorge serrée, j'ai hoché la tête. J'avais attendu toute ma vie que mon père m'aime, qu'il aime sa fille. J'ai ravalé mes larmes, mais cette fois c'étaient des larmes de joie.

Nous sommes rentrés à la maison dans un silence bien différent. J'ai croisé son regard, il a mis le bras autour de mes épaules et m'a serrée contre lui. Lorsque nous sommes arrivés, il a ouvert la poubelle et il y a jeté les gants de base-ball.

— Au revoir, Andrew, ai-je dit tout bas.

— Au revoir, fiston, a renchéri mon père.

Et nous sommes entrés.

Avril, deux ans plus tôt

— Hardy ? a appelé l'infirmière. Andrew Hardy ?

Je me suis levée et j'ai fait quelques pas vers la porte. Le pincement au ventre horrible qui accompagnait ce prénom était à peine présent. J'étais trop excitée par ce qui allait arriver.

— Andr… Amanda ?

Je me suis retournée vers ma mère qui avait les mains croisées. On aurait dit qu'elle craignait ne plus jamais me revoir.

— Veux-tu que je vienne avec toi ?

— Non merci.

Je l'ai étreinte avant de reculer.

— J'ai besoin d'y aller seule.

Je me suis retournée vers l'infirmière et je l'ai suivie dans un couloir blanc très éclairé. Elle m'a dit de monter sur une balance. Ma maigreur lui a fait claquer la langue d'un air de reproche. Puis elle m'a allongée sur un divan d'examen et a pris ma tension, qui était normale. Elle m'a posé les questions habituelles : avais-je des allergies ? Non. Quel médicament prenais-je ? Du buproprion et de l'escitalopram. Avais-je des maladies chroniques ? Pas vraiment.

— Alors, pourquoi viens-tu nous voir ? a-t-elle enfin demandé.

— C'est mon thérapeute qui m'envoie, ai-je dit presque dans un murmure.

J'ai hésité à poursuivre.

— Je, euh, souffre de dysphorie de genre. Je... je suis transgenre.

J'ai déchiqueté d'un geste absent le drap de papier qui couvrait le divan et j'ai pris une grande inspiration.

— Je dois commencer un traitement hormonal.

— Ça marche, a dit l'infirmière.

Elle a pris une dernière note avant de sourire et de fermer son dossier.

— Reste là, le docteur Stern va arriver très vite.

Je me suis rallongée, j'ai regardé le plafond et j'ai croisé les mains sur mon cœur. Mon rêve se réalisait. Enfin. Je n'allais pas avoir de poils sur le torse et dans le dos. Ma voix n'allait pas devenir plus grave. Mes épaules ne s'élargiraient pas. Ma mâchoire et mon front ne changeraient pas. Je n'aurais jamais de barbe. Tout ça grâce à cet instant. J'ai entendu la porte s'ouvrir et, lorsque je me suis assise, un homme âgé, chauve, mais avec la barbe fournie, consultait mon dossier.

Il l'a posé et m'a tendu la main.

— Bonjour, Andrew.

Je l'ai serrée et il a souri.

— Je suis le docteur Stern. Comment te portes-tu ?

— Bien.

J'ai ressenti un élan de courage inattendu.

— Mais je préférerais que vous m'appeliez Amanda.

— Je vois, a-t-il dit sans perdre son sourire. C'est entendu, Amanda. Laisse-moi le noter sur ton dossier.

Il a griffonné quelque chose rapidement.

— Si à l'avenir quelqu'un te cause des problèmes à ce sujet, préviens l'accueil.

— Merci, docteur.

— J'ai lu ton dossier ainsi que les remarques envoyées par ton thérapeute, a continué le docteur Stern, et tout me semble en ordre. Nous allons commencer par un gramme de spironolactone afin de bloquer la testostérone et deux milligrammes d'estradiol, en guise d'œstrogène. Ce sont de petites doses au début car tu auras des sautes d'humeur et l'estradiol est dur à assimiler pour ton foie. J'aime démarrer doucement, comme ça nous pouvons te surveiller et s'assurer que tout se passe bien. Dans un mois environ, nous ferons un examen sanguin et nous verrons avec ton thérapeute comment procéder par la suite.

— Oui, docteur.

— Avant d'écrire l'ordonnance, il me reste une chose à voir, a-t-il dit. Ton thérapeute ne semble pas avoir de doutes, et je ne conteste pas ses compétences, mais je me dois d'être sûr que tu comprennes bien tout.

— D'accord, ai-je répondu, la gorge sèche.

J'étais si près de réussir, une petite part de moi me hurlait avec terreur qu'il allait tout me prendre.

— Tes seins vont pousser, a-t-il continué. Si jamais tu changes d'avis et que tu arrêtes les hormones, ils réduiront, mais ils ne disparaîtront jamais vraiment à moins d'en passer par la chirurgie.

J'ai hoché la tête.

— Plus important encore, quelques semaines après ta première prise de spironolactone, tu deviendras stérile. Si tu cesses le traitement au cours de la première année, il peut arriver que ce soit réversible, mais passé cette date l'effet est permanent.

— Je comprends, ai-je dit en me regardant les mains.

Il a sorti un carnet d'ordonnances et s'est mis à écrire.

— Très bien. Passe à l'accueil pour prendre le prochain rendez-vous. À bientôt, Amanda.

— À bientôt, ai-je répondu.

Je suis retournée dans le hall d'entrée avec l'impression d'être dans un rêve.

Plus tard ce soir-là, alors que la lune était haute dans le ciel et ma mère depuis longtemps couchée, j'ai emporté l'estradiol et une cannette de soda light dans le jardin. L'herbe était fraîche et humide entre mes orteils. Les criquets et les grenouilles chantaient moins fort que d'habitude. Je me suis allongée et j'ai regardé la lueur pâle du croissant de lune. Les pointes étaient tournées vers la gauche, ce qui signifiait qu'elle sortait tout juste de l'obscurité et commençait un nouveau cycle.

J'ai sorti une pilule de sa boîte et je l'ai levée au-dessus de moi. Elle était si petite, un tiers de l'ongle de mon auriculaire, et pourtant elle était tout. La stérilité serait un effet secondaire irréversible mais pour moi, de toute façon, il n'y avait pas de retour possible.

Ce serait difficile. J'allais devoir jouer au garçon pendant encore quelque temps. J'aurais beau le cacher, mes camarades de classe et les membres de ma famille se rendraient compte que mon corps changeait. Les persécutions seraient pires que jamais, pourtant je sentais que, désormais, je le supporterais. En tant qu'Amanda, je pourrais affronter ce qui m'aurait autrefois renvoyée tremblante sous ma couette.

J'ai fermé les yeux, posé la pilule sur ma langue et je l'ai avalée avec une gorgée de soda. Puis j'ai renversé la tête sous les rayons de la lune. J'ai songé à combien la vie pouvait parfois être belle.

Chapitre 33

Le premier jour de mon second semestre à Lambertville, les filles sont venues me chercher devant l'appartement. Comme d'habitude, je me suis assise sur le siège arrière à gauche de Chloé. Durant l'instant de calme qui précédait le moment où nous nous raconterions tout, j'ai inspiré, émerveillée de ce sentiment de normalité. La fin du monde était arrivée, pourtant il tournait encore.

— La fille prodigue est de retour ! s'est exclamée Layla, rayonnante dans le rétroviseur.

— Je suis contente d'être là, ai-je dit avec sincérité. Vous m'avez manqué.

J'ai hésité un instant, puis j'ai abordé le sujet qui m'effrayait jusqu'ici. J'ai mis la tête entre les deux sièges avant et je me suis tournée vers Anna. Elle avait du mal à croiser mon regard.

— Tout va bien entre nous ?

Anna a ouvert la bouche, mais Layla l'a foudroyée d'un coup d'œil. Elle a pris l'air pensif et recommencé :

— Le Seigneur sait que je ne suis pas irréprochable, a-t-elle dit bien sagement. Seul Dieu est parfait, n'est-ce pas ? Alors je pense que c'est un péché…

Nouveau regard furieux de Layla.

— … mais il y a bien des péchés et Jésus est mort sur la croix pour nous les faire pardonner, alors…

— D'accord, ai-je dit en posant une main sur son épaule. Mais es-tu toujours mon amie ?

— Bien sûr ! Ce n'est pas parce que je suis aux prises avec le… la…

— La métaphysique, a complété Layla.

— Avec la métaphysique que Chloé et toi n'êtes pas comme des sœurs pour moi !

— C'est tout ce que j'avais besoin de savoir.

Je me suis rassise et j'ai échangé un sourire avec Chloé.

— J'ai fait quelques recherches sur Internet, a continué Anna en se tournant vers moi. Si jamais je dis quelque chose d'homophobe ou de transphobe, dites-le-moi, d'accord ? Et je vais discuter avec les gens de la paroisse, Amanda, parce que tout le monde t'adorait et j'aimerais que tu reviennes sans appréhension.

Les doigts me picotant de tendresse, j'ai posé la main sur la sienne.

— Merci.

— Et, bien sûr, c'est à elle qu'on dit merci ! a râlé Layla. Chloé et toi, avec votre club LGBT super secret…

— En fait, est intervenue Chloé en étouffant un rire, je ne savais pas du tout qu'elle était tra…

— Il suffit qu'Anna marmonne que Jésus t'aime peut-être et soudain c'est un ange tombé du ciel, alors que moi, j'étais là, avec toi, quand ton père a frappé Grant…

— Ton père a frappé Grant ? a répété Anna, bouche bée.

— J'ai menacé Parker avec une carabine, a rappelé Chloé sans s'adresser à personne en particulier.

— Mais on s'en fiche de Layla ! Je ne suis que la conductrice dont personne ne se soucie, alors pourquoi…

— Layla !

Elle s'est interrompue et m'a jeté un coup d'œil. Je l'ai enlacée par-derrière et j'ai déposé un baiser sur sa tête.

— Tu vas te taire, oui ! Merci. Merci à vous toutes.

J'ai repensé à Andrew, cet enfant si triste qui voulait tellement un ami, quelqu'un qui comprenne, et qui n'aurait jamais imaginé un tel avenir. Qui ne l'imaginait pas du tout.

— Vous ne savez pas ce que ça signifie pour moi.

— C'est tout ce que je voulais…, a dit Layla.

Tout en se garant, elle a contemplé l'horizon d'un air hautain.

— … qu'on reconnaisse ma magnificence !

Nous sommes sorties de la voiture et nous nous sommes enlacées. Anna et Layla ont dû partir vite à une réunion du conseil des élèves, mais Chloé et moi avions un quart d'heure à tuer. Nous nous sommes assises dans l'herbe près des marches de l'entrée.

— Je voulais te demander pardon, a-t-elle dit. De ma jalousie à propos de Bee. Je sais que tu ne ressentais rien pour elle.

J'ai soupiré.

— Rien de romantique, ai-je acquiescé. Mais je suis désolée quand même.

Je n'avais pas encore eu de nouvelles de Bee. Je ne savais pas ce qui se passerait lorsque je la reverrais. Peut-être présenterait-elle ses excuses, ou alors chercherait-elle à redevenir mon amie. Quoi qu'il arrive, elle ne pourrait plus faire partie de ma vie. Elle m'avait fait plus de mal que Parker, ou même que mon agresseur dans les toilettes du centre commercial : elle avait trahi ma confiance. Désormais, je savais à quel point je devrais me méfier avant de me rapprocher de quiconque. Mais peut-être était-ce une leçon que tout le monde devait apprendre.

— Ne t'excuse pas, a dit Chloé.

Elle a cueilli deux longs brins d'herbe et les a coincés entre son index et son majeur.

— J'insiste. Tu étais nouvelle, jolie, tu as débarqué et tu as eu tout ce que tu voulais, et c'était comme si tu me l'avais prise, elle aussi. J'avais l'impression que tout était dur pour moi, alors que tout t'était servi sur un plateau d'argent. Maintenant je sais que ce n'est pas si simple.

Je lui ai adressé un sourire en coin.

— Non. Le mot simple n'a jamais fait partie de ma vie.

Un silence agréable s'est installé quelques minutes, puis j'ai demandé :

— Comme je n'ai pas eu de nouvelles depuis le bal… Comment ça s'est passé, avec ta famille ?

— Mes parents ont encore du mal, a-t-elle répondu en haussant les épaules. Mes frères ont toujours plus ou moins su et ça ne les défrise pas trop. Ils disent que Bee a de la chance d'être une fille, sinon, ils l'auraient renversée avec le pick-up après ce qu'elle a fait.

— Sauvée par le sexisme ?

— Ce sont des paroles en l'air.

Chloé a laissé le vent emporter les brins d'herbe.

— Chloé ?

J'ai regardé autour de moi pour être sûre que personne ne nous observait.

— Je vais faire quelque chose, en amie, d'accord ?

— D'accord, a-t-elle répondu en plissant le front.

Je l'ai serrée de toutes mes forces dans mes bras et je l'ai embrassée sur la joue.

— Tu es une fille absolument fantastique et quelle que soit la ville où tu iras habiter, quelle que soit la fille avec qui tu finiras, elles auront bien de la chance de t'avoir.

— Merci, a dit Chloé, les joues rouge vif.

Elle s'est levée et a épousseté son jean.

— Quant à toi, il aura de la chance lui aussi, le garçon avec lequel tu finiras.

Elle a mis son sac à dos à l'épaule.

— Tu crois que ce sera Grant ? C'est possible ?

J'ai regardé l'heure à mon téléphone, je me suis levée à mon tour et j'ai haussé les épaules.

— Je n'en ai aucune idée, ai-je répondu. Mais je ne vais pas tarder à le savoir.

Craignant de croiser le regard de mes camarades, j'ai marché vers la salle de cours les yeux rivés au sol. La cloche n'avait pas encore sonné, les bruits des baskets sur les dalles et des portes des casiers qui claquaient résonnaient dans les couloirs.

— Tu es revenue ! ai-je entendu quelqu'un dire.

Lorsque j'ai levé les yeux, une fille châtain à lunettes m'a fait un grand sourire. Elle me rappelait vaguement quelque chose, mais à mon souvenir, nous ne nous étions jamais parlé. J'avais beau ne pas la connaître, elle savait qui j'étais. À l'idée qu'elle avait remarqué mon départ, et mon retour, j'ai souri.

J'ai repris mon chemin la tête haute. Quelques lycéens ont détourné le regard à mon passage, mais d'autres m'ont fait signe de la tête ou de la main. Lorsque j'ai passé le coin, je me suis figée. Une douzaine d'élèves attendaient le professeur devant la salle de classe fermée. Mon regard s'est tout de suite posé sur le large dos de Grant. D'instinct, j'ai souri en le voyant. Puis il s'est retourné et la réalité m'a rattrapée.

Tout le monde s'est écarté devant lui lorsqu'il s'est dirigé vers moi. Il a regardé autour de nous et s'est rendu compte du nombre de personnes qui nous observaient.

— Est-ce qu'on peut aller ailleurs ?

J'ai hoché la tête. Nous avons longé le couloir jusqu'à la cafétéria désertée.

Quand les portes se sont fermées derrière nous, il a levé les yeux. Ils brillaient, mais son expression était neutre.

— Salut, a-t-il dit.
— Salut.
J'ai baissé la tête.
— Comment vas-tu ?
— J'ai de bonnes nouvelles…
Il s'est frotté la nuque, il a plissé les yeux et les a détournés.
— J'ai décroché une bourse pour l'université de Chatt.
— Félicitations ! me suis-je exclamée, sincère. Je suis très heureuse pour toi.
Nos regards se sont à nouveau croisés. Des paroles silencieuses ont flotté entre nous. *Je t'aime* et *j'ai besoin de toi. Pardon* et *pardonne-moi*.
— Désolée pour mon père, ai-je dit enfin.
— Ah.
Il s'est frotté le nez, là où le coup avait atterri.
— Il a un sacré crochet, pour un vieux.
J'ai détourné les yeux, tout en souriant.
— Je lui dirai.
— Mais je comprends.
Je l'ai regardé. Appuyé contre le mur, il contemplait les néons et se tordait nerveusement les mains.
— Ce que t'a fait Parker… Ton père a cru que c'était moi.
J'ai acquiescé.
— Ce n'est pas vraiment pareil, mais si on faisait du mal à Avery ou Harper…
Il a serré les poings.
Quand il s'est tourné vers moi, il avait les yeux grands ouverts, pleins d'émotions contradictoires.
— Je ferais probablement plus que le frapper.

— Je suis heureuse que tu comprennes.

J'allais toucher son bras, je me suis interrompue. Il a remarqué mon geste avorté et il a soupiré.

La cloche a sonné, mais nous n'avons pas bougé.

— Tu ne m'as pas appelée, ai-je dit en essayant de cacher mon chagrin.

— Toi non plus, a-t-il répondu.

Il m'a souri d'un air triste.

— C'est vrai.

Je me suis passé les doigts dans les cheveux.

— Je pensais que tu en avais fini avec moi.

J'ai détaillé ses yeux sombres bordés de longs cils, son air de petit garçon. J'ai repensé à la première fois où nous nous étions embrassés, à ce sentiment d'apesanteur au lac, la course dans son pick-up ; tout ce que nous avions partagé, tous ces souvenirs. Pour moi, il s'agissait des moments les plus vrais, les plus sincères de ma vie. Mais pour lui, ils devaient avoir un goût de mensonge, désormais.

— Franchement, j'aurais compris que tu ne veuilles plus entendre parler de moi. Je ne voulais pas que tu l'apprennes comme ça. Je suis désolée si tu… t'es senti humilié.

Un instant, ma bonne vieille honte a remontré le bout de son nez, essayé de m'entraîner vers le fond.

— C'est surtout toi qui en as souffert, a-t-il répondu.

J'ai pris une grande inspiration et fermé les yeux.

— Je ne sais pas si tu m'as entendue. Au bal, je t'ai dit que je t'aimais.

Il a secoué la tête. J'ai eu un pincement au cœur.

— Je n'ai pas abandonné Tommy, a-t-il dit d'un ton sérieux. Je ne vais pas t'abandonner non plus.

J'ai soupiré.

— C'est gentil, mais qu'est-ce que ça veut dire ? Est-ce que tu m'aimes ?

— Oui.

— Vraiment ? ai-je dit, surprise.

— Je me suis plus ouvert à toi qu'à quiconque. Et, dans cette note que j'ai brûlée, c'est ce que tu as fait toi aussi. Quoi que nous soyons…

— Quoi que nous soyons ? ai-je répété, la gorge serrée. Alors nous ne… ?

— Je ne sais pas. J'ai essayé de faire des recherches pendant ton absence, mais je n'ai pas d'ordinateur. Et quand j'ai cherché « transsexuelle » sur celui de la bibliothèque… Disons que je n'ai pas le droit d'y retourner avant un moment.

Il s'est frotté le bras et, cherchant les mots justes, il a ouvert la bouche plusieurs fois.

— Je ne sais pas si je serai capable de comprendre un jour, et même si c'était le cas, je ne sais pas…

Il s'est tu. Il a baissé les épaules.

— Je ne sais pas, Amanda. Je… Je regrette juste que tu ne sois pas une fille.

Il a écarquillé les yeux tout de suite.

— Je veux dire, j'aurais voulu que tu n'aies jamais… Que tu aies toujours été…

— Non.

La force de ma voix m'a surprise. Grant a reniflé et a changé de pied d'appui.

— J'ai *toujours* été une fille. *Toujours*, ai-je dit, les yeux brûlants de larmes. Au revoir, Grant.

J'ai tourné les talons et fait mine de m'éloigner, mais il m'a saisie par l'épaule.

— Je veux essayer.

Il a enlevé sa main et je me suis retournée.

— Mais j'ai besoin que tu m'en parles.

J'ai entendu les élèves dans le couloir entrer en cours. Je suis restée là.

— J'ai toujours une copie de la lettre que je t'ai écrite, ai-je dit d'une voix lente.

— Non. Je voudrais que tu me le racontes de vive voix.

— D'accord, ai-je acquiescé au bout d'un moment. Ce soir ?

Le moteur de la voiture de Grant était le seul bruit qui brisait le silence paisible du lac. Le cœur battant à tout rompre, je me suis retournée et je l'ai regardé en sortir. Dans la douce lueur de la fin du jour, j'avais l'impression de le voir pour la première fois. Ses cheveux bruns, décoiffés, ondulaient dans la brise fraîche. Ses yeux noirs pétillaient presque lorsqu'il a croisé mon regard. Il portait un sweat à capuche délavé, un jean et des boots, sa façon de marcher trahissait sa force et sa grâce.

— Bonsoir, m'a-t-il dit avec un sourire.

— Salut.

J'ai pris une profonde inspiration et j'ai fermé les yeux. Un ange est passé le temps que je trouve le courage.

— Par quoi veux-tu que je commence ?

— Le début.

Au loin, une cigale isolée a chanté.

— Si tu le veux bien, je veux tout savoir.

— D'accord.

Je l'ai entraîné sur la plate-forme. Nous nous sommes installés sans nous regarder, les yeux dirigés vers l'eau. L'éclat du jour qui s'y reflétait cédait la place au scintillement pâle de la nuit.

— Je vais commencer par le prénom qu'on m'a donné à la naissance.

En parlant, j'ai repensé à ce que Virginia m'avait dit des semaines plus tôt, que pour être heureux, il suffisait d'accepter qu'on le mérite. Je m'étais toujours excusée d'exister, de vouloir être moi, de vivre ma vie. Peut-être serait-ce ma dernière conversation avec Grant. Peut-être pas. Quoi qu'il en soit, je n'étais plus désolée d'exister. Je méritais de vivre. Désormais j'en étais convaincue : je méritais d'être aimée.

NOTE DE L'AUTEUR

À mes lect-eur-rice-s cisgenres, c'est-à-dire à vous qui n'êtes pas trans : Merci de lire ce livre. Merci de vous y intéresser. Je suis nerveuse de savoir ce que vous penserez de ce livre, mais pas pour la raison que vous croyez. Bien sûr, j'ai peur que vous n'ayez pas aimé ce roman, mais plus encore, j'ai peur que l'histoire d'Amanda devienne votre référence, d'autant qu'elle est écrite par une femme trans. Cette idée me terrifie ! Je suis une conteuse, pas une éducatrice. J'ai pris des libertés. J'ai romancé les situations afin de les intégrer à l'histoire. J'ai en quelque sorte suivi les stéréotypes et même contourné les règles afin que la transsexualité d'Amanda corresponde autant que possible aux idées normatives : elle est exclusivement attirée par les garçons, très féminine et a priori personne, en la croisant, ne se pose la question de son genre. Elle a aussi bénéficié d'une opération que les revenus de sa famille, en réalité, n'auraient pas pu couvrir.

Mais je veux insister sur le fait que son identité et ce qu'elle traverse seraient les mêmes si elle s'en était rendu compte bien plus tard, si elle était garçon manqué, bisexuelle, homosexuelle ou asexuelle, si elle était moins féminine ou… si elle avait fait un choix différent concernant son opération. Dans tous les cas, un garçon attiré par elle n'en serait pas moins hétérosexuel, ni une fille moins homosexuelle. Quand on n'est pas passé par là, ces quelques points sont difficilement imaginables, alors je voulais les laisser de côté. J'espère que maintenant que vous connaissez Amanda, son expérience ne sera pas tant pour vous une règle à laquelle obéissent tou-te-s les autres transsexuel-le-s, qu'une incitation à comprendre encore mieux nos vies et nos identités, ainsi que votre idée de la question du genre et du sexe.

À mes lect-eur-rice-s trans : Si vous êtes différent-e-s d'Amanda, c'est normal. Contrairement à vous, elle n'est pas réelle. J'ai passé une bonne vingtaine d'années à me convaincre que je n'étais pas ce que je suis car je ne rentrais pas dans la case très spécifique, très malsaine que la société impose aux personnes transgenres. Croyez-moi quand je vous dis que mon histoire est radicalement différente de celle d'Amanda. On peut être trans et gay, lesbienne, bisexuel-le, asexuel-le, etc. Vous avez le droit d'être trans sans ressembler à votre genre (et ça ne réduit en rien votre *beauté*), et le droit d'être trans et de le cacher. Vous avez le droit d'être un homme transexuel. Vous avez le droit de refuser la binarité, de changer plusieurs fois d'identité ou de ne pas être genré-e-s du tout. Vous avez le droit d'être trans sans jamais en passer par la phase médicale et vous avez le droit de modifier votre apparence par les moyens de votre choix. Il n'y a absolument rien de mal à exprimer votre véritable identité ! Vous êtes magnifiques et vous méritez que l'on respecte votre corps, votre identité et vos choix.

À toutes les personnes trans en situation de détresse, je vous en supplie, contactez une des associations :

Espace santé trans
https://espacesantetrans.fr
Propose des consultations psychothérapeutiques, notamment par Skype.
contact@espacesantetrans.fr

OUTrans
http://outrans.org
Organise des rencontres, crée un réseau, fournit des informations.

Genres pluriels
http://www.genrespluriels.be
Association belge.

ANT (Association nationale transgenre)
http://www.ant-france.eu/ta2-accueil.htm
Site en anglais et français.
info@ant-france.eu

Trans 3.0
http://trans3.fr
https://www.facebook.com/trans30

Accueille, informe et accompagne les personnes qui se questionnent sur leur genre, transidentitaires ou/et intersexes dans la région d'Aquitaine et plus particulièrement à Bordeaux.

Inter LGBT
http://www.inter-lgbt.org
Mouvement qui, depuis 30 ans, inscrit sur la place publique la question de l'orientation et de l'identité de genre, par le biais de manifestations revendicatives à caractère festif.

Le Refuge
http://www.le-refuge.org
Accompagne et héberge les jeunes gays, lesbiennes et personnes transidentitaires en situation d'errance.

Je sais que vous souffrez. Au point de ne plus pouvoir en respirer, parfois. Je le sais parce que je l'ai vécu. Ne nous quittez pas. La vie peut être belle, c'est promis, et nous avons besoin de vous.

REMERCIEMENTS

Pour m'avoir appris à vivre dans un monde pluriel, m'avoir encouragée à m'exprimer sans crainte et m'avoir acceptée en tant que leur fille, je remercie mes parents, Toby et Karol Stroud. Ainsi que ma sœur Katie, qui m'a toujours soutenue, m'a aimée sans conditions et qui est la force qui maintient ma tête sur mes épaules. J'ai la chance d'avoir une famille (au sens large) extraordinaire, merci aussi à vous tous de m'avoir acceptée quand je me suis révélée à vous, et merci du rôle que vous avez joué pour que j'y arrive. Je voudrais aussi remercier mes enfants, sans lesquels je n'aurais jamais eu l'ambition d'accomplir quelque chose d'aussi difficile. Et, enfin, il reste quelqu'un dont l'influence a été l'âme de cette histoire. Sans son insistance, je n'aurais jamais pu achever ce roman : Juniper Russo. Merci.

Merci à Joelle Hobeika, qui m'a confié ce travail incroyable alors que j'étais au plus bas et qui a compris la valeur de ce projet lorsque je l'ai proposé. Merci à Sara Shandler qui a tué plus de mes chéris que je n'aurais réussi seule et sans qui ce roman n'aurait été qu'une série de scènes bâclées et pleines de complaisance. Et puis il y a Josh Bank, qui ne nous a pas laissées nous éparpiller, qui a tout rendu possible et qui a défendu cette scène si difficile (vous savez de laquelle je parle). Vous méritez tous les trois d'immenses remerciements pour avoir pris la révélation de ma transsexualité avec autant d'élégance. Merci aussi à Sarah Dotts Barley, Amy Einhorn et à toute l'équipe de Flatiron Books qui ont compris l'importance d'une histoire sur une adolescente trans, écrite par une femme trans, et qui m'ont écoutée lorsque j'ai demandé que l'on fasse participer des personnes trans à chaque étape. Et, à ce sujet, je remercie aussi Kira Conley, le mannequin absolument magnifique de la couverture, d'avoir participé et cru à ce projet.

Et enfin, merci à toutes les personnes suivantes, qui m'ont donné la foi et le soutien sans lesquels je n'aurais peut-être pas survécu à 2015 : Miranda Stroud, Ailish Holmes, Matt et Heather Durham, Aria Taibi, Sam Hightower, Kay Popper, Brooks et Jackie Benjamin,

John Burke, Beth Kasner, Bridget DuPey, Laura et Lee Palmiero, Ruby Bolton-Murray, February Keeney, Rachel Goodman et Becca Reeves. Vous êtes tous des anges.

Ouvrage composé par
FACOMPO – 14100 Lisieux

Cet ouvrage a été imprimé
en Allemagne par

GGP Media GmbH
à Pößneck

Dépôt légal : février 2017

MIXTE
Papier issu de
sources responsables
FSC® C003309

Pocket Jeunesse, une marque d'Univers Poche,
est un éditeur qui s'engage pour
la préservation de son environnement
et qui utilise du papier fabriqué à partir
de bois provenant de forêts gérées
de manière responsable.

PKJ. www.pocketjeunesse.fr
• POCKET JEUNESSE

12, avenue d'Italie – 75627 PARIS Cedex 13